诗意的浪漫

——沈从文小说的诗性与人性特质研究

张 昕 著

东北师范大学出版社

图书在版编目（CIP）数据

诗意的浪漫 ： 沈从文小说的诗性与人性特质研究 / 张昕著. -- 长春 ： 东北师范大学出版社， 2022.12
ISBN 978-7-5681-9978-0

Ⅰ. ①诗… Ⅱ. ①张… Ⅲ. ①沈从文（1902-1988）—小说研究 Ⅳ. ①I207.42

中国版本图书馆 CIP 数据核字 (2022) 第 249368 号

□责任编辑：刘兆辉　□封面设计：优盛文化
□责任校对：卢永康　□责任印制：许　冰

东北师范大学出版社出版发行
长春市净月经济开发区金宝街 118 号（邮政编码：130117）
销售热线：0431-84568036
网址：http://www.nenup.com
东北师范大学音像出版社制版
石家庄汇展印刷有限公司印装
河北省石家庄市栾城区樊家屯村人大路与长安街西行 300 米路南
2022 年 12 月第 1 版　2023 年 1 月第 1 次印刷
幅画尺寸：170mm×240mm　印张：13.75　字数：210 千

定价：78.00 元

前　言

沈从文是中国诗化小说创作的代表人物之一，也是中国现代文学史上著名的浪漫主义文学作家，其作品以鲜明的诗化风格著称。沈从文在文学创作中构建了极具特色的湘西世外桃源般的理想国，并在此基础上构建了独特的人性小庙，以寻找社会都市文明以及人性的救赎之路。

本书绪论部分主要对诗化小说的生成机制、中国诗化小说的发展历程以及中国诗化小说的诗学主题与存在形态进行研究。第一章通过沈从文所生活的环境对其浪漫特质的影响、沈从文作品中诗性的浪漫故事、沈从文作品中对人性的救赎三个方面，对沈从文作品中的浪漫与救赎进行概括研究。第二章通过对沈从文童年经验、生命价值观以及都市生活体验的论述，对其作品的创作背景进行分析与研究。第三章主要通过沈从文作品中的诗性时间与空间，诗性、人性与神性，诗性主体与救赎三个方面，对沈从文作品中的诗性内涵进行全面的分析与解读。第四章主要从沈从文作品中的诗性语言及意境创造、《边城》中的诗性艺术表现两个方面，对沈从文作品中的诗性艺术表现进行详细分析，充分展现沈从文作品的浪漫主义特质。第五章主要从沈从文人性文学观的形成原因、内涵、反思三个方面对沈从文作品中的人性理念进行解读。第六章主要从人性表现、女性形象及其人性表达、男性形象及其人性表达三个方面展现沈从文作品中的人物形象及其人性表达。

本书以中国诗化小说为背景，立足于沈从文的创作特点，结合沈从文的作品进行了详细分析，理论与实践兼具，适合现代文学研究者或对沈从文创作艺术感兴趣的读者阅读，并对沈从文作品的研究与教学有着积极的指导意义。

目录

绪论

诗化小说的概念最初源自西方文学理论，大量研究表明，诗化小说这一概念的出现与西方象征主义思潮在小说领域的变革与发展存在密切的关系。然而，理论界对于诗化小说概念的生成与演变并没有一个明确的共识。下面主要从中国诗化小说的演变与特点入手，对中国现代诗化小说进行详细介绍。

第一节　诗化小说概述

诗化小说是西方象征主义诗歌运动时期兴起的一种理论表述。象征主义诗歌运动以一切凝固的创作桎梏和文学成规为革命对象，试图打破文学创作中的桎梏，将诗歌带进一切形式的文学领域中。诗化小说概念的提出可以追溯到法国象征派诗人古尔蒙（Gourmont）在 1893 年提出的原则："小说是一首诗篇，不是诗歌的小说并不存在。"从此，诗化小说作为一种融合叙述方式与诗意方式的创作类型，在西方小说史上经久不衰。象征派作家保尔·福尔（Paul Fort）的《亨利第三》、纪德（Gide）的《地粮》以及

《浪子回家》、里尔克（Rilke）的《军旗手的爱与死之歌》都可以依附到这一小说传统上面。这一诗化文体预示了20世纪西方小说领域深刻的美学变革。亨利·詹姆斯（Henry James）的心理现实主义小说、普鲁斯特（Proust）的《追忆似水年华》对记忆构成方式的探索、乔伊斯（Joyce）和伍尔夫（Woolf）的意识流写作都宣告了一种与传统小说不同的文体的诞生。这种文体呈现了一些独特的形式特征，如分解叙事、经验的零碎化、借助意象和象征，以及在小说中注重引入散文、诗歌及其他艺术形式等。这种转型标志着衡量小说类型的尺度已经无法遵循传统的既定规范，从而为小说的创作开辟了空前广阔的天地。诗化小说这一概念于“五四”时期传入我国，我国学者从多方面对诗化小说的定义和特点进行了论述。

一、诗化小说的定义及特点

在中国古代小说的发展过程中，诗化是一种比较特殊的现象。诗化最初的形态是把诗词、曲赋、韵语插入小说中，作为小说的组成部分；更进一步的表现是作为叙事艺术的小说具有了诗意性，作品中充满了诗情画意。现代意义上，诗化小说的文学概念自传入我国以来借新文化运动而发扬光大。我国作家在传承中国文学诗性的同时，吸收了西方现代文学观和现代艺术手法，这使诗歌与小说达到了真正的融合，因此在中国产生了新的小说文体——现代诗化小说。①

（一）诗化小说的定义

中国是一个诗歌的国度，自古以来，诗歌在我国传统文学中就具有超然的地位。自唐代的传奇小说兴起以来，唐传奇、宋话本、元杂剧及明清小说中均带有较强的诗意。新文化运动期间，我国现代作家在继承我国传统文学诗性特点的同时，又吸纳了西方文学观和艺术手法，开启了中国现代诗化小说的创作。

诗化小说作为一个文学概念，其边界较为宽泛，我国学术界对与诗化

① 廖高会．文体的边缘之花：略论诗化小说的特征与概念[J].长春理工大学学报（社会科学版），2011（7）：82-84.

小说这一概念相似或相近的文学概论命名包括“诗意小说”“诗体小说”“诗小说”“抒情诗小说”“抒情小说”“抒情乡土小说”“意境小说”“写意小说”等。在我国现代诗化小说的发展过程中，我国学者从不同角度对诗化小说的定义进行了多样化的概括。

我国较早提出“抒情诗小说”概念的作家是周作人。1920 年，周作人在谈到自己翻译《晚间的来客》这部小说的意图时，从小说文体的角度将这种新型小说文体称为“抒情诗的小说”。1921 年，我国作家汉胄（刘大白）和郑振铎争论时提出了“抒情小说”的概念。

20 世纪 70 年代到 80 年代，我国学者掀起了研究诗化小说的热潮。学者杨义在对现代浪漫抒情派小说进行研究的过程中提出，散文化的小说可称为“随意小说”，而诗化的小说可称为“立意小说”。[①] 学者钱理群等人在《中国现代文学三十年》中对沈从文的《边城》进行分析时指出，沈从文的小说体式可以被称为文化小说、诗小说或抒情小说。钱理群等人所提出的诗小说即诗化小说。正式提出“诗化小说”这一概念的则是石道成和王君，他们在共同编著的《新潮文艺知识手册》中将小说与诗融合而成的文体定义为“诗化小说”。学者吴晓东对“诗化小说”的定义进行了明确的概括，称诗化小说具有“语言的诗化与结构的散文化，小说艺术思维的意念化与抽象化，以及意象性抒情、象征性意境营造等诸种形式特征”[②]。学者周伟在《诗化小说阅读教学初探》中指出，诗化小说是“作家沿承中国古代的诗性传统，将诗歌的某些特性融合到小说中，而形成的新的小说样式。以诗性的思维方式构思文章，淡化小说情节，将语言诗化，创设意境化的环境，营造出诗意境界，体现出诗化的人性，抒发作家诗化的精神”。

（二）诗化小说的特点

与传统意义上的小说相比，诗化小说在艺术上表现出以下特点。

首先，诗化小说具有诗性思维方式。诗性思维方式改变了传统小说中

① 杨义．中国现代小说史：第 1 卷［M］．北京：人民文学出版社，1986：543.

② 吴晓东．现代“诗化小说”探索[J]. 文学评论，1997（1）：118-127.

逻辑性强的线性思维方式，而以发散性思维代之，强调非线性思维方式。传统小说以线性逻辑的叙事作为支架，用故事情节构建小说的骨架，并辅以环境描写和人物形象刻画，在确保故事情节完整的前提下，突出人物形象，反映小说的主题。诗化小说则通过打破线性叙事形式，淡化小说的情节，将小说的叙事与诗性结合起来。我国学者廖高会在对诗化小说的艺术特点进行论述时，从结构主义语言学理论入手，从横向组合和纵向聚合两个维度对文本的结构进行了分析。结构主义的代表学者索绪尔（Saussure）指出，文本的横向组合可称为句段关系，纵向聚合则称为联想关系。诗化小说在构思时弱化了句段关系，而强化了联想关系。联想思维具有非固定性、自由性和放射性的特点，而这些正是诗化小说的思维模式特点。诗化小说的诗性思维将通过联想关系生成的大量带有抒情色彩的词句安置在横向结构的叙事话语中，从而使小说的纵横向结构交叉融合，形成诗化小说独特的思维结构。这种思维结构中容纳了大量具有抒情性质的词句，因此小说叙事情节的逻辑性被弱化，而表达的抒情性大大增强。例如，诗化小说代表人物沈从文的《边城》在叙事中加入了大量的自然和人文景物的描写及感情的抒发，其中包括对山水自然的诗意的描写、对浓郁的民俗风情的表现等，而这些对自然景物与民俗风情的描写又与小说人物情感的表现息息相关，在一定程度上起着推动小说情节发展的作用，同时这种方式极大地强化了小说的诗性特点。

其次，诗化小说具有情节淡化的显著特点。传统小说是以情节为中心，通过故事情节的推进展现人物性格、表达主题的，而以情节为中心的小说创作方法也决定了小说的叙事性远大于小说的抒情性，小说的抒情是随着小说故事情节的展开而进行的。而在诗化小说中，感情的抒发具有重要的作用，诗化小说打破了传统小说以情节为中心的形式，改变了叙事和抒情在小说中所占的比例。在诗化小说中，推动情节的叙事不再是小说的主体，相反，小说的抒情成为小说的主体，通过充分表达作家的主观思想和情感推动小说情节。诗化小说中情节的淡化还体现在文章的节奏上。在传统小说中，小说的情节以紧凑、曲折为宜，以便吸引读者阅读，提高读者的注意力。而诗化小说正好相反，由于在叙事情节中加入了大量的抒情性内容，

从整体上来看，小说的情节被故意拉长和延缓，也就是说小说的情节被淡化，从而为小说充满诗意的抒情留下了广阔的空间。仍以沈从文的小说《边城》为例，翠翠和傩送的爱情是该小说的主要线索，然而在对这一主题进行叙述的过程中，作家插入了大量关于端午风俗民情以及当地自然景物的描写，使故事情节节奏放慢，甚至给人一种故事情节掩藏在小说的抒情中的错觉。

再次，诗化小说的语言具有较强的诗化色彩。传统小说的语言是一种叙述性的语言，追求讲述性和再现性效果。诗化小说的语言则体现出较强的描述性和表现性。诗化小说中语言的诗化色彩通常表现在以下几个方面。第一，诗化小说的语言通常较多地反映了作家的主观情感。例如，《边城》中“这些诚实勇敢的人，也爱利，也仗义，同一般当地人相似”“一个对于诗歌图画稍有兴味的旅客，在这小河中，蜷伏于一只小船上，作三十天的旅行，必不至于感到厌烦，正因为处处有奇迹，自然的大胆处与精巧处，无一处不使人神往倾心”“这些人既重义轻利，又能守信自约，即便是娼妓，也常常较之讲道德知羞耻的城市中人还更可信任”等，这些语言无不表现出作家的主观情感，带有作家的主观判断。第二，诗化小说的语言具有较强的画面美。诗化小说既具有生活的实际感和美感，又具有引人深思的丰富博大的思想内涵。具有诗意美的小说有着一种从有限的形象画面升华至无限的思想理念的张力和升腾力，一种由具体人物情节提升到诗情意蕴的归整力和概括力，其既有生活的具体实感和美感，又有着引人深思的文学思想特质。[①] 阅读诗化小说就像在看一幅徐徐展开的风俗画卷，作家常常用寥寥数语就勾勒出一幅美丽的画卷。例如，在《边城》中，沈从文写道：“小溪流下去，绕山岨流，约三里便汇入茶峒的大河。人若过溪越小山走去，则只一里路就到了茶峒城边。溪流如弓背，山路如弓弦，故远近有了小小差异。小溪宽约二十丈，河床为大片石头作成。静静的水即或深到一篙不能落底，却依然清澈透明，河中游鱼来去皆可以计数。”文章开头用几句话就勾勒出一幅山水相依、大河横流、小溪绕山而流的自然画卷，

① 廖高会．文体的边缘之花：略论诗化小说的特征与概念[J].长春理工大学学报（社会科学版），2011（7）：82-84.

体现出了小说的画面美。第三，诗化小说的语言具有较强的音乐性。诗化小说的语言通常侧重作家内在情感的表达，常常随着小说情感的起伏而呈现出音乐般的节奏和韵律变化。例如，《边城》中写道："风日清和的天气，无人过渡，镇日长闲，祖父同翠翠便坐在门前大岩石上晒太阳。或把一段木头从高处向水中抛去，嗾使身边黄狗自岩石高处跃下，把木头衔回来。或翠翠与黄狗皆张着耳朵，听祖父说些城中多年以前的战争故事。或祖父同翠翠两人，各把小竹做成的竖笛，逗在嘴边吹着迎亲送女的曲子。""风日清和""无人过渡""镇日长闲"等四字短语使文字具有朗朗上口的音乐性特点。

最后，诗化小说中的环境具有意境化特点。意境是中国古典诗歌在艺术表现方面所追求的最高境界。中国古典诗歌注重对诗性审美的追求，主张将诗人内在的情感与外在的景物融合在一起，共同构成一幅具有内在意蕴的画面。诗化小说有着诗歌的审美目标，或表现为整体构思上的诗情寄托，或表现为充满诗意的局部描写；作家经过精心提炼而创造的某个特有形象、细节、场景描写、特定氛围，充满浓郁的抒情气息，蕴含着丰富的哲理。此类小说不注重叙事功能，不靠情节冲突塑造人物性格，而是注重意境的营造，常通过营造意境来表达思想，达到物我同一的效果。具体而言，诗化小说在抒情时常常将环境意境化，将感情寄托在意境中，从而使读者在美的环境中体会作家所表达的人性美。

二、诗化小说生成机制的特点

小说诗化是新时期文学创作中一种较为普遍的现象。从文化的角度来看，诗化小说这种文体统一了作家的生命理想、审美意识、哲学观念三个相互关联、不断转换的内涵层次，反映了其弃绝现实嘈杂、求得和平的生命理想，超越了现实丑恶的唯美化趣味，摆脱了理性、认同神秘思维的哲学观念。作为一种特殊的小说文体，诗化小说的生成机制具有以下特点。

（一）诗化小说的表现方式由其先在意向结构决定

中国现代诗化小说具有独特的诗性存在形态，这一点使诗化小说不会

被历史潮流淹没，并在现代文学中以一种独特形式存在的关键。诗化小说与现实小说以及浪漫主义小说的最大不同在于，诗化小说中的情感表达方式并非一种外放式的情感表达方式，而是一种通过象征或暗示等方式来呈现的、极为内敛和含蓄的情感表达方式。这一特点是中国现代诗化小说最本质的特点。

我国学者在对诗化小说进行系统的研究和分析时发现，诗化小说在生成过程中，存在于诗化小说作家内心的先在意向结构决定了作家的感受、倾向、表达方式。现实世界中充满了俗世的悲欢和喜乐，社会中存在着拥有各种价值观的人，现实世界有时会让人失望，人们在现实社会中感受到温暖的爱的同时，也感受到现实社会的种种不美好。因此，诗化小说作家在感受现实世界时必须有一个先在的意向结构，它决定了作家感受的方式、向度和敏感性。① 具体来说，决定诗化小说创作的先在意向结构主要表现在以下两个方面。

第一，诗化小说的作家在创作前对世界进行观察和感受时必须对这个世界抱有诗性的和美的期待。俗话说，人生不如意事十之八九。现实生活并非时刻是美好的。诗化小说的作家在创作时，虽然明知现实世界存在着各种不如意、不美好甚至人性的丑恶，但是仍然不愿以一种现实的功利态度来审视生活，而是对现实社会中蕴藏在生命中的诗意的内涵十分敏感，能够从细微的事物中感受到现实生命的诗性价值和美感。而诗化小说作家的这种感受与其对生活的诗性期待是分不开的。只有对生活抱有诗性期待的作家才能从细小的事物中发现美好的诗性，才能创作出诗化小说。因此，从这一层面来看，诗性期待是诗化小说作家创作的原动力。例如，沈从文是中国现代诗化小说作家的代表，他在《从文自传》中的一段感触写出了其创作心境以及观察世界的视角：“我永远不厌倦的是‘看’一切。宇宙万汇在动作中，在静止中，我皆能抓定它的最美丽与最调和的风度，但我的爱好显然却不能同一般目的相合。我不明白一切同人类生活相联结时的美恶，另外一句话说来，就是我不大能领会伦理的美。接近人生时，我永远

① 童庆炳．维纳斯的腰带：创作美学[M].北京：北京师范大学出版社，2016：277.

是个艺术家的感情，却绝不是所谓道德君子的感情。”[①] 从这段话中可以看出，沈从文是从美的角度来观察世界的，对现实人生抱持一种艺术欣赏者的态度，而非一个社会道德伦理家的态度。因此，即使面对苦难的世界，诗化小说作家对社会的观察也充满了诗意。在这样的前提下，即使作家所描述的生活是底层人民的苦难生活，也可以从中看到人们对待生活的坚忍态度以及一种诗意的浪漫。例如，《边城》中，老船夫是一个不幸的人，女儿正值青春年少时与一名军人相恋，并在生下孩子后，毅然决然地自杀殉情。对一个老人来说，除了白发人送黑发人的悲痛之外，他还要担负起抚养嗷嗷待哺的婴儿的责任。翠翠长大后，与老船夫和一只黄狗相依为命，日常工作十分辛苦，然而作家在描写的时候却用了这样的语言：“老船夫不论晴雨，必守在船头。有人过渡时，便略弯着腰，两手缘引了竹缆，把船横渡过小溪。有时疲倦了，躺在临溪大石上睡着了，人在隔岸招手喊过渡，翠翠不让祖父起身，就跳下船去，很敏捷地替祖父把路人渡过溪，一切皆溜刷在行，从不误事。有时又和祖父、黄狗一同在船上，过渡时和祖父一同动手，船将近岸边，祖父正向客人招呼‘慢点，慢点’时，那只黄狗便口衔绳子，最先一跃而上，且俨然懂得如何方为尽职似的，把船绳紧衔着拖船拢岸。”[②] 这段话不仅体现了老船夫的恪尽职守，还体现出工作的辛苦以及老船夫会“疲倦”的情况，然而整体读来却别有一番诗意。

第二，诗化小说的作家自觉的生命体验意识是构成意向结构的另一个重要因素。对生活以及生命的体验是创作的一种内在需要，能够把生活的种种基于这个关系的经验结合起来。而体验生活不仅是在现实中的体验，还是对作家内心世界的一种观照与反思。诗化小说是一种内倾式的小说创作。诗化小说作家在创作时一般不向外寻找叙事题材，而是向里寻找生命最本真的意义，以一种内省的方式强化对生命的理解。[③] 诗化小说作家的创作多与其个人的生活经验或生命体验有着直接关系，如生活在湘西的沈从文在作品中构建了一个与其生长环境密切相关的“湘西世界”，而生活

① 沈从文．从文自传[M].长沙：岳麓书社，2010：323.
② 沈从文．沈从文全集：小说：8 [M].太原：北岳文艺出版社，2009：5.
③ 卢临节．中国现代诗化小说研究[D].武汉：武汉大学，2012.

在白洋淀流域的孙犁则在作品中围绕白洋淀的人和事创建了“荷花淀派”。除了这两位诗化小说作家外，其他诗化小说作家的作品中所描写的内容也大多与本人的生长经历或生长环境有关。例如，诗化小说的代表作家鲁迅所创作的诗化小说《故乡》《在酒楼上》《孤独者》《伤逝》等也与作家个人独特的生命体验有关。其中，《故乡》是作家以第一人称所写的一次返乡经历，虽然篇幅不长，但作家通过第一人称视角叙述对故乡的观察，说明故乡与记忆中的模样相比已发生了较大变化，不再是作家心中的故乡，其中所表现出来的深深的失落感和对生命的怅然若失的情感十分打动人心。

由此可见，诗化小说与其他小说相比并非只是单纯的文体不同，而是作家对待世界以及生命的意向结构不同。这种先在的意向结构使小说作家在创作时选择了诗化小说这种能够表达自己的生命体验和与自己对社会的观察角度相契合的小说文体。

（二）诗化小说是过滤和美化后的现实

与其他小说文体相比，诗化小说并非对现实世界的真实反映和对照，它不以反映真实世界为准，而是与现实世界保持着一定的距离，所表现的现实社会是一种过滤和美化后的现实。诗化小说大多给人一种田园牧歌式的美好。然而，这种田园牧歌式的生活并非真实的现实。我国现代诗化小说的代表人物废名曾说，创作的时候应该进行反刍，因为只有这样，其创作的作品才能成为一个梦，而梦不是真实的现实，而是模糊了的现实。沈从文也曾说过，他十分清楚创作必须切近人生和现实，然而在创作中，他却选择了与世界绝缘，并且认为只有这样才能创作出理想的诗意作品。诗化小说所反映的现实世界是一个过滤和美化后的现实世界，这主要表现在以下几个方面。

第一，诗化小说作家对待现实的态度与其他小说作家尤其是现实主义小说作家不同。现实主义小说作家在创作中追求对外部现实世界的摹写和逼真反映，力求在作品中反映一个真实的世界，直面现实社会的种种丑陋与不堪。然而，诗化小说作家所追求的却并非对现实的摹写，而是作家内心感受的真实。艺术源于现实，又高于现实，诗化小说作家在对现实进行反映时，普遍采取了过滤的态度来对这个不完美的世界进行改造。他们并非不了解真实的世界，相反，许多诗化小说作家是在对现实失望之后，才着意通过对现实世界的诗意改造来构建一个充满诗意的文学理想国。例如，沈从文创作诗化小说的一个重要原因是对都市生活的失望。也正因如此，诗化小说作家在创作时不能如实地反映现实世界，而必须与现实世界保持一定的距离。只有这样才能对充满缺陷的世界进行诗意的改造。沈从文的作品中所描写的人物大多处于社会底层，他们的生活并非一帆风顺，而是充满了现实的无奈。例如，《边城》中的翠翠由于家境贫寒，在爱情面前只有被动等待，而不能带着丰厚的嫁妆去争取。再如，《柏子》中的主人公柏子作为处于社会最底层的水手，无论冬天还是夏天，无论河面平静还是险滩遍布，当货船需要时，都必须毫不犹豫地跳进水中，当货船脱险后，他才踩着河里的湿泥一步步从水里走出来。而微薄的收入不足以支持他娶一房媳妇，他只能一月一次到妓院的妇人处去寻找温暖。又如，《一个多情水手与一个多情妇人》中，水手与妓女均为生活所迫，为了生存，从事着迫不得已的工作。他们相爱，却不得不屈从于现实。水手必须跟船走，若晚一刻就会遭到同行水手的大声责骂：妓女也身不由己，连爱人何时回来都没有把握。然而，在沈从文的笔下，这些现实社会中的苦难却被淡化了，作家并没有忽视苦难，而是着重表现他们生活中诗意的地方。翠翠长到15岁时，同时赢得了天保和傩送的爱情，而她自己也恰恰爱上了他们二人中的一个；虽然柏子的生活辛苦，但是他拖着泥底的鞋子走进岸边小楼时，俨然是一个久出远门的丈夫，归来时被妻子温柔地对待；多情水手和多情妇人之间的缠绵也为人们所瞩目，多情妇人将攒下的核桃送给水手路上吃，俨然妻子为丈夫准备远行的礼物，多情水手在换得了珍贵的苹果后，不顾同伴责骂，重新返回去将苹果送给多情妇人。我们从这些作品中均可以看出人物和环境所表现出的诗意美。

第二，诗化小说作家在创作中追求“佯谬”的方式，以实现对现实社会的美化。中国的传统文学创作将“佯谬”称为超然，它是我国古代学者在创作中表现出的一种精神。“佯谬”不仅是一种修辞方法，还是一种独特的表现方式，其本质是坚持以一种诗意的生活态度和诗意化的精神取向看

待现实社会，而拒绝接受现实生活中黑暗或不理想的方面。从中国传统文学中的“佯谬”态度来看，超然即意味着与现实保持一定的距离，因此在现实生活中，有的作家虽然身处糟糕的环境，但仍以一种诗意的笔触来描绘自己的生活，将日常生活诗意化。而在现代诗化小说中，“佯谬”主要表现在作家对现实世界的诗性感悟不是通过肉眼观察到的，而是通过心灵的“眼睛”观察到的。以沈从文为例，他的诗化叙事方式与湘西人民的日常生活融为一个和谐的整体，使其在观察现实生活时能够进入一种超然的境界，也就是从现实生活向诗意人生境界深度延续。例如，沈从文的作品《会明》中，会明作为一支正在打仗的部队的伙夫，走在队伍中随时会被打死，如果侥幸没有被打死，即跟随队伍走上下一个战场。然而，面对现实生活的残酷，会明却表现得十分超然，他的心中怀着一个美好的愿望，即在一片广阔的树林里，一边垦荒，一边驻守，在这里养一群小鸡，并细心地喂养它们。这一看似简单的理想在乱世中却几乎是一种奢望，然而会明并没有伤心失望，而是始终在乱世中保持着一颗澄明安稳的心，做着成为鸡雏外公的美梦。这种对战争的描写与现实主义小说不同，没有直面战场上的残酷以及行军路上的疲乏，而是以“佯谬”的方式呈现出一种别样的战场生活，在最糟糕的战场环境中反映出人性的美好和人生的诗意。

第三，诗化小说是立足传统对现代的反思。诗化小说常常呈现出一种美丽宁静，如同世外桃源的田园风光，让人们感受到现代社会中久违的纯朴天真的自然人性。这些作品中并没有现代社会中的功利思想，也没有现代社会中的尔虞我诈，人与人之间大多和平相处，较少发生剧烈的摩擦和冲突。总体上来看，诗化小说中人们的生活方式与现代社会先进的生活方式相比有些落伍，更有些保守。我国学者在对诗化小说进行研究和分析时常使用“传统”“保守”“牧歌情怀”“挽歌”等词语。从大多数诗化小说来看，小说中常常反映出对过去传统生活的留恋以及对现实社会生活的厌恶。诗化小说作家坚信传统社会中存在着一些美好的品格，然而这些美好的品格却在现代文明社会的冲击下逐渐消失。而从审美现代性的立场来看，失去的美好品格都是值得现代人反思的东西，从这一意义来看，诗化小说是审美现代意识推动下对社会现代性的一种背离和反思。①

现代社会在为人们带来极大便利的同时，也使人们越来越从功利的角度看待问题，凸显了贪婪、狡诈、失信等人性的弱点。而诗化小说作家大多在现代化的进程中经历了从农村到城市的居住变迁，深刻地感受到现实社会中人性丑陋的一面。他们多以批判的眼光对现代都市生活进行观察，因此诗化小说作家多表现出对传统田园生活的回顾与难忘之情，而对现代文明对乡村侵蚀的现状深感忧虑。他们想要留住以往具有美好品质的传统乡村社会，并通过这种写作方式对现代社会进行反思。然而，不同作家在诗化小说的写作中所表达的现实态度有着较大区别。例如，诗化小说的代表作家废名在创作中主要表达对现代文明侵入理想的田园生活的不满和失落，而沈从文、汪曾祺、孙犁等诗化小说作家大多在作品中表现对传统社会中的美好品格的赞扬。例如，沈从文笔下塑造了一系列像翠翠、萧萧、三三等有灵性、美丽、善良的女孩形象以及对湘西世界淳朴民俗和民风的赞美，并着重表现了苗族青年男女对待爱情的直爽，不矫揉造作，充满原始野性的美。

值得注意的是，虽然诗化小说与现实社会之间保持着一定的距离，但这并不意味着诗化小说与现实社会相隔绝。诗化小说中有时并不能避免现代文明对乡村入侵的描写，然而由于不同作家在处理这一点时的态度不同，因此诗化小说表现出来的思想也有所差异。以沈从文为例，沈从文的代表作品《边城》中虽然到处充满了世外桃源般的诗意，但仍然出现了现代文明的新事物碾坊。现代化碾坊几乎不需要人力即可收获利益。与碾坊相对应的则是小溪中的渡船，需要祖孙二人一点点攀着绳子来渡人渡物。在小说中，沈从文设置了一个两难选择，让主人公在二者之间进行选择。这一情节的设置让整部小说看起来具有较强的浪漫气息，消解了现代社会文明的冲击。

除了沈从文以外，还有一些诗化小说作家，如鲁迅、老舍、萧红、萧乾、师陀、骆宾基等对传统和现代社会的认识更加复杂和矛盾。诗化小说

① 叶诚生．诗化叙事与人生救赎：中国现代小说中的审美现代性[J]．文史哲，2008(6)：73-80.

作家在作品中表现出来的多样化的、复杂的情感与其面对的社会环境有关，他们所面对的社会环境是一个从传统社会向现代化社会转型和过渡的社会。中国诗化小说经历了几个发展阶段，其中诗化小说作品创作的高峰期包括20世纪30年代到40年代、20世纪50年代、20世纪80年代到90年代。这三个时期均是我国社会发生重大变革和转型的时期。中国最初向现代社会的转型并不是自发的，而是在落后的情况下，伴随着西方列强的军事入侵和经济掠夺而产生的，因此这一过程不仅带有较大的强迫性，还对中国传统的农耕社会造成了相当大的破坏。在这种社会转型中，传统的、旧有的社会秩序被破坏，而新的社会秩序还没有建立起来，一切都处于杂糅状态。诗化小说作家大多为社会转型和变革的亲历者和见证者，他们亲身感受到现代文明对乡村生活的冲击，其生活以及精神状态都受到了很大的影响，而立场不同也导致诗化小说作家作品中的思想呈现出不同状态。

第二节　中国诗化小说的发展历程

在中西方文学思想的合力作用下，中国现代文学史上出现了一条诗化小说之河。中国现代诗化小说的艺术渊源可追溯至鲁迅的小说创作，20世纪30年代到40年代，诗化小说创作在文学长河中出现了第一次高潮，代表人物之一便是沈从文。20世纪80年代，诗化小说二次崛起，并以强劲势头焕发出勃勃生机，众多知名作家踏上了这条艺术之路，进行着艰难探索。

一、诗化小说的第一阶段

我国学者在对中国现代诗化小说研究时对诗化小说的源头产生了较大分歧。大部分学者认为鲁迅是中国诗化小说的开拓者，鲁迅的小说《社戏》《故乡》《在酒楼上》《伤逝》等开创了中国现代诗化小说的先河。鲁迅的《故乡》以第一人称的视角描写了“我”回到故乡后的所见所闻。在这篇文章中，鲁迅使用现实与回忆交叉的手法回忆了小时候“我”与少年闰土的情谊。文中充满了对旧时故乡的眷恋，充满了诗意，带有强烈的抒情色彩，因此被一些学者归入诗化小说的行列。然而还有一些学者，如席建彬等人认为鲁迅在《故乡》中更注重描绘故乡现状的萧索、荒凉和沉闷，并没有着意表现诗意的人生，因此这篇小说并不属于诗化小说。这一观点的支持者并不多，属于一家之言。本书采取绝大多数学者认可的说法，认为鲁迅发表于 1921 年的小说《故乡》是中国现代诗化小说的开山之作，属于现代诗化小说的先声。

除了鲁迅以外，20 世纪 20 年代一些现实主义作家在创作现实主义小说的同时，也尝试创作了一些具有浓厚抒情味道的诗化小说。例如，作家许钦文创作的《父亲的花园》《夕阳》《“我看海棠花”》等小说大多以今昔对比的方式表达强烈的情感，充溢着诗性的味道。再如，作家王统照创作于 20 世纪 20 年代的《春雨之夜》，讲述了一个春雨淅沥的夜晚发生在列车上的一段浪漫的邂逅。在这篇小说中，诗人用繁丽的文字编织了一幅充满幻梦感的诗意朦胧的美景。此外，王统照创作的《黄昏》《一叶》等小说也属于这类风格。

继鲁迅之后，废名成为诗化小说创作的先驱，废名的小说《竹林的故事》《菱荡》《桃园》《桥》等均属于诗化小说范畴。废名的诗化小说的实践使中国现代诗化小说的艺术表现技巧更加丰富，推动了中国诗化小说艺术发展。废名的小说在中国现代史上属于别具特点的一类作品。从《浣衣母》开始，废名的小说开始朝着诗化的风格靠拢。在废名所有的作品中，《竹林的故事》和《桃园》两部短篇小说的诗化风格最为明显。《竹林的故事》讲述了一个名叫三姑娘的女子的故事。三姑娘生长在一个普通的农家，小时候父亲常带着她看戏或捉鱼，日子过得十分快乐。三姑娘的父亲去世后，她就和母亲一起种菜、卖菜，从不像其他同龄人一样爱看热闹，她的生活十分单纯。这样的三姑娘仿佛远离了世俗社会的一切，然而又是真切地生活在乡村的人。她性情恬淡，从不因人世间的沧桑而有所变化，始终坚持着超脱的本性。废名的诗化小说还开创了以隐喻烘托意境、营造氛围的先河。例如，《桃园》讲述了王老大与女儿阿毛守在孤寂桃园里的故事。阿毛的身体每况愈下，王老大给女儿买回心爱的玻璃桃子，却不小心在路上把桃子碰碎了。这篇小说虽然故事情节十分简单，但是以阿毛这个孩子的视

角进行了大段的意识流描写，如“阿毛用了她的小手摸过这许多的树，不，这一棵一棵的树是阿毛一手抱大的！——是爸爸拿水浇得这么大吗？她记起城外山上满山的坟，她的妈妈也有一个，——妈妈的坟就在这园里不好吗？爸爸为什么同妈妈打架呢？有一回一箩桃子都踢翻了，阿毛一个一个的朝箩里拣”。作家通过具有隐喻性的文字营造了特殊的意境，表达了丰富的情感。

继废名之后，沈从文接过了中国现代诗化小说的接力棒，他在《边城》《萧萧》《三三》等小说中通过故事来抒情，呈现出一种别具一格的诗化意境，并为小说的散文化和诗化进行了良好的探索和实践。

在中国20世纪文学史上，沈从文的声誉或许是起伏最大的一个。20世纪30年代，他是北方文坛的领袖。20世纪40年代，因郭沫若“桃红色作家”的指斥，沈从文退出文坛，长期被尘封土埋。从20世纪80年代开始，沈从文声名鹊起，“大师”的赞誉不绝于耳。著名作家汪曾祺对沈从文有过一句评语：“除了鲁迅，还有谁的文学成就比他高呢？”1995年，钱理群、吴晓东推出了排在最前列的七位现代作家的名单。他们在《“分离”与“回归”——绘图本〈中国文学史〉（20世纪）的写作构想》一文中写道：“在鲁迅之下，我们给下列六位作家以更高的评价与更为重要的文学史地位，即老舍、沈从文、曹禺、张爱玲、冯至、穆旦。”[①] 沈从文名列第三位。在中国诗化小说史上，沈从文是极为特殊的一位，他上承废名，下启汪曾祺，是中国诗化小说不可或缺的中坚人物。沈从文的创作之路可谓十分坎坷，经历了较长时间的摸索。这一点从沈从文在北京的经历中可以看出。沈从文在北京学习创作时，曾经身无分文，迫不得已而向社会上有名望的大师求助，也因此得到了当时在社会上已经成名的著名作家郁达夫的帮助。之后，沈从文经历了较长时间的摸索，终于找到了适合自己的小说创作方式，即创建一个湘西理想国。沈从文湘西系列作品通常都属于诗化小说系列，如20世纪20年代创作的《柏子》《雨后》《菜园》《萧萧》《会明》《夫妇》等，语言简练，意境优美。综观其诗化小说可以看出，沈从文在创作

① 钱理群，吴晓东．“分离”与“回归”：绘图本《中国文学史》（20世纪）的写作构想[J].文艺理论研究，1995（1）：37-44.

中十分擅长挖掘平凡人家普通生活中独特的诗意，通过敏锐的观察和对细节的加工，构建一个令人心驰神往的湘西世界，这也是沈从文诗化小说的最重要的特点。

进入20世纪30年代后，中国的时代主旋律发生了巨大变化，反映在文学领域则是革命文学代替其他文学形式成为这一时期中国文学的主流。这一时期的许多作家都选择将现实主义作为主要的写作方式，从而产生了一大批现实主义文学精品。然而仍然有一部分作家尝试现实主义之外的文学创作探索，学者朱光潜和梁实秋等人则从理论上为这类文学提供了支持。这一时期仍然坚持诗化小说创作的作家主要有沈从文、废名、萧乾、何其芳等人。这一时期，沈从文继续构建他的湘西理想国，并创作出《边城》《静》《三三》等代表作。何其芳作为一名早期的现代派诗人代表，于20世纪30年代创作了《王子猷》和《浮世绘》（未完成）等现代诗化小说。除以上两位作家外，作为鲁迅的学生，萧红于20世纪30年代主张在文学创作中打破文体的界限，创造出介于小说、诗歌和散文之间的新文体。萧红创作的《生死场》和《呼兰河传》中的语言即十分具有诗化的特点，属于中国现代优秀的诗化小说范畴。继萧红之后，师陀以自己的故乡豫东平原为背景创作的《果园城记》也带有较强的诗化艺术特点，属于诗化小说范畴。郁达夫的《迟桂花》、萧乾的《梦之谷》等作品的语言和作品中营造的意境也颇具诗化艺术风格，可归入诗化小说范畴。

1937年，抗日战争全面爆发，这场战争使整个中国进入了民族存亡的关键时刻，在历史发展的滚滚车轮下，抗战和存亡成为我国作家创作中的两大主题。进入20世纪40年代后，随着抗战的深入，我国一些作家的创作形式和内容也越来越丰富。这一时期，沈从文的嫡传弟子汪曾祺试图打破小说、散文以及诗的界限，尝试创作了《复仇》《小学校的钟声》等短篇小说。此外，我国作家冯至的《伍子胥》以历史故事为支架，营造了一种别具一格的诗意风格。这一时期，现实主义文学作家孙犁创作的《荷花淀》《吴召儿》《山地回忆》等作品则是在立足于时代现实、关注战争以及战争下人民的生活的同时，作为别样的诗化小说将我国的诗化小说推向一个崭新的阶段。

二、诗化小说的第二阶段

中华人民共和国成立后，我国作家在响应突出文学的政治功能的号召的同时，创作出一批脍炙人口的诗化小说作品，例如，在以孙犁为代表的“荷花淀派”中，刘绍棠所创作的《田野落霞》《西苑草》等作品。此外，茹志鹃的《百合花》、路翎的《初雪》、刘真的《长长的流水》等也都带有较强的诗化色彩。

孙犁是解放区最先在现实主义文学的基础上尝试创作诗化小说并取得了一定成绩的作家。其对诗化小说最大的贡献是一改过去许多作家在诗化小说中的忧郁、感伤的基调，传达出了一种明朗而又乐观的精神，这样的精神既符合革命文学的基调，也开创了诗化小说的新境界。孙犁等“荷花淀派”作家在对战争进行描写时，刻意避开了对战火纷飞的正面战场的描写，也没有表现战争中满目疮痍的现状，避免表现战争的残酷与惨烈，而关注战争阴影下仍然保留着“善”与“美”的人民。孙犁的小说往往不以情节取胜，甚至他的一些小说并没有十分完整的情节，而是用某一种观念，将一连串的生活画面或生活细节串联起来，将大段自然景物描写与人性的善和美结合起来抒发情感。这一时期的诗化小说中充斥着华北水乡的清新气息。20世纪60年代后，由于社会环境的限制，诗化小说创作进入低谷期。

三、诗化小说的第三阶段

改革开放后，中国的政治、经济、社会环境发生了重大变化。这一时期，文学的创作环境逐渐变得宽松起来，文学创作中出现多元化的美学格局。在这种文学创作背景下，诗化小说作为一种颇受年轻作家青睐的文学创作形式重新登上了中国文坛，并为中国文坛带来了一股清新的风气。

20世纪80年代，我国诗化小说创作进入高潮时期，这一时期的代表作品有铁凝的《哦，香雪》、汪曾祺的《受戒》《大淖记事》、贾平凹的《商州初录》《商州又录》、何立伟的《小城无故事》《白色鸟》、史铁生的《我的遥远的清平湾》《奶奶的星星》、张承志的《黑骏马》《北方的河》《绿夜》、张炜的《声音》《一潭清水》《盼雪》、王蒙的《春之声》《海的梦》《蝴蝶》《焰火》等。中后期以现代实验性诗化小说为主，代表作品有苏童的《飞越我的枫杨树故乡》《祭奠红马》《桂花树之歌》、孙甘露的《我是少年酒坛子》《信使之函》《访问梦境》、张承志的《黑山羊谣》《海骚》《错开的花》和李晓桦的《蓝色高地》等。

汪曾祺是这一时期诗化小说作家的主要代表。1980年汪曾祺发表了《受戒》，这篇小说被视为新时期文学的代表作品。这篇小说一反中华人民共和国成立后描写重大主题、树立典型人物、体现时代性的文学创作的一贯手法，选取了非重大主题和题材，塑造了非典型人物，也不具有强烈的时代性。从小说情节上来看，这部小说甚至不存在贯穿全文的情节，小说中的叙述十分随意，无拘无束。此外，这部小说的笔调十分轻松，语言如同行云流水一般，对民俗风情的描写颇具看点，整体风格特色十分明显，一经发表就引发了人们的广泛关注。继《受戒》之后，汪曾祺又创作了《大淖记事》《岁寒三友》《徙》《鉴赏家》《职业》《故里三陈》《桥边小说三篇》等一系列小说，这些小说将新时期诗化小说的创作推向了高潮，并对许多诗化小说作家产生了十分重要的影响。之后，阿城、贾平凹、何立伟、王阿成等一批作家受到了汪曾祺创作风格的启发，相继创作出一批诗化小说。

除汪曾祺外，其他作家也纷纷在小说中表达对爱情的赞美。例如，张洁创作的诗化小说《爱，是不能忘记的》通过讲述一段凄美的、柏拉图式的爱情故事揭示出“只有以爱情为基础的婚姻才是道德的”的主题。这部小说的主题并不新颖，然而作家却依靠充满诗意的语言营造了一种诗意氛围，突出了作品的诗意情调。此外，王安忆的《雨，沙沙沙》、茹志鹃的《百合花》等也都属于描写爱情的诗化小说的代表作品。

除爱情主题外，史铁生创作的《我的遥远的清平湾》以及韩少功的《远方的树》等则以“知青”岁月为主题，使用散文笔法以及抒情语调，体现了小说的诗化色彩。这一时期，受孙犁的影响，铁凝创作的《哦，香雪》《没有纽扣的红衬衫》和贾平凹创作的《商州初录》《商州又录》及《商州再录》等作品均具有较强的诗化小说色彩，因此被归入我国20世纪80年代的诗化小说系列。张炜的小说《声音》《一潭清水》《怀念黑潭中的黑鱼》等以清新优美的笔触突出描绘了淳厚古朴的风俗人情和清新旖旎的自然风光，作品中透露出较浓郁的田园风味，表现出对善与美的歌颂以及对人性

贪婪的劣根性的批判。阿城的《遍地风流》《彼时正年轻》《杂色》《专业》《色相》等小说大多篇幅不长，使用淡然而从容的语调对发生在农村的悲剧进行叙述，这种表达方式格外地表现出了一种深切的悲凉与辛酸，而这种强烈的情感表达成为阿城诗化小说的主要特色。张承志的《骑手为什么歌唱母亲》《黑骏马》《北方的河》、何立伟的《白色鸟》《雨晴》《雪霁》《单身汉轶事》、王阿成的《年关六赋》《良娼》《空坟》等均属于诗化小说。

20 世纪 80 年代的诗化小说与 20 世纪 20—30 年代以及 20 世纪 50 年代的诗化小说不同，随着社会思潮和美学风格演变，诗化小说在诗意内涵和叙事模式等方面都发生了变化，突出表现为叙事空间由前期的完整统一裂变为后期的多维杂存。叙事空间的裂变适应了当时的社会文化心理。诗化空间的裂变蕴含着丰富的意识形态内涵，它既是一种抵制僵化的现实秩序的方法，也是诗化小说应对现实和摆脱边缘化文体地位的叙事策略。这一时期的诗化小说是在改革开放后我国社会发生巨大变化的背景下，以及在对中国“十七年文学”等的反思基础上发展起来的。这一时期，我国的诗化小说在创作中整体上体现出从宏大叙事转向日常生活叙事，从人的异化到对人性、人道主义的肯定与强调，从不涉及风俗、风景的描写到重点强调风俗与风景的描写等变化。这些变化使这一时期我国诗化小说中的诗意更加浓郁，作品的审美价值也更加明显。

20 世纪 90 年代，随着改革开放的深入，我国逐渐从社会主义计划经济向社会主义市场经济转变，同时，随着商品经济观念逐渐渗透到社会的各个层面，中国的文化和价值观也逐渐步入了一个复杂的转型期。这一时期，我国期刊改制，文学期刊以及出版社走上了市场化发展道路，大量文学期刊转型、停刊或改版，纯文学类的期刊越来越少，这使得我国文学创作不得不迎合大众的欣赏习惯，并以满足大众的阅读期待为主。我国的文学创作也呈现出多元化发展的趋势，大批作家为了维持生计，不得不从纯文学向通俗文学转型，文学创作走上了文化工业产品生产的轨道。另外，进入 20 世纪 90 年代后，随着商品经济逐渐进入农村并对农村的传统秩序产生了较大破坏，中国农村传统的小农经济思维逐渐被打破、被改变。与此同时，随着城乡收入差距越来越大，中国农村发生了天翻地覆的变化，农村的新一代年轻人开始进入城市成为打工者，而农村的留守老人和留守儿童现象越来越严重。这些社会现实以及文学创作上的新变化使我国诗化小说的创作逐渐处于文学创作的边缘地位。面对文学的这种发展趋势，我国一些作家在创作中仍然以作品的文学性作为创作主旨，创作了具有明显诗化小说风格的作品。例如，红柯创作的《雪鸟》《奔马》《吹牛》《美丽奴羊》、王阿成创作的《正正经经说几句》《胡天胡地风骚》《天堂雅话》、迟子建创作的《雾月牛栏》等作品均可划归诗化小说行列。

迟子建的小说《北极村童话》延续了我国诗化小说的一贯传统，这部小说的故事情节较差，重点突出情绪以及热爱大自然的诗意气息。刘庆邦的农村题材小说用纯净的语言表现理想美化的农村，其中充溢着打动人心的温情，属于优美的诗化小说。而红柯的作品婉约柔美，以新疆壮丽的自然景观以及独特的生活方式为重点，表现出一种雄强、奇崛的野性之美。除了以上几位作家外，鲍十的《春秋引》《黑发》《生死庄稼》《咸水歌》、衣向东的《吹满风的山谷》《鸟音》、魏微的《薛家巷》《乡村、穷亲戚和爱情》《一个人的微湖闸》、鲁敏的《离歌》《纸醉》《思无邪》等作品也都以语言优美、表现人性之美而著称，属于诗化小说。

进入21世纪后，随着网络文学崛起，诗化小说的边缘化地位更加明显，这一时期我国的诗化小说作品主要有石舒清的《清水里的刀子》《果院》、陈继明的《寂静与芬芳》、漠月的《锁阳》《放羊的女人》《湖道》、张学东的《送一个人上路》《跪乳时期的羊》、郭文斌的《吉祥如意》《农历》《大年》、阿舍的《苦秋》《核桃里的歌声》等。

第三节　中国现代诗化小说的主题与时空形态

现代诗化小说中渗透了诗歌的审美元素，其发展引起了关于小说文体边界的理论争论。一方面，必须正确看待文学体裁的规范性和确定性，小说有其与诗歌异质的规定性，小说和诗歌不宜混同；另一方面，具体的诗歌和小说作品的文体形态特征不是固定划一的，文学体裁既有规范性，又有开放性，但其开放性有一定的边界，文学体裁的规范性、开放性存在于

具体的、历史的建构过程中。因此，本节认为中国现代诗化小说属于一种特殊的文体。对中国现代诗化小说作家来说，选择这种文学创作形式与其对社会和人生所持的静观和反思的态度存在着必然联系。本节主要从中国现代诗化小说的主题与时空形态入手，对其特点进行更加深入的分析。

一、主题

中国现代诗化小说在主题方面形成了自己的特殊取向，如回忆、故乡、童年、梦幻等主题成为诗化小说中反复出现的主题。这些主题早已超越它们本身所具有的现实意义，成为一种更宽泛的概念，它们的深层意义远在现实层面之上，成为诗化小说作家的一种精神追求、一条体悟人生价值的通道。具体来说，中国现代诗化小说的主题主要表现在以下四个方面。

（一）回忆

中国现代诗化小说作品常以回忆的方式构建小说的文本。中国现代诗化小说作家大多通过呈现过去生命体验中美好的、充满诗意的瞬间，反衬现实社会中的失落与孤寂，用回忆中的美好人性反衬现实社会中的人性缺失或道德沦丧，从而实现审美救赎或人性救赎。从中国现代诗化小说的发展历程来看，回忆并非某个诗化小说的写作特点，而是中国诗化小说中普遍存在的一个主题。例如，20 世纪 20—30 年代，在被中国学术界公认为中国现代诗化小说开山之作的《故乡》中，鲁迅将现实中的故乡与记忆中的故乡进行对比，表现出因现实中故乡衰败、萧索的现状而产生的失落情绪。再如，20 世纪 80—90 年代，贾平凹、铁凝、阿城、茹志鹃、张承志等人的作品中均充满了对过去的回忆。诗化小说中的回忆不同于其他文体小说中的回忆，其并非对过去的简单再现，而是通过作家的思想加工，将过去生命中美好或不美好的瞬间通过重新排列组合的方式呈现出来，突出美好的事物，过滤不美好的事物，从而使对过去的叙述呈现出一种诗意的、理想的美。

从回忆主题来看，中国现代诗化小说中的回忆并非执着于无差别地记叙过去的印象，也不执拗地选择美好的回忆作为内容。按照此主题大体可将中国现代诗化小说分为两种类型。

第一种类型为在曾经的美好回忆中略加一些感伤的诗性美，表达一种淡淡的悲哀。对中国现代诗化小说作家来说，回忆是一种叙述方式，可以拉动整个小说叙事进展，并在小说叙事中营造一种浓厚的抒情氛围。而之所以能够获得某种抒情氛围，是因为作家在诗化小说中增添了一种感伤的诗性美。例如，鲁迅在《故乡》中通过回忆少年闰土与“我”的交往，构建了一个活泼、自由的乡下孩童的形象，令读者十分神往。然而，在现实世界中，当“我”终于见到心心念念的儿时伙伴闰土时，却发现已至中年的闰土早已失去了当年的机警和聪明，而在生活的磋磨下变成了一个麻木的、毫无灵魂的、唯唯诺诺的中年农民。这种回忆与现实的强烈的反差对比为回忆增添了一种感伤的诗性美。再如，许钦文所创作的《父亲的花园》也以第一人称进行叙事，文中对记忆中父亲的花园进行了大段描写，并且重点回忆了母亲带领一大群孩子在父亲的花园中摘花的盛况。然而，现实中父亲的花园早已没有了当年的繁盛，变得破败和凋零，曾经聚在一起的一大群孩子也早已各奔东西，各自在命运的驱使下忙碌地过活，甚至再聚也遥遥无期。这种回忆与现实的对比令人顿生“好花不常开，好景不常在”的感伤与悲哀之情。除了这两篇作品以外，废名的《柚子》《初恋》《阿妹》、萧红的《小城三月》和萧乾的《篱下》《矮檐》等也都表现出类似的感伤的诗性美。

第二种类型为通过回忆反衬作家对当下生活境遇或生命状态的反思。在这类诗化小说中，作家的主要目的并非回忆，也并非单纯表现回忆的美好，而是在回忆中融入对现实的观照，以达到警醒世人、表达情感的目的。一般来说，中国现代诗化小说特有的充满诗意的美感多存在于回忆之中。这种回忆是经过一定的过滤后形成的，当对现实进行观照时，现实中存在的诸多不如意和不完美，甚至丑恶的一面，往往会对整部作品的诗意美感造成破坏。因此，这类诗化小说中的诗意美感通常呈现出一种断裂之态。例如，老舍的《月牙儿》以第一人称“我”进行叙述，讲述了一个少女在生活的逼迫下失去了曾经的美好，而一步步沦为暗娼的经历。这部小说中“月牙儿”是一个贯穿全文的实物，也是“我”回忆中最为珍视的东西，象

征着“我”童年的美好。整个故事在具有诗意的语言表述下充满了现实的残酷。这种残酷使回忆中存在的诗意与现实生活相互交织，并具有一种矛盾的美感。除了这部作品以外，《梦之谷》《果园城记》《无望村的馆主》《北望园的春天》《后花园》等均属于此类诗化小说。

（二）故乡

故乡是人类生命中极为重要的所在，是保留着生命原初意味的载体，也是中国现代诗化小说中重要的主题之一。故乡作为人类最初成长的地方，在人类的整个生命体验中占有不可替代的位置。中国是一个传统农耕社会，中国人自古至今都具有较浓重的乡土情结。在我国古代文学中，故乡与还乡是重要主题之一。中国现代诗化小说作家对故乡也有较为浓重的情结，许多诗化小说作家均将故乡作为其书写的对象。而与现实主义文学不同的是，诗化小说中的故乡是一种精神上的故乡，拥有较之现实中的故乡更加丰富和深邃的空间意识与诗性内涵。现实主义作家在涉及故乡主题时常表现出对故乡的批判，而在中国现代诗化小说中，故乡则成为作家创作理想国的源泉。例如，鲁迅以《故乡》为题进行创作；沈从文以湘西故乡作为凭依，构建出世外桃源般的湘西世界理想国；贾平凹以自己的故乡为依托创作出“商州”系列小说；等等。

在中国现代诗化小说中，故乡具有以下几个层面的含义。

首先，故乡是现实中地理意义上的故乡。我国幅员辽阔，不同诗化小说作家故乡的自然景观和人文景观各不相同，因此其创作也呈现出千差万别的风格。例如，沈从文的故乡湘西位于贵州、重庆、湖北和湖南四地交界处，位于沅水流域，是汉族、苗族等多民族的居住区，拥有独特的自然地理环境和与众不同的人文景观，而这一切均成为沈从文的创作基础及其创作素材的主要来源。而萧红的故乡位于中国东北，北方特有的自然地理环境和哈尔滨特殊的人文环境成为萧红创作的主要素材库。

其次，故乡不仅是地理意义上的故乡，还是诗化小说作家的精神寄托之地，故乡隐藏着小说作家理想中的世界。以沈从文为例，在沈从文离开故乡湘西之前，他对湘西的自然地理和人文习俗进行了充分的了解。童年时期的沈从文主要的活动场地是其出生地凤凰城，进入私塾后，顽皮好动的沈从文常常逃学。逃学后的沈从文开始“阅读”凤凰城这本“大书”，他细心地观察街上的每一家店铺，发现其中的有趣之处，在好奇心的驱使下，他跟随大人们一起到刑场看杀人，到码头听水手闲谈。除此之外，他还对凤凰城周围的山与河产生了浓厚的兴趣，与小伙伴一起下河游泳或爬山、寻洞。参军后，沈从文得以离开凤凰城，见识更加广阔的湘西，他曾多次搭船出游或赶路途中每到一地必然探访当地的名胜古迹，并到码头和河街上闲逛，观察周围人的言行，了解各种传闻与故事，这些经历给沈从文留下了极为深刻的印象。即使后来沈从文不得不离开故乡寻找出路，故乡也仍然在沈从文心中保持着完美的形象。当沈从文来到北京后，其思想与现代都市生活中的人格格不入，因此被嘲讽为“乡下人”，然而沈从文不以为意。他厌恶现代都市中处处存在的功利思想，而与现代都市相比，记忆中未受到现代文明沾染的故乡的一切都显得无比美好。故乡不仅成为沈从文写作的素材库，更成为他的精神寄托之地，他在作品中所构建的世外桃源般的湘西世界是其理想和精神的皈依之所。除了沈从文之外，萧乾、师陀、废名、萧红、骆宾基等诗化小说作家对故乡的情感也极为浓厚，他们都将故乡视为心灵的栖息地。

最后，故乡还包含诗化小说作家对自我身份的定位和认同。由于故乡寄托了诗化小说作家的理想，因此诗化小说作家笔下的故乡往往是经过了层层过滤和美化的、充满诗意的“故乡”，这种故乡在现实社会中往往是不存在的。在现实中，许多诗化小说作家从乡村迁入城市之后始终无法适应现代都市生活，他们在城市生活得越久，对记忆中美丽的故乡越珍视。然而，当作家回到故乡时，面对现实世界中故乡的破败与萧索，常常感到难以言喻的失落，而理想故乡与现实故乡之间的巨大差异也使诗化小说作家常常陷入对自我身份定位和认同的摇摆之中。例如，鲁迅所创作的《故乡》一文中，“我”在阔别故乡二十多年后终于回到了故乡，然而记忆中的故乡却早已物是人非。对此，“我”不禁发出感叹：“阿！这不是我二十年来时时记得的故乡？”这篇小说中，“我”记忆中的故乡是鲜活的，这份记忆不仅体现在自然和人文景观上，还体现在现实存在的人身上，体现在少

年闰土身上。然而，少年闰土消失就如同故乡自然、人文景物消失一样，这使故乡在现实面前分崩离析。面对这样的故乡，“我”与故乡告别，离开了这个被称为“故乡”的地方。鲁迅在《故乡》中的这种体验也是许多从乡村迁入城市的诗化小说作家的体验。他们在故乡与城市之间摇摆，对自己身份的定位与认同处于矛盾状态。

（三）童年

童年是个体生命成长过程中最为特殊的、记忆最为深刻的时期，也是中国现代诗化小说最为重要的主题之一。童年不仅是诗化小说作家的关注对象，还是其他各类文体小说作家创作中频繁出现的主题。从概念来看，童年的含义十分广泛，包括童年经验、童年记忆以及童年时期所形成的对这个世界的理解和感受等。在中国现代诗化小说中，作家借助童年这一主题构建了一个与现实世界相通，却也保持着一定距离的时空隧道，从而使小说具有了一种超越现实的诗化美感。童年之所以会成为诗化小说的诗学主题之一，是因为其在人生经历中有着特殊地位。

首先，童年经历是人生经历的一部分，在个体性格的形成中具有重要影响，因此会伴随人的一生。许多作家最终走上写作道路都与他们的童年经历有着直接关系。巴什拉（Bachelard）在《梦想的诗学》中曾指出：“一个人童年时代所形成的对这个世界的诗意感觉和诗化印象，往往会成为他终生难以抹去的记忆。但是这种记忆需要被唤醒，只有在某种特定情境或者时间环境下，这种诗意记忆才会被激活，然后被作家捕获。一种潜在的童年存在于我们身心中。当我们更多的是在梦想中而不是在现实中重寻童年时，我们再次体验到它的可能性。”[①] 由此可见，童年经历对诗化小说作家具有十分重要的影响。我国许多诗化小说作家在写作中都十分注重童年经历，如鲁迅、萧红、废名、萧乾、骆宾基等。他们大多从童年的角度，借助回忆的手段，再现童年某一时刻诗意的美感。而童年经历受到诗化小说作家的青睐与其在诗化小说中的巨大优势有着直接关系。一方面，童年

① 巴什拉．梦想的诗学[M].刘自强，译．北京：生活·读书·新知三联书店，2017：126.

经历往往是诗化小说中体现诗意和美感的重要组成部分。童年经历是作家脑海深处的记忆，与现实生活之间有着遥远的时间距离。作家在成年后，隔着十几年、数十年的光阴回望童年时，可以用一种超脱的眼光重新审视童年的生活，不再拘泥于童年的不幸，而是将童年时期诗性的美好体现出来，甚至对童年的不幸也进行了某种程度的美化。另一方面，童年时期人们往往保持着一颗未曾受到污染的童心，而这份童心使孩童的观察视角与成人的观察视角截然不同，孩童可以发现许多未曾发现的世界之美，这种对世界的观察视角正是诗化小说所着意表现的充满诗性的主体世界。这也是众多诗化小说作家选择童年这一诗学主题的原因。例如，萧红的《小城三月》《家族以外的人》《呼兰河传》等诗化小说中多以孩童的视角进行叙述，这使文学作品呈现出一种孩童世界特有的单纯和诗意状态。由于个体的童年经历不同，由童年经历带来的生命体验也有所差别，因此不同作家小说中诗化色彩和童年叙事所起到的重要作用也不相同。

其次，童年视角叙事成为中国现代诗化小说作家逃避现实世界苦难的方式。许多中国现代诗化小说作家由于对现实世界不满又无处逃避，因此躲进童年经历织就的避难所中，创建出一个脱离现实的诗意世界。孩童是单纯的、简单的、不问世事的，在他们眼中，世界简单又美好。例如，我国现代诗化小说作家废名是一个擅长从童年经历入手进行创作的作家。《竹林的故事》中，三姑娘的童年是幸福的，也是不幸的。如果从三姑娘母亲的角度来看，生活是十分艰辛的，丈夫死后，她独自靠种菜和卖菜养活女儿，其中的艰难可想而知。然而，三姑娘却自始至终保持着快乐、平和的心态，这种单纯的赤子之心是唯有儿童时期才能获得的心境。废名借助童年经历，构建了自己充满诗意的理想国。

除了废名以外，在鲁迅、许钦文、萧乾等作家的诗化小说作品中，童年经历的创作也不可忽视。在他们的笔下，孩童世界成为一个富有别样魅力的世界。例如，鲁迅的《社戏》《故乡》、许钦文的《父亲的花园》《“我看海棠花”》等作品。在鲁迅的《社戏》中，作家以第一人称“我”的视角，回忆了美好的童年时光：“我们每天的事情大概是掘蚯蚓，掘来穿在铜丝做的小钩上，伏在河沿上去钓虾。虾是水世界里的呆子，决不惮用了自己的

两个钳捧着钩尖送到嘴里去的，所以不半天便可以钓到一大碗。这虾照例是归我吃的。其次便是一同去放牛，但或者因为高等动物了的缘故罢，黄牛、水牛都欺生，敢于欺侮我，因此我也总不敢走近身，只好远远地跟着，站着。这时候，小朋友们便不再原谅我会读‘秩秩斯干’，却全都嘲笑起来了。”在这篇文章中，作家还回忆了童年时期和小伙伴一起去赵庄看社戏的场景，社戏的内容早已模糊不清，他却对与小伙伴一起吃罗汉豆的开心经历记忆犹新，而在这之后，再也没有吃过“那夜似的好豆”，看到“那夜似的好戏”，其间夹杂的苍凉令人唏嘘。

综上所述，童年作为诗化小说最重要的主题之一，所表现出来的诗学价值十分独特。它既复苏了诗化小说作家内心深处的童年记忆，又唤醒了读者对远去的童年时光的留恋；同时，在诗化小说中，作家将童年经历与现实世界相对照，突出了现实世界的残酷和儿童世界的美好。诗化小说作家一方面通过回忆童年找回对过往人生的诗性体验，另一方面在美化的童年记忆中建立了一个诗性的世界，并在这个世界中寄托了自己的灵魂和精神，以实现对自我生命的拯救和解放。

（四）梦幻

在中国传统抒情文学中，梦幻主题具有较高的审美价值和深刻的精神内涵。与中国传统抒情文学相比，中国现代诗化小说作品中的梦幻主题所表现出来的诗学特征具有一定的独特性，主要表现在以下两个方面。一是中国现代诗化小说作品中梦幻主题的内涵更加深刻。中国传统抒情文学中，作家通过“人生如梦”之类的感慨，表现出巨大的惆怅等情感。在中国现代诗化小说中，梦不再是一种纯粹的虚幻，而是一种不同的诗意人生境界，它超越了传统文学意义上的虚境，从而进入一种艺术化的人生意境中。二是中国现代诗化小说作品中的梦幻主题开始与西方现代哲学中的唯美主义和超现实主义等思想结合，迸发出新的活力，从而被诗化小说作家赋予新鲜内涵和哲学色彩。

中国现代诗化小说中梦幻主题的表现方式主要体现在以下几个方面。

首先，中国现代诗化小说作家将梦幻作为一种少女式的天真梦想，反映了人物内心深处隐秘的愿望。以沈从文为例，他在作品中十分擅长使用梦幻主题表现人物内心深处隐秘的愿望。例如，在《边城》中，二老在对岸为翠翠唱情歌时，作家采取了一实一虚的写作手法，通过梦幻主题表现出诗化色彩。其中，写实之处为大老听到二老开口唱歌后的反应，大老认为，二老那竹雀般的嗓音一定能赢得翠翠的心，而他自己对赢得爱情失去了信心；同时，老船夫坐在对岸的屋子里听到二老的歌声后，又欣喜又惆怅。写虚之处则为翠翠的梦境。翠翠在二老唱歌时已经睡着，伴着二老的歌声，她梦到自己被浮起来，还到平时只能仰望的山坡上采了一把虎耳草。作家通过梦幻的方式将爱情在翠翠身上产生的魔力进行了诗意的表现，以隐晦的手法暗示翠翠从一个天真懵懂的少女开始产生对爱情的渴望。又如，在《萧萧》中，萧萧听到人们谈论女学生，在亲眼见到与她同龄的女学生自由的模样后，对城里的女学生十分羡慕。于是，当祖父开玩笑地称她为女学生时，萧萧自然而然地答应了。当萧萧在懵懂无知中被花狗欺负并怀有身孕后，萧萧虽然害怕，但极有主见地提出要花狗带她到城里享受女学生般的自由。由此可见，像城里的女学生一样自由是萧萧充满梦幻的理想，然而这一隐秘的理想却因其被花狗抛弃和独自准备逃跑时被抓而告终。又如，在《会明》中，老兵会明虽然身处战火纷飞的战场，但是心中依然藏着一个隐秘的梦幻，在这一梦幻中，会明养了一大群鸡，当上了一群小鸡雏的外公。

其次，中国现代诗化小说作家将某些人生的现实情境梦幻化，从而使小说呈现出一种别样的美感。例如，沈从文的《一个女人》中，三翠面对不幸的生活，坚强勇敢地生活下去，在辛勤劳作之余，她会想起自己当兵的丈夫，希望丈夫带着金银财宝回家，还做了一个儿子终于长大、娶了媳妇并生下孙子的美梦。在这篇作品中，作家并没有正面表现三翠抚养儿子的辛苦，而是使用了梦幻这种浪漫的方式，将三翠作为一位母亲的坚强表现出来。沈从文通过梦幻主题表达人物的人生理想，使现实世界与梦幻世界交织起来，呈现出一种诗性交融的独特审美体验。再如，在萧乾的《梦之谷》中，作家以第一人称的口吻讲述了“我”与一个女孩之间的凄美爱情故事。在这篇小说中，作家营造了一种极其梦幻的意境，文章开头即以

“我”充满惆怅的回忆展开叙述，使“我”与女孩之间的爱情在梦幻中展开，并通过具有诗意的语言和对自然景物的描绘，营造出一种极富诗意的氛围。又如，老舍在《微神》中通过现实和梦幻的交错构建出一种虚幻的叙事氛围。

最后，中国现代诗化小说作家以梦幻烘托主人公命运。在这类诗化小说中，梦幻并非小说的绝对主题，而是以一种重要的氛围或情绪的形式呈现出来，并影响小说的诗性建构。例如，师陀的《无望村的馆主》、何其芳的《王子猷》《浮世绘》等作品均属于此类诗化小说。

综上所述，梦幻作为中国现代诗化小说的主题之一，具有独特的诗学意味。梦幻所独有的朦胧美感和不真实感一方面能够为诗化小说营造一种深沉幽远的人生意境，另一方面能够为小说中的人物或环境增添一种诗性的氛围，使诗化小说作家借助梦幻表达出更加丰富的意蕴和内涵。

二、时空形态

诗化小说在现代抒情小说中占主体地位，它与写实小说互补，推动现代小说文体的发展。诗化小说拓展了小说反映生活的广度和深度，强化了小说的审美特征，推动了现代小说观念的转变。

中国现代诗化小说在“像”与“不像”之间，以一种相当独特的文体形式，试图突破中国传统小说创作体式中所存在的“套”或“型”，加以尝试和创新。这一独特的小说谱系在一定程度上继承了中国古典小说与生俱来的开放性与杂糅性，较为自觉地传承了中国传统美学精华，即意境的感受、营造和表现等。在对人生的审美追求上，中国现代散文化、诗化小说的构成及内蕴与中国哲学和民间文化密不可分。中国现代诗化小说较为突出的文体创新之处很大限度地体现在个性化小说的建构上，在视野选取方面将传统中西方小说中重要的因素“时间”与“空间”凝固化、静观化。

（一）时间存在形态

诗化小说的时间并非现实世界中物理意义上的时间，而是存在于文学作品中的时间。文学作品中的时间与现实物理意义上的时间不同，并非一个客观的现实世界时间，而是作家刻意在文学作品中呈现出的一种读者能够感受到的时间。与现实主义小说中具体的历史时间点和连贯性的线性时间不同，中国现代诗化小说中时间的存在形态往往并不以历史时间为准，而是体现为个人生命时间，即以小说主人公的生命体验为标志，将生命个体对历史的独特经历和感悟体现出来，使诗化小说呈现出个体生命时间与历史时间交织在一起的情景。具体来说，中国现代诗化小说作品中的时间存在主要呈现出三种形态。

首先，中国现代诗化小说的时间存在形态之一——回溯。回溯是指在现实的基础上往回看，即通过追忆过去重新找回在个体生命中已经失去的时间。例如，鲁迅在《社戏》一文中通过第一人称视角，对童年生活中某一事件进行叙述，重新获得了过去那段时间里特殊的生命体验。又如，在《故乡》中，作家先交代了回乡的原因，再讲到回到故乡后所见的苍凉与萧索，并立足于现实的时间，对童年生活和童年生活中出现的人进行追忆。他通过这种现实时间与过去时间的交织，表现出过去时间的珍贵，突出现实时间的沧桑。除了鲁迅之外，我国许多诗化小说作家在作品中均通过回溯的方式，重返过去载有个体经验的生命现场。例如，萧红的《呼兰河传》、骆宾基的《幼年》、萧乾的《篱下》《梦之谷》等均属于此类诗化小说。值得注意的是，诗化小说中的回溯并非单纯对过去发生的某一件事情的回忆，而是在当下世界重新体验过去那一时刻，其表现的并非已经过去的过去，而是正在经历的过去，强调对曾经某一时刻生命现场的再现。对诗化小说作家来说，回溯的方式可以使作家在精神上获得极大的慰藉。

其次，中国现代诗化小说的时间存在形态之二——静止。诗化小说中时间的静止形态并非绝对静止，而是相对静止。在许多诗化小说中，作家通过各种艺术手段构建一种虚幻的、超脱现实的封闭空间，在这一空间中，时间是相对静止的。例如，在废名的《菱荡》《桥》、沈从文的《静》等诗化小说作品中，作家即营造了特殊的静止时间。《桥》这部小说讲述了小林、琴子和细竹之间的故事，在这部小说中，作家打破了传统小说起因—发展—结局的时间叙事方式，无论是小说章节的名称，还是小说的故事情节均没有交代有序的时间线索。相反，凡是涉及时间的因素作家都以模糊

的方式处理。整部小说仿佛是一幅幅从生活中随意剪辑而成的画面，每一个画面都可以独立存在，包括小说对大段过往的时间也处理得颇具艺术性。作家通过一页的空白表示十年光阴的流逝，又通过对当地人和当地景物与十年前的比较，隐晦地表达出这个世外桃源般的地方在十年间并没有任何变化，暗示时间在这一环境中处于相对静止的状态。在现实生活中，时间是不可能静止的。而在诗化小说中，时间的相对静止表明了一种理想化的生命状态。在这种相对静止的环境中，诗化小说作家可以尽情地展现生活中的诗意美好。

最后，中国现代诗化小说的时间存在形态之三——永恒。传统小说尤其是现实主义小说多采用线性叙事的手法，因此时间常处于线性的、不断向前发展的状态。然而在中国现代诗化小说中，除了回溯与静止两种时间存在状态以外，还存在恒常化的时间。所谓恒常化的时间是指时间呈现为“回环节奏”的生命时间体验，表现了诗化小说作家在时间的长河中获得长久的生命的想法。沈从文、萧红、师陀、冯至、何其芳等作家的诗化小说中即体现了这种时间状态。以沈从文为例，沈从文在诗化小说中的时间叙事即呈现出一种时间回环节奏。例如，在《边城》中，作家以倒叙的方式开始叙述，讲述了翠翠十五岁时在端午节到来之际，回忆起前两个端午节的情境的故事，而在这年端午节前后，老船夫围绕翠翠的婚事，与船总顺顺一家人周旋。故事的最后，大老和老船夫相继死去，二老离家出走，翠翠则在溪边日复一日地等下去。从这部小说的叙事中我们可以看出，所有的时间都围绕端午节，并且在开放式的结尾中营造出永恒的时间存在状态，打造恒常化的时间叙事效果，并在这一时间叙事中展现出诗意的生命体验。

（二）空间存在形态

诗化小说中的空间存在形态也不同于传统现实主义小说中的空间形态。由于诗化小说对情节的表现并不似传统小说那样明显，因此诗化小说中的空间形态大多是通过作家内心的情绪、情感或由此产生的情味儿体现出来的。中国现代诗化小说中的空间存在形态主要以以下两种形式体现出来。

首先，通过创造意境空间展现诗化小说的独特空间形态。中国现代诗化小说作家在小说中大量借鉴中国传统诗歌的意境营造方法。例如，废名“以写诗的方式写小说”，在他的诗化小说《桃园》《竹林的故事》《河上柳》《菱荡》《莫须有先生传》《桥》中均出现了大量从传统诗歌借鉴而来的意境空间。《菱荡》中使用了瓦屋、泥墙、竹林、小河、城墙等在我国传统诗歌中常见的意象，营造了一个世外桃源般的意象空间陶家村：“一条线排着，十来重瓦屋，泥墙，石灰画得砖块分明，太阳底下更有一种光泽，表示陶家村总是兴旺的。屋后竹林，绿叶堆成了台阶的样子，倾斜至河岸，河水沿竹子打一个弯，潺潺流过。这里离城才是真近，中间就只有河，城墙的一段正对了竹子临水而立。竹林里一条小路，城上也窥得见，不当心河边忽然站了一个人——陶家村人出来挑水。落山的太阳射不过陶家村的时候（这时游城的很多），少不了有人攀了城垛子探首望水，但结果城上人望城下人，仿佛不会说水清竹叶绿——城下人亦望城上。”[①] 这一意境空间就如同一幅水墨画一般出尘、优美。又如，沈从文在湘西系列许多作品中均通过传统的意境营造方式，构建了一个个独具湘西特色的、诗意的意境空间。《边城》中先用大段文字描绘了边城所处的地理位置以及当地的人文风俗，然后由自然空间意境逐步过渡到人物身上，营造了一种特别的田园牧歌氛围。

其次，通过意象并置营造诗化的空间氛围。中国现代诗化小说中的意象并置是指打破叙述的时间流，并列地放置那些或小或大的意象单位，使文本的统一性不是存在于时间关系中，而是存在于空间关系中。[②] 例如，废名的《竹林的故事》《桃园》《桥》、沈从文的《边城》《长河》、何其芳的《王子猷》《浮世绘》、冯至的《伍子胥》、师陀的《果园城记》《无望村的馆主》。汪曾祺、萧红、师陀以及穆时英等诗化小说作家常使用这种意象并置的方法表现独特的空间。例如，废名的《菱荡》：“一日，太阳已下西山，青天罩着菱荡圩照样的绿，不同的颜色，坝上庙的白墙，坝下聋子人一个，他刚刚从家里上园来，挑了水桶，挟了锄头。他要挑水浇一浇园里

① 废名．竹林的故事[M]. 北京：海豚出版社，2014：76.

② 叶世祥．征服时间的纪念碑：鲁迅小说的空间化效果[J]. 绍兴文理学院学报（哲学社会科学版），1996（3）：90-95.

的青椒。他一听——菱荡洗衣的有好几个。风吹得很凉快。水桶歇下畦径，荷锄沿畦走，眼睛看一个一个的茄子。青椒已经有了红的，不到跟前看不见。”[①] 这段文字将各种诗歌意象以一种自由且松散的形式并列呈现在一起，这些意象之间并不以时间顺序作为逻辑叙事顺序，而是将它们融合在一个具体的共性空间里，使其呈现出一种相对静止的空间画面。

空间在现代诗化小说中所具备的这种特殊承载功能已经远远超出了它在一般叙事小说中所扮演的“环境”这一角色，它的存在为诗化小说作家完成其诗性建构提供了特殊的桥梁和纽带。[②]

综上所述，诗化小说在中国经历了多个阶段的发展，在中国现代文学发展中起着至关重要的作用。沈从文是中国诗化小说的代表作家之一，其诗化小说作品具有独特的浪漫特质，并对人性进行了深刻的思考与揭示，因此对其作品的研究具有十分重要的意义。

① 废名．竹林的故事[M]．北京：海豚出版社，2014：80.

② 卢临节．中国现代诗化小说研究[D]．武汉：武汉大学，2012：209.

第一章　沈从文作品中的浪漫与救赎

沈从文，原名沈岳焕，字崇文，是我国现代文学史上著名的作家、历史文物研究者。沈从文的文学创作以小说为主，散文为次，他是我国现代作家中创作文学作品数量较多的作家之一。沈从文的作品融写实、记梦、象征于一体，具有诗意般的浪漫主义风格，他以质朴的语言风格、浓郁的湘西文化色彩以及对生活与生命的反思，形成了独树一帜的浪漫文风与对人性的救赎的作品主题。

第一节　沈从文所生活的环境对其浪漫特质的影响

沈从文是一位极富浪漫特质的作家，这与他的生平经历、性格特点以及生活环境有着密切联系。沈从文将自己的性格特质带进文学创作中，以故土为根脉，书写了一个时代，写就了一部“心灵牧歌”。

一、沈从文生平经历与其浪漫特质的形成

（一）沈从文的年少经历对其浪漫特质的影响

沈从文生长于一个军人家庭。沈从文的曾祖父名叫沈岐山，原为贵州人，后为了生计，携带家眷从贵州铜仁迁居到凤凰城黄罗寨安家。沈从文的祖父沈宏富长大后因为家中贫穷，只得靠到凤凰城卖马草过活，生活贫困潦倒。1851 年，洪秀全等人在广西金田村发动农民起义，后建立了“太平天国”。1853 年，起义军攻克南京后将其改名为“天京”，并建都于此。清政府为了镇压太平天国起义，任命曾国藩为帮办团练大臣。曾国藩为了镇压太平天国起义，在湖南各地招募乡勇，创建湘军。沈从文的祖父沈宏富应召入伍，因骁勇善战，很快就被提拔为青年将领，并在 22 岁时被授予总兵衔，实授云南昭通镇守使。1863 年，时年 25 岁的沈宏富被命为贵州提督。沈宏富发迹后，将家从距离凤凰城几十里外的黄罗寨迁到凤凰城中一处古色古香、颇具南方特点的四合院。然而，好景不长，沈宏富不久便因伤病去世，时年仅 31 岁。

沈宏富去世后，只留下了房屋田产，却没有留下任何子女。沈宏富还有一个弟弟住在黄罗寨，但其妻子也不能生育。为了延续沈家香火，沈从文的祖母便又为沈从文祖父的弟弟娶了一位苗族女子，生下两个儿子后，将老二过继给沈宏富，名为沈宗嗣。沈家人希望沈宗嗣能够继承沈宏富的将门之风，走从武之路。然而，当时苗族在社会上颇受歧视，苗民之子不能参加文武科举，为此沈家便将生下两个儿子的苗族女子远嫁，向乡民们隐瞒沈宗嗣的苗裔身份。沈从文的父亲沈宗嗣从小立志继承家门的荣光，想做一名将军，并从十几岁开始学武。这一时期，凤凰城习武之风颇为盛行。朝廷实行改土归流政策以来，许多行伍出身的子弟成功跻身凤凰城的上层阶级，给予当地人许多刺激。此外，凤凰城作为军事重镇，历来是军人驻扎之所，加上两百多年间争斗不断，乡民出于自卫和保护家人的初衷而习武，形成了凤凰特有的习武氛围。沈从文的父亲从小在这样的环境中长大，学了一身出众的武艺，其后曾在八国联军攻占天津大沽口的战役中作为提督罗荣光身边的一员裨将参战。兵败后，罗荣光自尽殉职，沈宗嗣于乱军中逃出，返回湘西家中。尽管成为将军之路备受挫折，但沈宗嗣仍然不忘继承家门荣光，并参与了刺杀袁世凯的行动。行动失败后，沈宗嗣开始逃亡，直到袁世凯死后才得以归乡，并将希望寄托在子女身上。沈从文的母亲黄素英是凤凰城书院山长的后代，也是凤凰城本地唯一的读书人的后代，可谓出身书香门第，为人开明，思想进步，对沈从文的成长影响较大。

沈从文在家中排行第四，因幼年时出疹子导致身体十分瘦弱。他四岁启蒙，六岁进入当地的私塾读书。由于十分聪慧，他在上私塾前就已识字颇多，因此在读私塾期间，受到老师的责罚较少。沈从文的记忆力非常好，常常临时把书读上几遍，即可一字不差地背诵出来。由于私塾生活十分乏味，沈从文便学着同学的样子，用谎话欺骗先生和家里人，常常逃学出去看外面的世界。就这样，沈从文在读私塾时，也开始读家乡凤凰城这本“大书”。他对私塾外的世界充满了好奇，为了探索外面的世界，只能逃学。由于次数太多，他逃学的行为终被父亲发现，父亲认为私塾管教不严，一年后为其换了一家私塾。新私塾离家较远，上学时可以明目张胆地从长街上经过，这让沈从文慢慢发现了凤凰城中许多有趣的地方。沈从文每天上学时，提着竹篮光着脚从长街上走过，长街上的染布店、豆腐作坊、冥器店、银楼等店铺中奇特的工作场景总能吸引他的关注，让他百看不厌。除了长街上的店铺之外，沈从文还喜欢到西城关押犯人的监狱去玩，看监狱中的犯人清早戴着脚镣，到指定的衙门做苦役，看死刑犯被杀后的尸体。他还喜欢到小溪里摸鱼，看杀牛匠杀牛，看篾匠编织各种工具。他在私塾中上课时听到蟋蟀的叫声就再也坐不安稳，想方设法地逃学，到山野田间去捉蟋蟀，捉住后即到城里刻花板的老木匠家里借瓦盆斗蟋蟀。家人每次发现沈从文逃学后都施加惩罚，挨打、罚跪是家常便饭，但这并不能阻止沈从文屡次逃学。沈从文曾在《从文自传》中描写了其逃学的心理活动：“家中不了解我为什么不想上进，不好好地利用自己的聪明用功，我不了解家中为什么只要我读书，不让我玩。我自己总以为读书太容易了点，把认得的字记记那不算什么稀奇。最稀奇处，应当是另外那些人，在他那份习惯下所做的一切事情。为什么骡子推磨时得把眼睛遮上？为什么刀得烧红时在盐水里一淬方能坚硬？为什么雕佛像的会把木头雕成人形，所贴的金那么薄又用什么方法做成？为什么小铜匠会在一块铜板上钻那么一个圆眼，刻花时刻得整整齐齐？这些古怪事情实在太多了。”[①] 在逃学中长大的沈从文从小就发现凤凰城中种种有趣的事情，从孩子的视角观察凤凰城的人情百态，这为沈从文浪漫气质的形成奠定了良好的基础。

（二）沈从文的部队经历对其浪漫特质的影响

在凤凰城革命成功后，凤凰城的人事在表面上产生了一些改变，然而很快凤凰城又恢复了往日的宁静。1914 年，凤凰城建立了新式小学，沈从文于第二年即转到小学读书。新学校的教学方法和学生数量远非旧式私塾可比。沈从文很快适应了新学校的生活，课余时间和同学们一起爬树、下河游泳或赶集，继续到凤凰城各地看新奇热闹的事物。沈从文读高小时，凤凰城开设了军事学校，受本地人尚武风气的熏陶，沈从文进入军事学校开办的技术班学习。1917 年，沈从文小学毕业，技术班解散。当童年的沈从文无忧无虑地成长时，沈家却发生了较大变故。当时沈从文只有 14 岁，母亲决定送其去当兵，驻守沅陵。

沅陵依山傍水，位于沅水中游，是各类船只必经的水码头。沈从文在沅陵被编入支队司令的卫队。在这里，他在训练之余常常外出到河街上看新奇的事物，或到码头上看沅江中的船只。码头上可以见到水手、商人、船老大各色人等，还可以听到各种传闻，这为沈从文后来的创作积累了大量素材。几年后，其所在部队解散，沈从文回到了凤凰城的家中。随着年龄的增长，沈从文逐渐了解到家中生计艰难，托亲戚在芷江警察所里谋得一个办事员并兼任收税员的职位。沈从文得以在工作中到芷江城各处走动，见到了许多新奇有趣的事情。当芷江有名望的人家向沈从文提亲时，沈从文却拒绝了。情感方面的挫折最终导致沈从文的出走。沈从文离开芷江后，来到常德。这里是湖南著名的水码头，沈从文对这里几里长的河街和码头十分有兴趣，他每天都在河街上走一两个来回，看世情百态，站在码头上辨认各种船只，观察秉性和气质不同的弄船人。他不仅作为一个过客仔细

① 沈从文．从文自传[M]．长沙：岳麓书社，2010：168.

观察这里的生活图景，还与各色人等攀谈。此时，虽然沈从文生活窘迫，但是这部活生生的文化地理学却在无形中浸润着他的心灵。在常德停留一段时间后，沈从文搭乘一队货船离开了常德，亲身经历了沅江、白河一路上的险滩暗礁，并恣意欣赏了沿河两岸的迷人风光。之后，沈从文到达了湖南西北部的保靖县，并在这里谋得了一份书记员的工作。保靖县山水相依，风光独特，沈从文常与朋友们一起上山下河，生活潇洒恣意。不久，沈从文随部队从保靖前往川东，并在龙潭驻扎下来。龙潭是川东边境上的一个重要集镇，是川盐进入湖南的重要通道，也是桐油的集散地，市面十分繁荣。在这里，沈从文照例十分亲近自然，遇到了一些奇特的人和新奇的事。不久，回到保靖的沈从文得了伤寒，大病一场，这促使沈从文开始重新思考自己的未来，并最终做出了离开部队到北京读书的决定。沈从文的这一决定在改变了其个人命运走向的同时，也改变了中国文坛的格局。

纵观沈从文从军的经历，虽然他在多个地方几经辗转，但他始终保持着对自然山水和世情百态的浓厚兴趣。无论在沅陵、芷江，还是在保靖和川东，其所驻扎的地方始终离不开水，而对自然山水的亲近在无形中培养了沈从文的浪漫气质。尽管之后沈从文的生活经历了种种磨难，但这种浪漫却深深地刻印在他的骨子里，即使其远离故乡，也对故乡的生活历历在目。而正因为这种浪漫情怀，沈从文才得以在数年后借助文字重新构筑一个充满浪漫和诗意的湘西世界。

（三）沈从文的爱情观对其浪漫特质的影响

在沈从文的一生中，除了文学创作，他和张兆和的爱情也充分体现了沈从文的浪漫特质。沈从文初次与张兆和相遇，是在 1929 年初到上海中国公学任教时。我国学者凌宇在《沈从文传》这部作品中指出，沈从文受胡适聘请，担任上海中国公学的老师。尽管在上课之前，沈从文做了充分准备，但在第一次登台时，他猛然见到挤满屋子的学生，一时心惊，大脑一片空白，顿时呆立在讲台上长达十分钟之久。十分钟后，沈从文终于平静下来，开始讲课，然而由于过于紧张，原定一小时的课程，沈从文十几分钟就讲完了。再次陷入窘迫中的沈从文只好拿起粉笔在黑板上写道：“我第

一次上课，见你们人多，怕了。”这些目睹沈从文讲课时窘境的学生中就包括张兆和。张兆和出身名门贵族，作为大家闺秀，她雅静平和，气质独特，然而骨子里却十分传统。沈从文的窘迫与狼狈令她十分同情。而沈从文也在众多的学生中发现了张兆和的身影。张兆和的美貌与沉静的性格深深地吸引着他，令他寝食难安，坐卧不宁。很快，沈从文不再满足于上课时见到张兆和，而很想下课时与她交谈。为了追寻自己的爱情，沈从文便将相思之情注于笔端，开始给张兆和写情书。初次收到沈从文情书的张兆和十分紧张，为了不将此事张扬出去，她对沈从文写情书的行为采取不予理睬的态度。

然而，张兆和这种沉默的拒绝并没有使沈从文就此放弃，他仍然不断地给张兆和写情书。这一坚持就是四年。1932 年，张兆和从中国公学毕业回到位于苏州的家中。那时，沈从文已到山东青岛大学任教。想到四年来追求的爱情，沈从文决定到苏州看望张兆和，并希望得到她的明确答复。放假后，沈从文特意准备了书籍作为礼物，辗转来到苏州张兆和家拜访。此时，张兆和并不在家中，张兆和的二姐张允和接待了沈从文，并请沈从文到家中等待，然而沈从文以为张兆和有意躲避，因此返回下榻的旅馆。不久，张兆和在张允和的鼓励下来到旅馆邀请沈从文到家中做客，沈从文这才进入张家。沈从文的到来使张家人也开始正视他与张兆和之间的感情，尤其是张允和十分赞同这门姻缘。沈从文返回青岛后，写信给张允和，托她代为征询张父对沈从文与张兆和关系的意见，并在写给张兆和的信中幽默地说：“如爸爸同意，就早点让我知道，让我这个乡下人喝杯甜酒吧。”① 张兆和的父亲十分开明，并无异议。1932 年底，沈从文终于收到了张父应允他与张兆和交往的电报，张兆和与沈从文正式开始通信。学期一结束，沈从文即赶往苏州，与张兆和一起到上海面询张父。二人终于确定了婚约。之后，张兆和与沈从文一同到青岛，并在青岛大学图书馆工作。沈从文的爱情长跑终于得到了一个圆满的结局。

从沈从文对爱情的追求中可以看出，沈从文对待爱情的方式十分浪漫，将一腔思恋之情倾诉于笔端，依靠情意绵绵的文字，向心爱的人表达爱意，

---

①　凌宇．沈从文传[M]．北京：北京十月文艺出版社，2003：104.

最终化解了爱人的心结，打动了爱人的心，赢得了爱情与婚姻。沈从文这种对待爱情的态度和做法，至今看来仍然十分浪漫。得到爱情滋润的沈从文还以爱人为塑造人物形象的原型，不断以浪漫的思想，创作出一篇篇颇具浪漫气质的文字。

综上所述，沈从文浪漫特质的形成与其生平经历有着直接关系，无论是少年凤凰城中逃学时的所见所闻，还是青年入伍参军、辗转各地时的所见所闻，抑或追求爱情时的义无反顾、诉诸笔端的相思等，都对沈从文的浪漫特质的形成起到了极其关键的作用。

二、沈从文故乡与其浪漫特质的形成

沈从文的家乡凤凰位于湖南西部，凤凰城几十里外便是苗乡。这座城市虽然不大，却是中华民族的传统农耕文化、楚巫文化、汉文化和苗文化的交融之地，具有得天独厚的自然风光以及人文传承。凤凰城坐落于一个山坳里，既古老又特别，其城墙多用精致的石头砌成，城内石板街、奇梁洞、石桥以及流水共同构成了一幅绝妙的山水画卷。凤凰城四周为高大的青山，城北有河水潺潺流过，形成了空灵秀丽的自然风光，被人称为中国最美的两个小城之一。沈从文的浪漫特质与其故乡的自然地理环境和人文环境也有着直接关系。

（一）故乡自然地理环境对沈从文浪漫特质的影响

凤凰城从地理位置上来看，靠近苗族集聚地，自清朝起至民国时期，这里经常发生族群争斗。大约在雍正年间，清政府对湘西实施“改土归流”政策，为了防止苗族人民的反抗，清政府特派兵驻扎在这里，并开始修建城堡，设立道尹衙门。20 世纪初期，凤凰城逐渐发展为一个数千人规模的小城。凤凰城外构建了数千座碉堡，形成了奇特的景观。沈从文曾在其作品《凤子》中详细地描述了凤凰城外的风光：“试将那个用粗糙而坚实巨大石头砌成的圆城作为中心，向四方展开，围绕了这边疆僻地的孤城，约有五百左右的碉堡，二百左右的营汛。碉堡各用大石块堆成，位置在山顶头，随了山岭脉络蜿蜒各处走去；营汛各位置在驿路上，布置得极有秩序。这

些东西在一百八十年前，是按照一种精密的计划，各保持相当的距离，在周围数百里内，平均分配下来。”①

凤凰城的自然地理环境对沈从文来说有着莫大的吸引力，他幼年时常常逃学到凤凰城中各处玩耍。其离开湘西到北京之前，对自然地理环境的热爱都超越了其对人文知识的热爱。无论是年幼逃学时，还是参军期间，每到一处他都抽出时间寻觅附近的自然山水。沈从文作品也以湘西地区的自然景物为主体构筑了一个极具浪漫气质的世外桃源般的生态世界。从地理位置上来看，湘西位于湘、鄂、渝、黔交界处，是汉族与苗族、侗族、土家族等少数民族混居的地区，地处西南地区著名的沅江流域，古代则称之为“五溪蛮”。这些河流中险滩迭起，乱石密布，恶浪咆哮，亘古长流。而江两岸的山脉则夹江而立，怪石狰狞，危峰蔽日，密林蒙烟，云雾晦暝。这样的环境是整个中华大地上难得一见的奇异美景，自然也吸引了年少且好奇心重的沈从文。沈从文在参军时，每到一地，必然到附近的名山古洞去探索一番，或下河游泳，或上山览胜，充分领略湘西的自然奇秀之美。他曾与身边的年轻士兵一起下河游泳，也曾一起爬上河岸的悬崖峭壁到狮子洞和石楼洞中探寻美景，并在高山险洞、滔滔江水前谈人生与理想。而旁人不愿进入的寒潭洞，沈从文每天都要去里面乘凉解热，坐看洞中美景，耳听流水之声。在迷茫不知前路时，沈从文则与朋友们一起搭乘货船沿沅江、白河而行，走七百里水路，在船上领略两岸的自然风光。这些亲身经历使沈从文对湘西的自然环境产生了一种极为特殊的感情。自然的生机与奇秀对沈从文浪漫气质的形成起到了十分重要的作用。

在沈从文创造的湘西世界中，水是其中的精华，也是体现湘西世界之浪漫的重要因素，而山则是水的依凭。如果只有水而没有山，则是无源之水；只有山而没有水，则又似乎缺少了无数生机与活力。在沈从文的文学作品中处处都可见到对山水的描写。例如，在《边城》中，沈从文对白河的描写：“那条河水便是历史上知名的酉水，新名字叫作白河。白河下游到辰州与沅水汇流后，便略显浑浊，有出山泉水的意思。若溯流而上，则三丈五丈的深潭皆清澈见底。深潭为白日所映照，河底小小白石子，有花纹

① 沈从文．沈从文全集：小说：7［M］．太原：北岳文艺出版社，2009：106.

的玛瑙石子，全看得明明白白。水中游鱼来去，全如浮在空气里。两岸多高山，山中多可以造纸的细竹，长年作深翠颜色，逼人眼目。近水人家多在桃杏花里，春天时只需注意，凡有桃花处必有人家，凡有人家处必可沽酒。”① 又如，《槐化镇》中：“还有一个地方，就是田坪中那个方井泉。泉在田坪中，似乎把幽雅境致失去了。但泉的四围，十多株柳树，为前人种下来，把田坪四围的阔朗收缩了许多。且坐在泉边看女人洗菜，白菜萝卜根叶浮满了泉尾的溪面上，泉水又清到那样，许多女人都把来当镜子照到理发，也有趣。水流出井外时，则成了一条狭长小溪。泉水的来源，是由地底沙土中涌出的，在日光下，空气为水裹成小珍珠样，由水底上翻，有趣到使人不忍离开它。”②

除了山水之美外，沈从文还尤其关注因气候变化而形成的不同的自然之美。湘西的一年四季在沈从文的笔下呈现出格外浪漫的色彩。沈从文从小生活在湘西，除了一年四季的山水美景以外，对云雾的变幻之美，印象也十分深刻。沈从文曾在多篇文章中描绘了湘西的云雾变化。而与云相比，沈从文对湘西地区的雾的印象更为鲜明，在其小说《动静》中，沈从文就对湘西的雾进行了细腻的描写：“每天黄昏来时，湿雾照例从河面升起，如一匹轻纱。先是摊成一薄片，浮在水面，渐如被一双看不见的奇异魔手，抓紧又放松，反复了多次后，雾色便渐渐浓厚起来，而且逐渐上升，停顿在这城区屋瓦间，不上升也不下降，如有所期待。轻柔而滚动，缓缓流动，然而方位却始终不见有何变化。颜色由乳白转成浅灰，终于和带紫的暮色混成一气，不可分别。”③ 由此可见沈从文对河面上雾的观察之细致。除了山水和云雾以外，绚丽的晚霞也是沈从文留意观察的对象，沈从文在多部作品中都曾对晚霞进行描写。例如，在《夜渔》中，沈从文对秋季晚霞的描写：“天上的彩霞，做出各样惊人的变化。满天通黄，像一块奇大无比的金黄锦缎；倏而又变成淡淡的银红色，稀薄到像一层蒙新娘子粉脸的面纱；

① 沈从文 . 沈从文全集：小说：8 [M]. 太原：北岳文艺出版社，2009：66.
② 沈从文 . 湘西 [M]. 长沙：岳麓书社，2013：154
③ 沈从文 . 沈从文全集：小说：10 [M]. 太原：北岳文艺出版社，2009：252-253.

倏而又成了许多碎锦似的杂色小片，随着淡宕的微风向天尽头跑去。”[①]

除了自然山水以外，自然界中的生灵给沈从文留下了极深的印象，它们既是沈从文观察的重点，又是沈从文作品中描写的重点。例如，沈从文在《橘园》中对橘园生机勃勃景象的描写展现出了生命的茁壮之美。除此之外，沈从文作品中的水中之鱼、林中草木、桃花、禾苗、蝶蛾等，均充满了生命的活力，展现出湘西世界中生机勃勃的一面。自然界的山水、云雾、朝阳、晚霞、雨雪、雷电等无不带有神奇的美，而自然界中的生物在四季轮回中，与山水融合成一幅和谐的自然画卷。在这幅画卷中，自然万物共同奏出生命的乐章。在这一和谐、充满生命力的自然乐章潜移默化的影响下，沈从文以一颗赤子之心接近自然，痴迷自然，形成了一种极为特殊的浪漫气质，其笔下的湘西世界充满了旺盛的自然生命力。

（二）故乡人文环境对沈从文浪漫特质的影响

沈从文的故乡凤凰城地处湘西，在沈从文出生及成长的年代里，这里虽然不时爆发苗民起义行动，但与当时中国的其他地方相比，仍属于一片未被现代文明浸染过深的地区。这里是沈从文生命成长的摇篮，也是沈从文心灵的圣地，是孕育沈从文浪漫气质的沃土。故乡人文环境对沈从文浪漫特质的影响主要表现在三个方面。

首先，故乡的民俗文化影响沈从文浪漫特质的形成。沈从文的故乡是一个苗民与汉民共同居住的地方，除了奇秀的自然环境以外，这里的人们过着一种古朴自然的生活。从精神特质上来看，他们崇尚自然，依山而居，凭水而生，这体现出鲜明的人与自然共生共荣的意识。沈从文从小就对其成长的环境进行了细致入微的观察。他在幼年时期求学时，并非只沉迷于自然山水之中，更是在充满世俗风味的市井中流连忘返。沈从文到城外读私塾时，每天都从长街上路过，长街上的每一家店铺都令他着迷。他会花上很长时间观察染布店中苗族汉子跨上碾石碾压布匹，使之染色的场景；也会细心留意豆腐作坊内苗族妇人边背着孩子辛勤工作，边轻轻唱歌引逗

① 高长梅，崔广胜．高中语文选修课补充读本：小说阅读与欣赏[M].石家庄：花山文艺出版社，2010：227.

孩子的场景；更会对银楼中工人细致的手艺活产生莫大的兴趣。而少年参军时，无论辗转到哪一处，码头与河街都是沈从文最爱去的地方，也是沈从文观察世情百态的地方。这些年少时细致的观察成为沈从文浪漫气质形成的重要来源，也是其成年后创作的重要素材。

在所有世情百态中，民俗文化是最吸引沈从文的。湘西是多民族杂居区，早在古代，外界对湘西即有“言语饮食，迥殊华风，曰苗，曰蛮”的评价，由此可见，苗族的民俗文化与其他地区有所不同。在这里，端午节、中秋节、春节、元宵节等都是当地最热闹的日子，也是最能体现当地民俗文化的节日。沈从文的作品中不止一次写到端午节的民俗盛景。在其《过节和观灯》一文中，沈从文充满深情地回忆道：“近年来，我的记忆力日益衰退，可是四十多年前在一条六百里长的沅水和五个支流一些大城小镇度过的端阳节，由于乡情风俗热烈活泼，将近半个世纪，种种景象在记忆中还明朗清楚，不褪色，不走样。”[①] 由此可见湘西端午节给沈从文留下的印象之深。而沈从文在《边城》中，则借主人公翠翠的经历详细地描述了端午节时特有的习俗。从吃粽子到赛龙舟，再到人与鸭子的竞赛，湘西的端午节从早起隆隆的鼓声开始，直到夜间方能结束：“端午日，当地妇女、小孩子，莫不穿了新衣，额角上用雄黄蘸酒画了个‘王’字。任何人家到了这天必可以吃鱼吃肉。大约上午十一点钟左右，全茶峒人就吃了午饭，把饭吃过后，在城里住家的，莫不倒锁了门，全家出城到河边看划船。河街有熟人的，可到河街吊脚楼门口边看，不然就站在税关门口与各个码头上看。河中龙船以长潭某处作起点，税关前作终点，作比赛竞争。因为这一天军官、税官以及当地有身份的人，莫不在税关前看热闹。划船的事各人在数天以前就早有了准备，分组分帮，各自选出了若干身体结实、手脚伶俐的小伙子，在潭中练习进退。船只的形式，与平常木船大不相同，形体一律又长又狭，两头高高翘起，船身绘着朱红颜色长线，平常时节多搁在河边干燥洞穴里，要用它时，拖下水去。每只船可坐 12 个到 18 个桨手，一个带头的，一个鼓手，一个锣手。桨手每人持一支短桨，随了鼓声缓促为节拍，把船向前划去。带头的坐在船头上，头上缠裹着红布包头，手上

① 沈从文．沈从文散文：鉴赏版 [M]．西安：太白文艺出版社，2012：345.

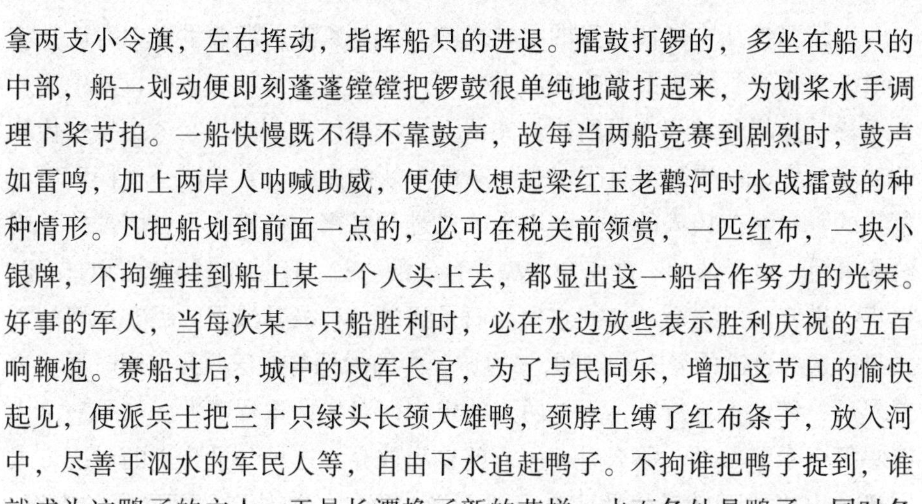

拿两支小令旗，左右挥动，指挥船只的进退。擂鼓打锣的，多坐在船只的中部，船一划动便即刻蓬蓬铛铛把锣鼓很单纯地敲打起来，为划桨水手调理下桨节拍。一船快慢既不得不靠鼓声，故每当两船竞赛到剧烈时，鼓声如雷鸣，加上两岸人呐喊助威，便使人想起梁红玉老鹳河时水战擂鼓的种种情形。凡把船划到前面一点的，必可在税关前领赏，一匹红布，一块小银牌，不拘缠挂到船上某一个人头上去，都显出这一船合作努力的光荣。好事的军人，当每次某一只船胜利时，必在水边放些表示胜利庆祝的五百响鞭炮。赛船过后，城中的戍军长官，为了与民同乐，增加这节日的愉快起见，便派兵士把三十只绿头长颈大雄鸭，颈脖上缚了红布条子，放入河中，尽善于泅水的军民人等，自由下水追赶鸭子。不拘谁把鸭子捉到，谁就成为这鸭子的主人。于是长潭换了新的花样，水面各处是鸭子，同时各处有追赶鸭子的人。船与船的竞赛，人与鸭子的竞赛，直到天晚方能完事。”[①] 从对湘西端午节民俗特色的描写中可以看出，湘西端午节习俗与中国其他地区的端午节习俗相比，别具一格，给沈从文留下了极深刻的印象，且数十年毫不褪色。

除了端午节以外，逢年过节时，狮子龙灯焰火也是湘西地区极为著名的民俗节目，几乎每条街都有自己的灯，从正月初一到十二，全城敲锣打鼓到各处玩，白天表演戏水，晚上则在灯火下玩蚌壳精。十三至十五叫“烧灯”，全城比赛谁家的焰火更加出众，这些表演常常吸引全城男女老少来看，十分热闹有趣。这样热闹而奇特的民俗活动成为沈从文浪漫气质形成的重要影响因素。

除了热闹的节日民俗以外，湘西地区的衣食住行、婚丧嫁娶、新船下河等种种日常习俗也给沈从文留下了极深的印象，也是沈从文浪漫气质形成的重要影响因素。

其次，故乡和谐的人际关系影响沈从文浪漫特质的形成。在沈从文生活和成长的年代，湘西由于地处偏僻，尚未被外面世界的现代文明所波及，因此其人际关系较为简单，世情民风较为淳朴，呈现出和谐的人际关系，而这种真挚的人际关系对沈从文浪漫气质的形成起着重要的作用。

---

① 沈从文．沈从文全集：小说：8 [M]. 太原：北岳文艺出版社，2009：73-74.

爱情是沈从文湘西世界的主题之一，也是真实的湘西世界中对沈从文的浪漫气质产生较重要影响的因素之一。湘西是多民族杂居区，其中苗族人对待爱情的热情和大胆给沈从文留下了深刻印象。沈从文从小接受传统的儒家教育，并受到出身于书香门第的母亲的影响，常常以一种探索新奇事物的眼光对苗族人的劳作和求爱方式进行观察。苗族人不受儒家传统规约的束缚，对爱情的态度完全取决于自己的心意，不受金钱和权力的支配，也不必遵守父母之命和媒妁之言，而是通过一种极其浪漫的唱歌定情的方式自由选择自己的爱人。例如，《边城》中的天保与傩送两兄弟同时喜欢上翠翠后，谁都不愿放弃，于是两人约定到河对岸向翠翠唱歌，如果一个人能唱得令翠翠心动，那么另外一人就自动放弃。这种公平公正的对决方式即显示出当地百姓对待爱情自由而不受约束的、纯朴自然而和谐的态度，这深深地打动了沈从文，因此浪漫的爱情也成为沈从文笔下的主题之一。

除了爱情以外，亲情是沈从文湘西世界中和谐人际关系的重要组成部分。沈从文生长在一个传统的大家庭中，其父母共生育了九个孩子，成活了三子二女。沈从文对家人的感情较深。由于他在幼年时十分淘气，家里人对其成长多有关注。一旦沈父抓住沈从文逃学，沈从文就会免不了挨打和被罚跪。然而在一些大事上，沈父却十分尊重沈从文自己的选择。沈从文 9 岁时，凤凰城外的革命党人起义，和清军之间的激烈冲突一触即发。暗中支持革命的沈父得知消息后，立即安排妻子和儿女出去避难。然而，沈父并没有采用命令的方式，而是询问并尊重沈从文的意见，让他留在了凤凰城。革命成功后不久，沈父离开家乡前往北京，沈从文的大哥肩负起看管沈从文的责任，为了不让沈从文下河游泳，近视且听力不好的大哥一件件检查沈从文和小伙伴扔在岸上的衣服，从而确认自己的弟弟是否在其中。沈从文的二姐去世，沈母伤心欲绝，这也给沈从文带来了较大打击。长大后，沈从文对家人的感情依然不减。他在迷茫时，曾投奔大哥寻找出路；在送弟弟参军时，他黯然神伤；而在乱世之中，兄弟团聚时的场景也格外动人。沈从文的母亲和妹妹也长期与他们兄弟几个一起生活。除了家人以外，一些亲戚在沈从文成长过程中，也给予了他许多温暖。沈从文一家人的相亲相爱是凤凰这座小城中亲情的一个缩影。在这里，家人之间相

互关爱的风气深深地影响着沈从文的世界观。在这种和谐的亲情关怀中长大的沈从文，在作品中描绘了许多温暖而真挚的亲情。例如，《边城》中翠翠与爷爷相依为命的亲情以及船总顺顺与儿子天保、傩送之间的父子亲情等均十分感人。

在故乡的和谐关系中，还有一种感情对沈从文的生活与创作产生了较大影响，那就是友情。沈从文在成长过程中从来不缺乏友情，童年与少年时期，沈从文在逃学和部队参军时，与同龄人建立了友谊。在沈从文的家乡凤凰，人们的交往中不乏重义轻利、亲情疏财的行为。沈从文年少时常常在码头和河街上玩耍，观察生活中的人生百态，他人对友情的态度不仅影响着沈从文，还成为沈从文作品创作的素材。例如，《边城》中杨马兵和老船夫之间的友情，沈从文并没有着意描写和刻画，然而老船夫常对杨马兵倾诉心事，老船夫死后，杨马兵毅然代替他对翠翠的生活和未来的归宿进行谋划，由此可见二人之间可贵的友情。除此之外，在《贵生》中，贵生与五爷之间亦仆亦友的情感体现出湘西人与人之间真诚质朴的友情。

总而言之，故乡人民对待爱情、亲情和友情的态度以及由此而呈现出来的和谐的人际关系对沈从文浪漫特质的形成起到重要的促进作用。

最后，故乡特有的巫文化影响沈从文浪漫特质的形成。凤凰地处湘西，受到历史上湘楚文化的影响。湘楚文化中的巫文化在这一地区有着较为深远的影响，当地人也对此有着较强的信仰。这种巫文化多通过相关的仪式和行为体现出来。在外人看来，这种文化十分神秘。沈从文从小在这种环境中长大，受其影响，了解了许多与巫文化有关的事情。其在文学作品《神巫之爱》《凤子》《长河》中都曾对巫文化的信仰和仪式进行描绘。从历史发展来看，巫文化是湘西人心目中普遍存在的信仰，在精神方面起着维持湘西世界原始和半封闭状态的作用，在一定程度上为湘西世界构建了一个不受外界影响的屏障，构建了一个美与爱和谐共存的乐园。

综上所述，故乡的自然地理环境和人文环境对沈从文浪漫特质的形成起着重要作用，无论是故乡的自然山水、四季风光，还是故乡特有的纯朴的爱情、亲情和友情，均对沈从文的浪漫特质的形成起着不可或缺的作用。

第二节　沈从文作品中诗性的浪漫故事

沈从文的作品中最为人称道的就是小说。实际上，沈从文的散文创作也取得了相当非凡的成就。无论是他的小说还是散文，均带有一种独有的诗性特点。其中，表现了诗性的浪漫故事更是数不胜数。

一、沈从文作品中浪漫的爱情故事

爱情是人类永恒的主题，也是沈从文文学作品中最重要的主题。沈从文在多部小说中描写了浪漫的爱情故事。

（一）青年男女朦胧而浪漫的爱情故事

《边城》中翠翠与二老之间的爱情故事是沈从文作品中最为人称道的、纯真的爱情故事。翠翠虽然皮肤黝黑，家境贫寒，但明眸善睐，长得十分好看，她每天和祖父老船夫一起管理渡船，像一只山间的小鹿般单纯而质朴，具有湘西女子特有的自然生态美。二老长相俊美，出身于当地船总之家，然而他从小所吃的苦并不少，在同辈青年中出类拔萃，也是众多茶峒女子爱慕的对象。两人年少时，曾数次于端午节相见，每次相见二老都在翠翠心中留下了深刻的印象。翠翠的祖父虽然只是一个守渡船的老人，但由于当地尊老敬老的民风，因此也颇受尊重。

翠翠和二老的爱情从酝酿到成熟历经三个端午节。在翠翠的印象中，第一年端午节，祖父因接替自己掌管渡船的人喝醉了而脱不开身去接翠翠。翠翠在河边等到天黑，有个年轻人捉了水中的鸭子上岸后，邀请她到自己家中等候祖父。这个年轻人就是二老。然而，翠翠却误会了他的好意，骂了他，而那人则开玩笑地让翠翠当心大鱼咬她。事后，二老还是不计前嫌，让家里的伙计送翠翠回家。这件事给年龄尚小的翠翠留下了深刻的印象。第二年端午节，在翠翠和祖父看赛龙舟时忽然落雨，他们到船总顺顺家的吊脚楼上避雨，虽然没有见到二老，但听到二老在青浪滩过端午的消息。第三年端午节，翠翠和祖父在管理渡船时，恰好碰到一对穿着讲究的母女，

她们是为二老说亲的乡绅。翠翠与祖父到城里看赛龙舟时，又遇到这对母女。乡绅家用一座崭新的碾坊作聘礼打算与二老成亲，被二老拒绝。然而，二老和大老却都喜欢上了翠翠。两人相约一起到对岸为翠翠唱情歌，谁能唱得翠翠心动，谁就娶了翠翠。翠翠的心里一直喜欢二老，二老的歌声不仅唱进了翠翠的梦里，还唱进了翠翠的心里。但是，由于种种误会，二老并不明确知晓翠翠的心意，而大老眼见与二老相争没有胜算，只好搭船离开家乡，却没想到意外客死他乡。二老因为对老船夫产生误会与怨气，同时不确定翠翠的心意，在大老死后不久，又被家里人逼着与他人结婚，然而他心中却还属意与翠翠的爱情，无奈之下，只能搭船外出，远远离开故乡到了辰州。而老船夫则因备受顺顺父子冷遇，又为翠翠的亲事着急，背负着重重压力生活，最后终于在一个雷雨交加的夜晚去世了。故事的最后，翠翠依然在碧溪岨边等待着二老，两人的爱情能否迎来圆满的结局，却无人知晓。这一爱情故事虽然掺杂着青年人的羞涩与隐晦，但婉转反复，别有一种青少年纯真、美好的青涩与浪漫。

（二）兵士的爱情

兵士的爱情故事是沈从文笔下常写的爱情故事之一。沈从文的故乡凤凰驻扎了许多兵士，而沈从文在年少时也曾在部队中当兵，因此他对湘西的兵士生活十分了解。20世纪早期，湘西的兵士不仅要进行训练，还要到各地去清剿乡民。他们滥杀无辜，自己也常常被人所杀。这些事情给沈从文的一生留下了极其深刻的印象。除此之外，兵士的爱情也是沈从文着重描写的对象，最显著的特点就是短暂。

在《边城》中，沈从文描写了一段兵士的爱情故事，即翠翠母亲与翠翠父亲的爱情故事。翠翠的母亲在青春年少时，爱上了一个军人，当翠翠的母亲怀孕后，翠翠的父亲想约翠翠的母亲一起向下游逃走。然而，这一行为需要翠翠的父亲抛去军人的职责，成为逃兵，而翠翠的母亲也必须离开年老孤独的父亲。对此，她十分不忍心。翠翠的父亲见翠翠的母亲没有抛弃责任远走他乡的勇气，而留下来必然会毁坏两人的声誉。于是，翠翠的父亲便服毒自尽了。翠翠的母亲可怜腹中的孩子，不忍心拖孩子一起去死。老船夫知道这件事后，并没有责怪女儿，而是像平常一样。翠翠的母亲只好怀着极其复杂的心情活下来。然而，在翠翠出生后，她却故意到溪水边吃了冷水而死。这种生死相随的爱情在体现当地人对爱情的忠贞之余，也可看出二人对浪漫爱情的向往：既然不能同生，则只能同死。

在《参军》中，沈从文描写了军队开拔前，青年王五急忙去与情人相会的场景。老参军猛然带来了部队开拔的消息，而年轻的军人王五则因为与情人正要好，舍不得情人，匆忙赶到情人家想再享受片刻的温柔。老参军担心王五的身体，前往王五的情人家中寻找王五，并提醒他注意身体，却又担心王五匆忙间身体落下隐疾，急忙鼓励王五与情人相会。但是，老参军回到部队后，却又听闻部队不开拔了，开拔需要等到三五天之后。得知这一消息的老参军担心王五匆忙之间跑回伤风，又回到王五的情人家中，告诉王五部队不开拔了。这一带有喜剧色彩的短篇小说将兵士与情人之间脆弱的爱情反映得淋漓尽致。

在《连长》中，一个刚驻扎在此地的连长与当地一个年轻的寡妇成为相好。寡妇渴望从连长这里得到爱情，并且使自己的终身有所依靠。连长虽然在当地什么事情也没有，但是仍然一天点三次名，每到傍晚时，必定从寡妇家赶回部队，并与司务长清算一次伙食账。有一次，天快黑时，连长喝了许多酒，仍声称必须在当天赶回部队。寡妇不解，明明回到军营中也没有事情可做，为什么不能第二天再回去呢？连长无意间说漏嘴，说因为担心接到上头部队开拔的命令，他需要赶回军营。寡妇听到这句话时，才清晰地意识到，她与连长之间的爱情只是露水姻缘，并不能长久，难免伤心起来。直到腊月二十三，眼见马上过年，部队开拔的可能性小了一些，连长才将办公地点改在寡妇家。这使寡妇稍稍放心。然而，连长仍然让人每天吹三次点名号，每天和司务长清算一次伙食账，隐喻连长对部队开拔的隐忧并非不存在，军人的爱情仍然十分脆弱，随时会因部队开拔的命令而中断。

在《三个男人与一个女人》这一短篇小说中，作者以第一人称进行叙述。“我”和一个瘸子号兵经常到城中一家豆腐作坊，在那里常常能看到对面门中一位极其年轻漂亮的姑娘出入，这个姑娘是商会会长的女儿。“我”

和瘸子号兵作为部队中的普通兵士，自知无望结识与交好这位姑娘，只能每天到豆腐店远远地看这位姑娘，并与这位姑娘所养的两只白狗玩耍。后来他们才知道，两个兵士和豆腐店的青年三个人共同爱上了这位姑娘，都做着癞蛤蟆想吃天鹅肉的美梦。一天，瘸子号兵忽然告诉“我”，那位姑娘吞金自杀了，他们匆忙赶到豆腐店，看到对面门内祭奠那位姑娘的仪式，才明白她真的死了。然而，会长女儿下葬的第二天，瘸子号兵却一身泥土地回来，称会长女儿的尸体被盗走了，紧接着他们发现常去的豆腐坊关门了，那位做豆腐的青年消失了。最后，人们传说会长女儿的尸体在一个山洞中被人发现，身上和地下撒满了美丽的花朵。这个故事从侧面讲述了长期驻扎在某一地方的普通军人的爱情。由于身份所限，他们往往不能与心爱的人长相厮守，更多的是对当地美丽姑娘的一种暗恋。

（三）少数民族青年的爱情

湘西是一个多民族共同居住的地区，这一地区少数民族青年的爱情十分浪漫，并充满野性的活力。

《采蕨》这篇小说中的主人公五明是当地唱山歌的高手，他唱的山歌经常让女性听了脸红心跳，然而五明却喜欢一个年龄比他大的名叫阿黑的女人。五明趁阿黑上山采蕨做酸菜时，常常到山上帮她采蕨。两人因此得以打情骂俏，体现出大胆乡民的野性活力。

《雨后》描写了四狗和阿姐二人上山采蕨时，在山边的岩石旁相互调情，最终二人得以结合的故事。这部小说与《采蕨》一样，充满了山野乡民的大胆而浪漫的爱情。

《龙朱》这部小说是沈从文创作的一篇短篇小说。这篇小说的主人公龙朱是白耳族的王子，他是一个美男子，身体强壮得如同一头狮子，性格却温和谦逊得如同一只小羊，可谓人中之龙。他的美貌引来了神巫的嫉妒，却又因为美征服了神巫。龙朱的德行也堪称完美，他从不凭借自己的地位虐待人和动物，也从不对年老的长辈和女人失礼。他勇敢、诚实、善良、率真。然而，龙朱的完美没有让人愿意亲近他，反而让人们更加疏远他，将他视为一个神来崇拜。龙朱十分寂寞，十分渴望得到爱情。白耳族男女常以对歌来表达爱意，寻找爱情，他们在过年、端午节、中秋节以及民俗祭祀时都会成群地唱歌、跳舞。龙朱的歌声比所有人都婉转和嘹亮，当白耳族男子向他请教唱歌时，龙朱总是毫不藏私，而经过龙朱指点的人都得到了美貌善歌的女人倾心。由于龙朱太过完美而没有一个白耳族的女人敢与龙朱对歌，龙朱也没有遇到自己的爱情。一次，龙朱在矮仆的带领下到了一个山头与山对面少女对歌，然而少女却并不相信与她对歌的人是大名鼎鼎的白耳族王子龙朱。当矮仆告诉龙朱已经打听清楚了与他对歌的女子的身份，要使用强制手段将女子抓来时，被龙朱制止了。在梦中，龙珠为了得到真挚的爱情，向天神发誓宁愿砍断自己的一只手臂，并在梦中终于抱得美人归。而在现实中，龙朱也终于得到了花帕族姑娘的认可，得到了自己寻找的爱情。这篇小说通过一个近乎完美的苗族青年寻找爱情的故事，反映出苗族青年男女恋爱的方式，十分浪漫动人。

《媚金·豹子·与那羊》是一部短篇小说。媚金是一个十分漂亮的苗族女子，她与豹子在山头唱歌，从早唱到晚，终于确认了彼此是自己的爱人，便相约当晚到洞中相见。豹子按照当地的习俗想要带一只毛色纯白的山羊到宝石洞中去与媚金相会，然而他在地保家找到的羊都不顺他的意，只好跑遍全村去寻找。终于找到了一只理想的小山羊，然而山羊却受了伤，豹子又抱着羊到地保家去为羊医治和敷药。在地保的催促下，豹子抱着羊赶到山洞，却发现媚金已在山洞中自尽。原来，媚金苦等豹子不来，眼看天将大亮，以为自己被人欺骗，愤恨绝望之下自杀了。豹子知晓原因后，也跟随媚金自杀殉情。这部小说描绘了因为误会而导致一对苗族青年男女为爱殉情的悲剧故事，充满了别样的浪漫。

二、沈从文作品中浪漫诗意的表现及原因分析

沈从文作品中之所以能够构建出一个浪漫的湘西世界，除了其作品中所写的浪漫故事外，还因为沈从文作品中存在着多重浪漫的诗意。

（一）沈从文作品中的语言是一种充满诗意的语言

沈从文作品的语言与其同代作家相比，呈现出亦雅亦俗、不落窠臼、

新鲜活泼的特色，既有阳春白雪般的抒情诗的氛围，也有下里巴人凡俗生活的艰辛和野趣。其语言雅致处常常令人心驰神往，凡俗之处也让人似曾相识。而雅致和俗两种完全不同的风格却和谐地出现在沈从文的作品中，共同构成了一个雅致而不失人间烟火、俗却不鄙陋的风格，使沈从文构建的湘西世界既典雅又通俗，充满了一种别样的诗情画意。沈从文作品中诗意的语言具有以下特点。

第一，文白杂糅。沈从文生活的时代正是由繁体字向简体字、由文言文向白话文过渡的时代。沈从文年幼时曾在私塾中接受过儒家经典教育，之后又接触社会上的新杂志，学习使用白话文进行写作和表达。其作品中的语言以晓畅、明白的白话文为基础，间或杂之以文言，从而使文章显得古朴典雅，紧凑而陡峭。一般来说，文白杂糅常常显得生硬、造作，然而沈从文的作品却并不使人感到生硬，相反具有一种更加简洁、委婉之美。这是由于沈从文在作品中善于运用带有文言色彩的单音词，如《湘行散记》中“一面必有个供奉祖宗的神龛”“我们弄船人，命里派定了划船，天上纵落刀子也得做事”中的“必”“纵”等均为单音节词语。沈从文的作品中常不用助词“的、地、得”，这使其作品的句式简峭，音节简朴，给人以简洁明快的美感，并因此而增添了许多古雅气息。例如，在沈从文的作品《湘西》中有“然而时间是个古怪东西，这件事到如今，当地人似乎已渐渐忘掉了”一句话，这句话如果加上“的”字，则为“然而时间是个古怪的东西，这件事到如今，当地的人似乎已渐渐忘掉了”，显得十分啰嗦。相比之下，去掉“的、地、得”，语言更加紧凑。沈从文的作品中还十分善于运用四字格等文言句式，尤其是在描绘自然景物时更是如此。例如，《湘西》中的描写：“夹河高山，壁立拔峰，竹木青翠，岩石黛黑。水深而清，鱼大如人。”寥寥数语即描绘出当地奇秀的自然风光。

第二，多用方言俗语。虽然沈从文的作品描绘了一个如同世外桃源的世界，但是这个世界并非完全与外界隔绝，反而洋溢着浓郁的生活气息。这里不仅有湘西优美如画的自然风光以及各种奇诡动人的古老传说，还有众多水手、士兵、船总、矿工、旅店老板、中小官吏、游侠等，他们的喜怒哀乐、人生经历深刻地揭示了社会上人性的善与恶、压迫与反抗。阅读沈从文的作品时，人们常常会产生十分强烈的代入感，和故事中的人物一起哭、一起笑。而其作品能够产生这种打动人心的力量，与沈从文刻画笔下主人公使用的通俗语言分不开。与沈从文描写自然景物时所使用的雅致语言不同，其叙述人物的语言，尤其是生活在社会底层的人物的语言，常常保持着一种人物角色特有的粗俗。例如，在《辰河小船上的水手》一文中用“多少钱一月？十个铜子一天，——× 他的娘。天气多坏！”等，形象地刻画出一个水手对不得不在恶劣天气中出船的无奈与抱怨。另外，在一些作品中，沈从文还以“老子”为第一人称进行写作，这种粗俗的语言正是湘西军营中兵士们的口头禅。这种贴近人物的粗俗语言不但不会引发读者的反感，反而营造出一种符合人物气质的氛围，有利于对人物形象的刻画，使人物形象活灵活现。

第三，节奏美较强。沈从文的作品具有较强的节奏美。沈从文散文中的节奏美得益于四字格、排比句、整散结合、对仗等艺术创作手法。例如，“水深流速，弄船女子，腰腿劲健，胆大心平，危立船头，视若无事”等语言均为四字语言。四字语言结构整齐，音节匀称，散落于字里行间，既为作品增添了较强的古雅气息，又为作品注入了音乐般的节奏美。沈从文作品中还十分善于运用排比句，突出文章的诗性美。除此之外，沈从文的作品中还常使用对仗手法和整散结合的句式，借以突出和增强散文的音乐节奏。

第四，绘画美和色彩美突出。沈从文在字里行间描绘出一幅湘西世界的风景画和风俗画。沈从文作品中的绘画美和色彩美十分突出，这主要缘于沈从文十分善于捕捉大自然的色彩，并在行文中大量使用各种表示色彩的词语。例如，《边城》中对翠翠长相的描写：“翠翠在风日里长养着，把皮肤变得黑黑的，触目为青山绿水，一对眸子清明如水晶。”这句话中使用了“黑黑”“青”“绿”等表示色彩的词语，寥寥几笔就勾勒出了一个生长于自然中的皮肤黝黑的健康而机灵的女孩。绿色是沈从文最喜爱用的色彩之一，他的作品中的山水、树木、竹林等均是绿色，并使用绿色构建了一个生气勃勃、充满了旺盛生命力的湘西世界。除了绿色，大红色和黄色等也是沈从文作品中常见的色彩，河面上的灯光、山路上用废缆做成的火把、

新嫁娘身上穿的红红的嫁衣以及杀牛杀鸡后流出的鲜明的血等，这些事物是沈从文常见的事物，而红色也是沈从文用来表现旺盛生命力的色彩。此外，沈从文还十分善于捕捉生活中的各种颜色，并为人们呈现出一幅幅五彩缤纷的画面，充分展现出沈从文作品中的绘画美和色彩美。例如，“灰色的雾”“紫色小鸟”“一汪黑水”“白色泡沫”“嫩红的扁嘴”等，五彩缤纷，共同构建出一幅幅奇丽的画卷，让人们为之惊叹。

第五，运用修辞手法。沈从文在作品中使用了多种修辞方法，如比喻、比拟、排比、对偶、通感、夸张、对比等。其中，比喻作为一种常见的修辞手法，能够使具体的事物形象化、抽象的事物具体化，从而在一定基础上增强文学作品的底蕴以及表现力和感染力。沈从文作品的比喻修辞手法十分常见。例如，“鼓声起处，船便如一支没羽箭，在平静无波的长潭中来去如飞”。这句话中，将船喻为一支没羽箭，形容船行之快。除了比喻，比拟也是沈从文作品中常见的修辞手法。沈从文在作品中将人比作动物或植物，有时也将一种事物比拟成另一种事物。例如，“他便飞快地同一只公猫一样，从那小棚中跃出，一把攫住了我的衣领”。这句话中，将“他”比拟成“一只公猫”，极言其动作灵敏、自然。又如，“下水时如一尾鱼，上岸接近妇人时像一只小公猪”，这句话中将水手分别比拟成“一尾鱼”和“一只小公猪”，形象地表现出水手的动作和特点。

沈从文还十分擅长使用通感修辞方法。例如，在《从文自传·保靖》一文中沈从文详细地描写了该地特有的狼嗥声：“这地方每当月晦阴雨的夜间，就可听到远远近近的狼嗥，声音好像伏在地面上，水似的各处流，低而长，忧郁而悲伤。”在这句中，作者将狼嗥叫的声音比作流水四处流淌，本来是听觉器官能够感受到的事物，在这里却转化为视觉，将狼的嗥叫声此起彼伏、忧郁绵长形容得十分形象、生动。除此之外，沈从文在作品中常追求一种陌生化效果。所谓“陌生化”是在行文中打破常规语言组合，通过语言的扭曲和变化，打通听觉和触觉之间的通道，从而呈现出一种陌生化的效果。例如，“他那神气真妩媚得很”中的“妩媚”一词原本是形容女性的专有词，在这里沈从文则用其形容男性的神情，让人读之不免产生耳目一新的感受。

（二）沈从文作品具有情景交融的意境之美

沈从文作品中的浪漫与诗意还表现在其作品中独具特色的意境之美，这种情景交融的意境之美主要表现在两个方面。

其一，使用意象来提升作品的诗意与浪漫。意象是构成意境的重要因素，在中国传统文学作品创作中起着极为重要的作用。然而，意象长期以来都被认为是诗歌的专利，其他文学作品类型对意象的研究较少。在沈从文散文中，存在着大量具有诗意特点的意象。例如，山、水、黄昏、动物、集市等，这些意象被沈从文注入了真挚的情感，从而具有了极强的艺术感染力，为沈从文的散文平添了无尽的浪漫诗意。

首先，沈从文作品中有水的意象。水是湘西世界的灵魂，也是湘西世界灵气的来源。沈从文在成长过程中，虽辗转多地，但时刻也没有离开江水，一直在水边长大，最熟悉的地方便是江边的码头以及河街上的店铺。水作为一种意象贯穿于沈从文几乎所有的湘西作品中。沈从文笔下的水以河水、溪水、泉水等各种各样的形态呈现出来。水的意象无处不在，在《边城》中，水作为一种意象不仅是串联起故事情节和地点的纽带，展现出故事的时空变换，还是加强人物联系，带动人物情感的形成与发展的重要因素。翠翠与心上人二老结识于水边，二老随口说出的“当心大鱼咬你”成为让翠翠印象深刻的重要话语；翠翠与二老的第二次接触并非实际接触，而是听人说二老的船在青浪滩，而水是连接青浪滩与碧溪岨的媒介；翠翠与二老的正面接触则是二老过河邀请翠翠和祖父进城看赛龙舟，并在龙舟赛程进入高潮时，二老狼狈落水，这些都促进了双方情感的形成与发展。而故事的最后，翠翠在水边怀着一颗真诚的心等待着二老驾船归来。二人的感情始终与水有着直接关系。另外，在《边城》中，水作为一种意象，还象征着纯洁的人性、无情逝去的生命以及渺茫的悲剧性的结局。

其次，沈从文作品中有黄昏的意象。黄昏历来都是文人常用的意象之一。古人在使用黄昏作为意象时，常常用其表示悲苦、寂寥和愁闷，如马致远所作的《天净沙·秋思》：“枯藤老树昏鸦，小桥流水人家，古道西风瘦马。夕阳西下，断肠人在天涯。”读之让人涌起一股悲凉之意。而沈从文笔下的黄昏则别有一番意境。例如，沈从文的作品中，黄昏作为一种意境，

并没有伤感或惆怅之意，而是充满着一种久违的、令其感动的生活气息。而这种包含着市井人烟的独特氛围却并不显得庸俗平淡，反而别具一种人间烟火的诗情画意之美。

其二，在作品中营造独特的自然意境和人文意境。意境与意象一样均为中国古典诗学中的重要概念。意境一词自诞生后，在中国古代历史上经历了较长时间的发展与演变。沈从文的作品中充满了各种优美意境的营造。例如，在作品中，作者将主观的情与自然界的景结合起来，形成意境，即自然之境；除此之外，沈从文的作品中还存在一种将作者主观的情与湘西人民日常生活的景融合在一起形成的生活之境。这两种意境往往融合在一起，形成作者之情与生活图景和自然美景相互融合的效果。

沈从文常常用寥寥数笔即在文中勾勒出一幅情景交融的画面。在《辰河小船上的水手》中，沈从文写道："沿河两岸连山皆深碧一色，山头常戴了点白雪，河水则清明如玉。在这样一条河水里旅行，望着水光山色，体会水手们在工作与饮食上的勇敢处，使我在寂寞里不由得不常作微笑！"这段话中，前一句是对自然景物的描绘，后一句则是对生活环境的描绘。作者对常年生活于沅江上的水手有一种特殊的情感，这可能与作者的经历有关。作者年少时曾在多地辗转，常常在码头上、河街上观察水手，并倾听水手们的故事，对水手的生活格外关注，因此由自然风光联想到水手工作的辛苦，构建了自然之境与生活之境相融合的意境。

无论哪种意境均为沈从文的作品增添了生动、形象的诗性之美，营造了一种浪漫的氛围。

（三）沈从文作品中有大量民歌因素

湘西是一个多民族混居之地，尤其是苗族人民能歌善舞，常常以歌为媒介进行交流。这些民歌大多热情奔放，富于幻想，具有浓郁的巫风遗韵，审美别具一格。其中，有的民歌表现出粗犷、直接的真挚美，有的则表现出细腻、委婉的含蓄美。这些民歌构思精巧，独具匠心，是我国民歌宝库中最为珍贵的宝藏之一。

湘西是歌的海洋，处处飘荡着歌声。在沈从文构建的湘西世界中，处处可见湘西民歌的印迹。从整体上来看，沈从文作品中的民歌运用主要表现为以下方式。

首先，以民歌作为推动情节的重要工具。沈从文的作品中较多描绘了苗族人民的生活，而苗族人民的生活离不开民歌，最直接地体现在情歌上。在节日时通过唱歌的方式选择爱人，是当地青年男女特有的浪漫求爱方式。沈从文的许多作品中都将情歌对唱作为推进情节发展的重要工具。例如，《边城》《龙朱》等。《媚金·豹子·与那羊》这部短篇小说也是以对唱情歌而使媚金与豹子确认了相爱关系，并由此引发了一系列的事件。在这篇小说中，民歌也起着推动情节发展的重要作用。

其次，民歌作为作品的背景，营造出一种独特的氛围。作品氛围的营造是文学作品中最为重要的内容之一。在文学作品中，只有营造出与人物性格相协调的氛围，才能够达到烘托人物、渲染环境、创造意境、增强作品感染力的目的。沈从文的文学作品，尤其是其湘西文学作品，往往通过自然环境、语言、音乐等营造出独特的或欢乐或忧伤的氛围。例如，《边城》中，作者通过自然环境以及当地人文环境的描写，营造出一种如同世外桃源的山水画卷。在这幅山水画卷中，人们的生活并非远在天边不可触碰，而是充满了世俗的喜怒哀乐。在《边城》中，作者常通过湘西特有的民歌来营造环境，衬托人物的心情。例如，人物的几次心理变化均通过唱歌来体现，显得既隐晦又别致。翠翠与祖父在日常嬉戏中，常将各种小竹做成竖笛，用来吹迎亲送女的曲子。翠翠在岸上欢快地吹着，而祖父在溪中船上用哑哑的声音欢快地唱起歌来。祖孙二人这种看似热闹实则反衬出周围的环境更加寂静的方式，不仅营造了一幅和谐的自然山水画卷，还表达了翠翠对爱情朦胧的情感。而对祖父来说，迎亲送女则是他隐秘的心事和甜蜜的负担。翠翠向上飘浮的美丽梦境体现了她在听到心爱的人对着自己唱歌时的愉快心情，营造出一种浪漫的氛围。又如，在《三三》中，水车咿咿呀呀时刻不停地转动，就如同这里的人一样，每天不知疲倦地唱歌，用民歌作为背景营造出这里人们的闲适生活。

最后，民歌体现了沈从文作品中的浪漫情怀。湘西民歌中情歌最多，这里的人们以歌传情、以歌示爱、以歌为媒。每当节日，青年男女通常身

着盛装，聚集在约定的地方听歌、对歌，在歌声中欢快地舞蹈和狂欢。对歌既有集体对唱的形式，又有二人单独对唱的形式，他们通过歌唱表达对对方的爱意，表达对未来婚姻生活的向往。在沈从文的作品中，许多人以歌为媒找到了心爱的人，从而产生了爱情。例如，《边城》中翠翠的父亲和母亲就是通过对歌而恋爱，翠翠与二老之间也因唱歌而加深了彼此的情感。《阿黑小史》中，阿黑与五明之间也是因为对歌而走到了一起。《萧萧》中，单纯质朴的萧萧因为花狗的歌声而对爱情产生了憧憬。这种对歌方式不受金钱与地位的干扰，使青年男女在婚恋中拥有了自主权，摆脱了世俗的牵绊，体现出湘西婚恋的自由。例如，《边城》中，二老在小城中的闻名并非因为其是城中船总顺顺的儿子，也并非因为顺顺在小城中的地位，而是因为其外貌俊美，作为“岳云”而成为当地的名人。当恋爱时，面对渡船和碾坊，二老宁愿舍弃象征富贵的碾坊而要象征贫穷的渡船。《龙朱》中人们并非因为龙朱是白耳族的王子而尊重他，而是因为其有一个唱歌的好嗓子且为人和善。而在龙朱寻找爱情时，当地的女子也并未因为龙朱的身份和地位而对其趋之若骛，反而因为龙朱的完美，没有白耳族女子愿意与龙朱对歌。沈从文在文学作品中通过大量的情歌对唱描绘出湘西人民不注重金钱和地位，而注重外貌、歌声与品质的浪漫特质。

第三节　沈从文作品中对人性的救赎

“救赎”一词原为社会学理论中的概念，最早提出这一词汇的学者为西方著名社会学家韦伯。韦伯在对西方现代社会进行研究时发现，现代社会中宗教与伦理不再和谐，反而呈现出一种分离状态，因此提出艺术作品对现代社会的救赎作用。中国自 19 世纪开始进入曲折的由农业文明向工业文明转型的现代化进程。在向现代社会的转型中，社会发生了急剧变革，现代贸易兴起，传统的自然农耕经济逐渐解体。而社会的急剧变化也使旧有的社会伦理道德体系瓦解，而新的社会伦理道德体系还未形成，导致社会伦理道德出现了断层。沈从文在《长河》的题记中谈到了现代社会对辰河流域的影响，并指出“表面上看来，事事物物自然都有了极大进步，试仔细注意注意，便见出在变化中堕落趋势。最明显的事，即农村社会所保有那点正直素朴人性美，几几乎快要消失无余，代替而来的却是近二十年实际社会培养成功的一种唯实唯利庸俗人生观。敬鬼神畏天命的迷信固然已经被常识所摧毁，然而做人时的义利取舍是非辨别也随同泯灭了”。[①] 因此，沈从文决定用自己手中的笔保留湘西最后的浪漫，通过对人性丑的鞭挞与批判以及对人性美的歌颂，实现对人性的救赎。

一、沈从文作品的审美救赎文化品格

沈从文的作品大致可以分为两类，一类是“乐园小说”，另一类是“失乐园小说”。他通过都市和乡村两大题材的不同运行和相互交融，生发出将现实世界和理想世界对比后的不快与郁闷，并施以疗救。沈从文将人性美发挥到了极致，通过对“乡下人”的爱，为作品和理想社会构建起一座“神庙”，通过丰富而微妙的细节描写，构建了一个理想的“湘西世界”，散发着浓郁的乡土气息；通过审美救赎文化品格，救助着现代人异化扭曲的生命形式。

救赎现代人异化扭曲的生命形式是沈从文作品的意旨，因此其小说具有一种审美救赎的文化品格。沈从文作品的审美救赎文化品格通过精心营造“湘西世界”，创造出诗意的审美意象，给人以幻想的审美满足，用“乡下人”的文化立场对现代文明所带来的人性异化进行坚强的审美抵抗，以“供奉人性”的精神旨向，对现实的世俗社会进行审美救赎。这一点可从沈从文的多部作品中反映出来。下面以《萧萧》为例，分析沈从文作品的审美救赎的文化品格。

《萧萧》是一部描写乡下童养媳悲剧性命运和遭遇的抒情短篇小说。这部小说具有浓郁的乡土气息，在歌颂湘西世界人性美的主题下，情节丰富而微妙，展示了“不悖乎人性”的主题意蕴，表现了湘西淳朴的民风，谴责了旧社会制度的野蛮愚昧，并对历史文化及民族性进行了深入剖析。

这篇小说创作于 1929 年，当时作者由湘西来到上海，目睹了都市文明中人性的变异，他要在作品中建构体现天人合一社会理想的“湘西世界”，

① 沈从文．沈从文全集：小说：10 [M]. 太原：北岳文艺出版社，2009：3.

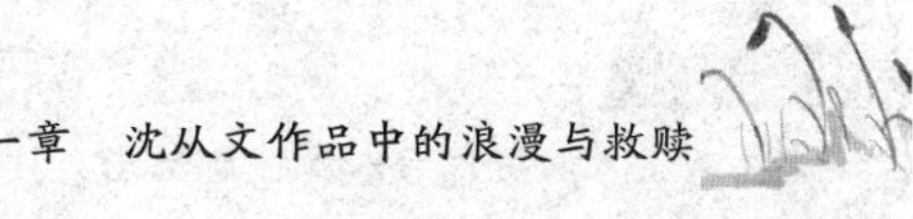

并供奉上“人性”，以抵御现代物质文明对人的浸染。为此，作者在作品中竭力表现“乡下人”更有人性、更近人情的品质，通过萧萧嫁作童养媳、萧萧被花狗诱奸、萧萧的结局三个主要阶段来加强主题。

在人性与制度的对抗中，沈从文往往让人性获取胜利。对婚姻，萧萧以天然的人性来对抗；对礼法，家人以农人纯朴的天性来对抗。如此的对抗是不自觉的，甚至是自我抑制的，这样的力量看上去弱小而偶然，却藏在这些“种田的庄子”里。沈从文心中所期望的人性的“小庙”由此悄然搭建。

在乡下与城市、自然与文明之间，沈从文选择了前者，但他的内心是矛盾的：当他通过笔下臆想的湘西构筑供奉人性的“小庙”时，现实的湘西却如影随形地追逐着他，使他的笔端带上莫名的忧愁；当他为自然人性大唱颂歌，又清醒地意识到人性之“常”难以适应时代之“变”时，他想在“变”中求生，却又害怕“变”带来人性的堕落。《萧萧》是可以解析沈从文文化心态矛盾的一个典型文本。①

《萧萧》不乏现实主义的清醒，萧萧的命运带有极大的偶然性与幸运，她这一生都被外在力量摆布，从未自觉主宰过自己的命运。在她的快乐里潜伏着无知与麻木。

沈从文在现实世界与湘西世界的强烈对比中对现实社会和现代人的生存方式产生了质疑，由此在他的文学世界里形成了现实社会与湘西世界的两相对照，在对照与对比中，他发现了人的诗性存在，希望以此救赎现代社会中现代人扭曲异化的生命。沈从文要用新的经典重造社会，对现代文明进行彻底的批判，同时进行积极建构。在沈从文看来，生命本身是神性的体现，至高无上，它显示着无与伦比的美好和崇高。神性是指人类所表现出来的崇高精神状态，由个体展现，群体接受，进而形成被大家认可接受的常态，从而推动人类文明进程。

《萧萧》着眼的不是人物性格的塑造，而意在关注湘西乡民代代相承的生命形式，描绘了一种原生态的湘西底层平凡民众的生存状态和风土人情。

---

① 王学振．从《萧萧》看沈从文文化心态的矛盾[J].西南民族大学学报（人文社会科学版），2006，29（8）：111-113.

作品主要表现人性，表现人的自然本性的强大生命力，表现人的自然本性即使在恶劣环境中也焕发出生命的光彩。作品肯定了主人公萧萧自然自在的生命意识，肯定了人的自然本性及其“放光的灵魂”。其主要表现为萧萧对自己童养媳身份的顺从，萧萧适应环境的健康生长状态，萧萧对简单、美好的生活的梦想及萧萧对婚外情的茫然和随意，故事的结局反映了原生态生活的继续。

在弘扬湘西人性之美时，沈从文通过将人性“神性”化来体现和弘扬湘西世界中人性的美好。“神性”这个被美化了的概念是无法触碰和把握的。人的生活充满艰难，艰难生活在沈从文笔下理想的“湘西世界”里无处不在，但在美好人性的驱使下，人们还是在渴求、向往光明的生活。

沈从文对萧萧无意识的自然自在的生命形式和生存状态的描写贯穿了整部作品，对主人公始终抱着温和平静的态度，丝毫没有否定之意，也没有“哀其不幸，怒其不争”，纯粹地表现了地方风俗和人物生活的“真实”。由此，我们在《萧萧》中看到了一种本真纯朴、宽厚善良而又简单的人性美。

每个人都能从沈从文的文字中找到自己的梦，找回失落的心绪，重新树立起生活和抗争的信心。沈从文像个布道者，将人性中“爱”与“美”的种子通过其作品传布到四面八方，希望能够得到救赎。

沈从文笔下的现实世界和精神世界是矛盾对立的，是一个梦境，很难统一起来。但是尽管这是一个梦，还是会有人相信。沈从文留给人们的永远是感动和轻叹，哪怕是悲惨的结局，人们也不愿意称其为悲剧，而将其称为遗憾。因为只要是遗憾，就总会有弥补的机会，就总可以充满希望地等待。沈从文塑造了众多美好而成功的女性形象，无论是翠翠，还是萧萧，都无一例外地散发着人性中最接近“神”的那种品质。

综上所述，沈从文的小说具有一种审美救赎的文化品格。沈从文通过对“湘西世界”的精心营构创造了一个诗意的审美意象，给予现代人一种幻象性的审美满足，他以“乡下人”的文化立场对现代文明所带来的人性异化进行坚强的审美抵抗，以“供奉人性”的精神旨向对现实的世俗社会进行审美救赎。

二、沈从文人性救赎类作品

沈从文从山清水秀的湘西来到城市，将城市的人性与湘西的人性进行对比，看到了都市生活的糜烂庸俗，看到了湘西人民的自然纯朴和城里人的虚伪自私与市侩，这使他对故乡自然纯净的一切深感怀念。沈从文的人性救赎类作品大多为湘西系列，这类作品往往通过对自然环境、人文世情的描绘来展现美好人性，实现对人性的救赎。

沈从文的小说《边城》即是一部充满对人性美的赞颂的作品。在这部作品中，作者着重表现湘西社会中的质朴与美好，并以此反映湘西社会的人性美。《边城》着重通过几个场景来显示当地人民的纯朴与美好人性。一是老船夫作为小城中唯一的渡船人，虽然生活十分艰苦，但坚决拒绝过路人给的钱财，而老船夫的刚正也赢得了小城居民的尊重，当老船夫进城采购时，人们总是尽可能多地照顾他。二是船总顺顺作为当地有声望的人，在教育子女时却从不徇私，让儿子从船上的最底层做起，成长为一个有能力的男子汉。三是杨马兵年轻时曾爱慕翠翠的母亲，并对翠翠母亲唱情歌，翠翠母亲不予理会。然而当老船夫死后，杨马兵却接过了照看翠翠的职责，不仅照顾翠翠的生活起居，还真心为了翠翠的婚事和未来而打算。四是傩送在金钱的引诱以及家人的逼迫下，仍然不愿放弃自己的爱情，并远离故乡以争取婚姻的自主权。

沈从文的小说《萧萧》则谱出了一曲“乡村牧歌”，虽然调子中也有沉痛与疑问，但总体是明朗优美的，回响在湘西那片自然的土地上。小说描写的着重点不在于冲突、矛盾以及应运而生的高潮，它注重描写人性，在描写时态度宽和，笔致从容，情节舒缓，细节丰富而微妙，展现出一个艺术家的感受。这种感受本身就可以突破某种固有的思想樊篱，带给人新的启示。

沈从文的短篇小说《媚金·豹子·与那羊》中，媚金因为久等爱人而不来，眼见天将大亮，以为自己被辜负了，因此决然地将随身携带的刀子插进了胸膛，以这样决然而刚烈的行动来纪念自己纯真的爱情。此时，媚金的心中无疑对爱人豹子充满了怨恨。然而，当豹子匆匆赶来，媚金得知豹子是因为挑选合意的、完美的纯白色小山羊而耽误了时间时，顿时原谅了豹子，并声明自己的死与豹子没有任何关系，请豹子不要自责，并劝豹子赶快逃走，不要因此而担负罪责。而豹子在明白了媚金殉情的原因后自责不已，他并没有听从媚金的劝导，而是将媚金胸膛中的刀子取出，插进了自己的胸膛，两人共同为爱殉情。这个惨烈的故事处处体现了人性的美好。

沈从文的短篇小说《三个男人与一个女人》中，豆腐店的男青年将已下葬的会长女儿从地下挖出，并带到一个石洞中。几天后，当人们发现他们时，会长女儿的尸体撒满了鲜花。这样的情节将深埋在心底的爱恋以一种离奇荒诞的形式表现出来，因这份深爱，人们并不会对豆腐店男青年的作为感到厌恶，反而能从他身上看到一种深藏在人性中的别样深情。

沈从文的短篇小说《龙朱》中，龙朱不仗势欺人，拒绝矮仆强行抓捕对歌女子的行为体现出沈从文一贯的对人性的歌颂，也鞭挞了现代社会中人们对权力和金钱的崇拜行为。

除了以上作品之外，沈从文的《阿黑小史》《月下小景》《神巫之爱》《柏子》《一个多情水手与一个多情妇人》等小说中同样展现出了湘西世界中纯洁而美好的人性，从而实现对人性的救赎。

如果说沈从文的湘西系列小说通过描写人性的美好而实现对人性的救赎，那么沈从文的都市小说则通过对丑恶人性的鞭挞来实现对人性的救赎。在现实世界中，沈从文在成长中并非只感受到了湘西社会的美好，也观察到部分人为了权力或为了达到种种丑恶目的而滥杀无辜。沈从文 20 岁时离开湘西到北京寻找新的人生出路的行为是出于对军队生活的无望。当沈从文走出湘西，来到都市后，在感受现代文明带来的便利时，他对现代文明带来的弊端也有了十分深刻的认识。沈从文对现代文明表现出的不满来自他在现代都市中痛苦屈辱的经历。这种经历使身处都市的沈从文很自然地怀念他最熟悉的湘西。在回忆中，湘西被“神话”，被美化，而美化了的湘西更映衬出现代都市文明的丑陋。沈从文在小说创作上形成了一种城乡对照的心理结构。他要用“湘西世界”中人性的美好和生命的健康自然来对现代文明病进行“救赎”。他的现代性诉求是沿着“不满”而“救赎”的路径行进的。

沈从文对人性的批判主要表现在《都市一妇人》《八骏图》《第二个狒狒》《泥涂》《绅士的太太》《好管闲事的人》《焕乎先生》《岚生同岚生太太》等都市小说中。

《绅士的太太》一文中，作者从乡下人的视角出发，对城市中一群上流社会男女的生活进行了描绘。这篇小说中的人物并没有名字，而是以绅士、绅士太太、姨太太、大小姐、大少爷等方式对人物进行称呼，鲜明地表现了每一个人物的身份与性格。在这部小说里，绅士瞒着自己的妻子与其他女性偷情，绅士的太太从绅士的口袋中找到了绅士出轨的证据，揭开了丈夫的婚外情，但她却并未因丈夫的不忠而觉得烦恼，只要丈夫送她点小礼物，她就会揭过不谈，仍然与丈夫维持一团和气的生活。这种完全建立在虚伪和物质基础上的婚姻遭到乡下人的腹诽和批判。绅士的太太发现经常与她打牌的另一位太太与家里的少爷通奸，却在物质的引诱下替他们保守秘密。最后，绅士的太太也成为家中大少爷的情人，还替少爷生下了一个儿子，谎称是绅士的第五个少爷，而当大少爷宣布与另一位名媛订婚时，这位绅士的太太伤心地哭了，然而伤心过后还在生活中继续戴着面具，说着谎话，与绅士以及家里其他人周旋。这部小说以辛辣的笔触撕下了上流社会家庭中温情脉脉的面纱，揭露了上流社会中道德的虚伪与病态，鞭挞了都市中上流社会的人性堕落和扭曲，侧面反映出现代社会道德的沦丧。

除《绅士的太太》之外，沈从文在《八骏图》《都市一妇人》《第二个狒狒》《某夫妇》《大小阮》《有学问的人》等都市小说也都对人性的丑恶进行了批判。

在沈从文看来，对都市中的畸形和丑恶的人性进行救赎的途径是回归自然的人性。因此，沈从文的作品常常表现出一种更高层面的人与自然相互依存、相互契合的理想。这种契合在更深文化层次上反映了沈从文对人类命运的反省与展望，沈从文通过充分调动各种感官在大自然中体味并捕捉图像和气味，再加上奇幻的想象，将景物描写和人世相结合，努力创造出独特的审美意境，他毕生追求的便是用自己的笔对此种缺失进行“救赎”。[①]

① 邓莹．沈从文与城市关系研究述评[J].文教资料，2011（36）：57-59.

三、沈从文人性救赎类作品探因

如果把沈从文的湘西小说分为两类，一类可称为“乐园小说”系列，表现的是湘西原始生命形态，另一类可称为“失乐园小说”系列，表现的是处于历史衰变过程中的湘西的生命形态。

沈从文充满传奇、神秘色彩的“乐园小说”以少数民族传奇和民间故事为题材，描绘了极度神奇的梦幻世界和世外桃源般的生活状态，展现了充满神秘色彩的人生类型。

沈从文笔下的湘西民俗世界中，最扣人心弦的是大批在湘西神未解体的文化土壤里尚存的、表现人类童年时代自然文化现象的作品，代表作品有《龙朱》《媚金·豹子·与那羊》《神巫之爱》《月下小景》等。此类作品往往根据少数民族某些生活习俗点染而成，有的是通过尚处于自然时代的湘西土地上“乡下人”的自然人生形态和美好的人性来构思。自然时代的自然人生形态和生命形式一直是沈从文追求和探索的理想人生的基础和雏形。

生存在古老、原始封闭的湘西大地上的众多少数民族部落的原始生活习俗往往带有人类远古时期原始文化的印记，因此沈从文的作品往往通过创作民俗故事和民间传奇来展现少数民族的民俗风情，目的是通过对原始生命形态的悬想呈现一种美好的人生境界。此类作品往往是作者人生理想和主观情感的载体，是诗化的浪漫主义作品，作品夸张，人物和情节全是虚构和想象出来的，人物形象完美。

《媚金·豹子·与那羊》和《月下小景》两篇小说讲述的都是青年男女因爱情不能实现而双双殉情的故事。不论是媚金、豹子还是傩佑及其恋人，均折射着远古湘西深沉旷远的文化背景中“自然人”的特征。在此，男女爱情、两性关系还没有受到等级观念及社会经济关系的干预和制约，更没有从物质财富关系引出人身依附观念，两性关系呈现出人类爱情尚处于童年时代的某些特征。在爱与被爱、偷生与死亡之间，他们不要物质的一切，因为他们本身就是一切。他们秉承自然的造化，也如自然万物那样遵从自然神性的安排。这样的人物类型就是作者所追溯的古老湘西最原初的，尚未被物质、虚荣玷污的人性的原型。

1934 年冬和 1937 年冬的两次故乡之行让沈从文看到"'现代'二字已到了湘西"，为了控诉现代文明对湘西造成的罪恶，沈从文一改以往对湘西社会田园牧歌式的抒情，而以极度冷静的现实主义笔触来表现湘西社会的溃烂。这类作品以沅水流域的乡村人事为描写内容，以近现代社会湘西古老民俗的转型和变异以及非原生态下的民俗现象为视角，揭示了古怪离奇的现实社会，从一个侧面再现了 20 世纪初至 20 世纪 30 年代湘西社会的现实。他在"失乐园小说"中为我们展示了乡村小人物的几种不同的人生形态。①

四、沈从文人性救赎类作品根源

沈从文的"失乐园小说"主要展现的是"落伍者""懵懂者""反抗者""挣扎者""坚守者""腐败者"的人生形态。

沈从文的"乐园小说"表现的是湘西的单纯性，流露出沈从文对牧歌情致的神往倾心；他在他的"失乐园小说"中表现的则是湘西的复杂性，流露出其对田园牧歌式生活逐渐消失的忧虑，这使他产生了一种深广的幻灭感，一种近乎宿命的感叹。具有"湘西全息图"气势的《长河》是沈从文"乐园小说"和"失乐园小说"的综合体，是其小说艺术追求的集大成之作。

沈从文的都市系列小说写的是城市知识阶级，着重表现在现代文明冲击下上层社会道德的堕落与人性的缺失，通过对人物病态的生理、病态的心理的描写来展示人性的丑陋与庸俗。

沈从文对"丑陋"的都市人性的描写集中在对都市"上等人""绅士淑女"和都市知识者的描写上。《八骏图》《绅士的太太》《王谢子弟》《某夫妇》等作品刻画出了都市"上流社会"绅士淑女的虚伪人性。

《绅士的太太》讲述的是一位身为国会议员的绅士、绅士的太太、另一绅士家庭的三姨太和留学归来的少爷之间复杂微妙的感情冲突与纠葛。这个家庭表面一派温情脉脉，一派上等人家的风度修养，实质上充溢着毫无愧色的相互欺骗和放浪堕落。沈从文撕开绅士淑女虚伪的道德面具，凸显

① 博玫．论沈从文湘西作品的艺术特色[J]．江西社会科学，1998（12）：28-32.

都市“道德”的虚伪与病态，并以一种“类型化”的方式扩大到都市人生界面。沈从文的都市小说与他的乡土小说相反，不对人物做个性化、细节化描写，而多以匿名方式，用代码和符号指称人物，以类型化、符号化的方式抹去都市人的个体特征而显现出他所理解的都市人的本质。

综观沈从文的小说，人性是其表现的重心。其笔下的乡村世界是在与都市社会对立的、互相参照的总体格局里得到展现的，他的湘西人性也是在与都市人性相对照中体现的。沈从文一方面批判以儒家文化为代表的传统文化对都市人的人性的压抑与扭曲；另一方面又建构了一个理想的湘西世界，既揭出了病苦，又施以疗救。他的作品从美学的、历史的原则出发，远离政治，超越时空，具有永恒的审美价值。

沈从文的作品不仅是用来思考的，更是让人们进行回味的。他为人们建构了一个体现“人性美”的小说世界，而“湘西系列”便是他的“人性美”的最高表现。沈从文站在审美现代性立场，通过构筑一个诗意的、感性的、自然的审美世界对现代性进行修复与救赎，为中国的审美现代性进程作出了独特的贡献。

沈从文能敏锐感受到生活中的点滴美好与温情。他特意把小孩子的单纯、老人的纯朴、一条河的清澈写得如诗如画。好的背后有不好的东西，好是对不好的一种平衡、对不好的救赎——在不好的环境里成长起来的一个人的心灵的救赎。

第二章　沈从文作品中的诗性及其背景

沈从文是中国现代诗化小说的代表人物，他创作的湘西系列文学作品是学术界公认的中国现代诗化小说的代表作品。本部分主要结合沈从文作品诗性获得的背景对沈从文作品中表现出来的诗性进行分析。

第一节　童年经验对沈从文创作的影响

童年经验是作家创作的精神宝库，不但为作家提供创作素材，而且对作家创作个性、文学风格、文学语言、艺术想象等均有着重要影响。几乎每一位伟大的作家都将自己的童年经验视为巨大而珍贵的馈赠，看作取之不尽、用之不竭的创作源泉。一般来讲，童年经验指的是从儿童时期的生活经历中获得的体验。沈从文的湘西作品可看作其出走故乡“边城”后给早期的全部生命体验以一种完整的文学归宿。作为一位有着独特创作个性的作家，沈从文创作的基本情感取向、艺术风格与其独特的家世、湘西独特的自然风貌及历史文化传统，尤其是与其早年的人生经历有着直接而深刻的联系，沈从文的创作直接或间接地受到这些综合性因素的影响。探寻沈从文的早期人生经历对其创作的影响，可挖掘沈从文创作中的一些深层次问题。沈从文是现当代文学史上的一个独特存在，研究者往往从其作品的艺术主旨来阐述其独特性，而沈从文独特的个人生命经验对其创作产生了巨大的影响。在现代文学史上，沈从文以反映湘西苗族儿女生活为题材创作的一系列小说、散文奠定了其在文坛的重要地位。沈从文的作品多充满诗性，具有朴素的纪实美、浓烈的人性美、人与自然和谐共存的和谐美、苍凉凝重的悲剧美、神圣执着的生命美。

一、童年经验

童年作为生命的起点和全部的人性的最初展开，总会给人留下恒久不变的印象，尤其是作家的创作往往会打上童年经验难以磨灭的印记。童年经验是对“经历物”所作的天然纯真、感性直观的把握，因而这种经验最接近人的本性，是最真实、天然的，也是最具有普遍的人生意义和审美价值的。可以说，童年经验就是作家最有个性、最有价值的“不动产”，是作家创作的不竭源泉，在作家从事创作时，它会执拗而自然地流淌出来。沈从文早期的人生经历是极富传奇色彩的，丰富的童年经验对其精神气质、审美追求以及作品创作均产生了深刻影响。

童年的生活对一个人是极其重要的，童年的经历对一个人精神、气质和性格的形成往往具有决定性的意义。沈从文的作品不仅在题材的选取和类型上，而且在创作风格和意象选择上都受到童年经验的影响。这主要表现为对小说创作题材的影响、对作品审美追求的影响、对作品中父母意象的影响。在沈从文的作品中，出现更多的是作者对母亲意象结构的塑造。沈从文曾说过，母亲告诉他做男子极不可少的决断，他的气度得于母亲的较多。小说《腊八粥》《炉边》等均写到母亲，《腊八粥》表达了母亲对儿子的爱，《炉边》描绘了母亲、六弟、九妹和作者在炉边取暖的温馨场景。

沈从文的童年生活并不全都是快乐的。在那样一个动荡的年代里，安居乐业成为一种奢望，沈从文身为芸芸众生中的一员，也目睹了世间残酷的一面。他幼时恰逢辛亥革命，就连他所在的边远的苗疆小城也被革命的浪潮席卷。小小的沈从文眼睁睁看着大人们杀来杀去，用各种冷酷和残忍

的方式对待彼此，将许多美好的东西打碎，将平静和温情撕毁，因此他一生对滥用权力者充满深深的厌恶。

沈从文是中国现代文学史上独具一格、极富艺术天才的乡土文学作家。他以《边城》等六百多万字的作品蜚声文坛、享誉世界。只有高小学历的沈从文在文学艺术上能取得如此辉煌卓越的成就，与其童年时期独特的生活经历密不可分。可以说，沈从文童年时期的生活对他艺术才能的形成和创作风格的走向起到了决定性的作用。童年时期的生活经历为沈从文艺术才能的形成培养了良好的智力品质。童年时期的沈从文不喜欢读书，有一股浪荡不羁、崇尚自由的天性。他六岁时，家中送他去读私塾；第二年，“在这私塾中我跟从了几个较大的学生学会了顽劣孩子抵抗顽固塾师的方法，逃避那些书本枯燥文句去同一切自然相亲近。这一年的生活，形成了我一生性格与感情的基础”。这样，沈从文开始了他童年时期的逃学生涯，一头扑进大自然中，“我的心总得为一种新鲜声音、新鲜颜色、新鲜气味而跳”。他的逃学不仅没有阻碍其智力发展，反而促成了其成为作家所必不可缺的智力品质和智力结构，这是旧社会禁锢人的天性的读书制度无法替代的。具体而言，主要在以下方面促进了其文学智力的发展。

（一）观察力

生活是文学创作乃至一切艺术创作之源，而观察是这一源泉的基础。沈从文的逃学生涯使他的观察从无意的观察转变成为有意的观察：“有时天气坏一点……逃了学没有什么去处，我就一个人走到城外庙里去……有人下棋，我看下棋。有人打拳，我看打拳。甚至于相骂，我也看着，看他们如何骂来骂去，如何结果。”看城外对河的景致，看木工手艺人新雕的佛像贴了多少金，看那些铸钢犁的人一共出了多少新货……这一系列的户外活动使沈从文对湘西的民俗风情，对生活于此片土地上的老幼贵贱、生死哀乐的种种状况十分熟悉。由于不断观察，其感知能力不断增强，积累了大量表象，具备了创造表象的基础。沈从文如果没有这样精细的观察，也就没有对事物的深刻认识，以后的文学创作也就成了无源之水、无本之木。

（二）想象力

“能逃学时我逃学，不能逃学时我就只好做梦。”白天的湖光山色、颜色气味使童年时期的沈从文夜间也心驰神往：“夜间我便做出无数稀奇古怪的梦。经常是梦向天上飞去，一直到金光闪烁中，终于大叫而醒。这些梦直到将近二十年后的如今，还常常使我在半夜里无法安眠，既把我带回到那个‘过去’的空虚里去，也把我带往空幻的宇宙里去。”想象中的梦竟影响到作家二十年之后，足见其童年生活对作家的影响之深。

投进大自然时的喜悦兴奋为想象的飞翔增添了翅膀。沈从文的逃学是经常的，而被抓也是经常的。被抓后的罚跪不但没有扼杀其想象力，反而“给我一个练习想象的机会”，使“我……记着各种事情，想象恰如生了一对翅膀，凭经验飞到各样动人事物上去。按照天气寒暖……想到天上飞满风筝的情形，想到空山中歌呼的黄鹂，想到树木上累累的果实。”“我应感谢那种处罚，使我无法同自然接近时，给我一个练习想象的机会”。毋庸置疑，这样的罚跪促进了想象的发展，使表象更为鲜明清晰。想象是作家创作时能否达到物我一体、情景交融的关键因素。沈从文这一时期想象力的培养对他成为一个作家、对其以后创作的影响是至关重要的，也是最为直接的。

（三）思维能力

思维能力不仅是智力的核心，还是一名作家特别是一名小说家最不能缺乏的智力因素。小说创作尤其注重意旨的提炼，而这必须有对社会人生洞若观火、穿透一切的洞察力。这离不开思维中的分析与综合、推理与演绎等思维品质。

童年时期的沈从文为躲避处罚，常常撒谎：“我间或逃学，且一再说谎，掩饰我逃学应受的处罚。我的爸爸因这件事十分愤怒，有一次竟说若再逃学说谎，便当砍去我的一个手指。我仍然不为这话所恐吓……”

“我的长处到那时只是种种的说谎。……我最先所学，同时拿来致用的，也就是根据各种经验来制作各种谎话。”因为谎言是假话，所以首先必须有

“虚构”能力，而虚构正是文学创作的重要能力之一。

为躲避处罚而说谎，就要设想对方以何种方式来盘诘自己，自己又如何应对，这需要严密的分析、综合能力；说了这句话后会产生什么结果，我根据这一结果又将得出什么结论；对方根据我的结论又能得出什么结论，我又如何应对；等等。这些需要严密的逻辑推理能力。对方的提问防不胜防，需要一个人有敏捷的应变能力。种种谎言的编织开发了沈从文思维的广阔性、发散性，为其创造性思维打下坚实的基础。

此外，对自然、社会的疑问也促进了其思维能力的发展。

童年时期的沈从文有一颗处处有疑的童心：“为什么骡子推磨时得把眼睛遮上？为什么刀得烧红时在盐水里一淬方能坚硬？为什么雕佛像的会把木头雕成人形，所贴的金那么薄又用什么方法做成？为什么小铜匠会在一块铜板上钻那么一个圆眼，刻花时刻得整整齐齐？”这些稀奇古怪的念头实在太多了。“我生活中充满了疑问，都得我自己去找寻解答。”“我得用这方面得到的知识证明那方面的疑问。”这种童年时期就开始寻根究底的思维能力使沈从文得以早慧，得以过早地思索人生，分析社会，从而为以后他对人性的探索埋下伏笔。

观察、想象、思维是沈从文幼年时期受生活影响最深的方面。此外，沈从文年少时不凡的记忆能力为储存从大自然中得来的种种表象知识提供了广阔舞台：“我从不用心念书，但我从不在应当背诵时节无法对付。许多书总是临时来读十遍八遍，背诵时节却居然琅琅上口，一字不遗。”没有这样的记忆天赋，也就难有文学创作中所必备的形象记忆能力。

二、非智力因素

青少年时期的生活培养了沈从文成为一个作家所必备的非智力因素。从事文学艺术是需要“特质”的，包括敏锐的感受力、独特而强烈的审美直觉、丰富的情感、非凡的记忆力等。那么，哪些方面对沈从文的非智力因素有影响呢？

（一）感受力

对大自然的热爱培养了沈从文一颗跳跃的“灵心”、敏锐的感受力。一颗对自然、社会、人生冷淡的心，是谈不上独特发现和创造的，会直接影响感受的丰富性和多样性。

“各处去看，各处去听，还各处去嗅闻……蝙蝠的声音，一只黄牛当屠户把刀刺进它喉中时叹息的声音，藏在田塍土穴中大黄喉蛇的鸣声，黑暗中鱼在水面拨剌的微声，全因到耳边时分量不同，我也记得那么清清楚楚。”这种辨别精微的识别力，正是源于沈从文青少年时期对大自然各种颜色、声音、气味的耳濡目染，浸淫日久，敏锐的感受力自然而生。

湘西大自然的山精水灵、清波艳光，直接孕育和丰富了沈从文的审美直觉：“薄暮的空气极其温柔，微风摇荡”“月光淡淡地洒满了各处，如一首富于光色和谐雅丽的诗歌。”这样的艺术直觉，既清晰又朦胧，既实在又漂浮，既具体又空灵，读来有一种烘云托月的异样的美感，这种美感来源于沈从文青少年时期的印象，是经过长期的过滤、升华而来的直觉。

（二）“灵气”

沈从文青少年时期的生活经历丰富了其艺术“灵气”。

“我等兄弟姊妹的初步教育，便全是这个瘦小、机警、富于胆气与常识的母亲担负的。我的教育得于母亲的不少，她告我认字，告我认识药名，告我思考和决断——做男子极不可少的思考以后的决断。我的气度得于父亲影响的较少，得于妈妈的似较多。”母亲的爱与温柔，母亲的情与胆气，培养了沈从文一颗热爱家乡、热爱人民的善良与多情的心。

沈从文六岁那年“因此一病”，变成了一个“小猴儿精”，养成了他的活泼好动的天性，使他对大自然的花草树木充满怜爱，变得多愁善感，提高了感受的敏锐性。

（三）“灵性”

青少年时期的生活塑造了沈从文热爱自由的“灵性”。沈从文青少年

时可称得上地地道道的顽童，逃学说谎是家常便饭。他一头扑进大自然的怀抱，“尽我到日光下去认识这大千世界微妙的光，稀奇的色，以及万汇百物的动静”。对大自然的热爱成为沈从文后来满腔热情地讴歌家乡民俗风情、人性人情美的动力源。而不受拘束、放荡不羁的心也是沈从文后来到北京闯大世界的基础。

沈从文青少年时期对“私塾”“父母”“学校”等权威，极具叛逆性：“不安于当前事务，却倾心于现世光色，对于一切成例与观念皆十分怀疑，却常常为人生远景而凝眸。”这种叛逆性为沈从文日后创作中彻底的独断的创作观——“我只平平地写去，到要完了就止……我愿意在章法外接受失败，不想在章法内得到成功”独特风格的形成奠定了不屈不挠的性格基础。

沈从文二十岁那年离开湘西，“跑到百万市民居住的北京城”“开始进到一个使我永远无从毕业的学校，来学那课永远也学不尽的人生了”。到北京后，贫穷、饥饿一齐向他涌来，沈从文就在这样生活无望的日子里开始了其文学苦旅，以他的笔打出了一片天下，创下了一个世界。这种韧性与顽强、认真与执着的不屈不挠的追求精神，正源于其青少年时期养成的“野性”和“不服输”。

沈从文青少年时期的生活经历为促成一位乡土文学作家卓越的智力和非智力因素打下了坚实的基础。可以说，没有青少年时期的那段特殊经历，就很难有沈从文那情感独具个性、思维异于常人的创作成就。沈从文青少年时期的生活为其以后的创作在素材积累、题材选择、风格形成等多个方面均打下了生活的基础。

（四）“水”性

沈从文的新诗是其文学作品的重要组成部分。由于他对湘西乡村野趣的迷恋，对湘西牧歌情调的向往及对湘西人民朴实品性的热爱，他的新诗总是从湘西文化的视角去感受、审视、体味生命和世界，形成了其独特的“乡下人”的审美情趣。在诗歌意象的建构上，沈从文选取的往往是自己熟知的家乡景物；在语言运用上，沈从文常用鲜活的湘西民间特色语言写景抒情；他还喜欢用湘西常见的动植物做比喻，刻画艺术形象，形成了独树一帜的比喻艺术。

沈从文这个现代文学史上“独树一帜”的作家身上有很多思想与现代的生态观念是相契合的。他本人独特的诗性气质使其一生热爱大自然，崇尚人与自然之间的和谐关系，古老的湘西文化深深地浸入其血液，让其坚信世间万物均有生命，他无时无刻不在与之交流对话。沈从文用自己的笔，构建了一个理想的生态家园，那里无论是人与自然、人与人，还是各种文化之间都呈现出一片和谐的景象，这是其在都市得以慰藉的精神家园，也是其用来重塑民族灵魂的方式。

河水不仅滋养了两岸的生命，还滋养了沈从文的性情。所以，他的小说大都与水有关。可以说，对水的生命体验培养了沈从文特殊的审美心理，转化成他小说优美的诗意。

沈从文在自传中多次谈到水：“我感情流动而不凝固，一派清波给予我的影响实在不小。我幼小时较美丽的生活，大部分都同水不能分离。我的学校可以说是在水边的。我认识美，学会思索，水对我有极大的关系。”水的灵动飘逸、水的温柔多情、水的无所不包，形成了沈从文日后作品中水样的气韵。水的影响贯穿于沈从文的人生观、世界观及性格与气质中，而这与其青少年时与水有关的一切活动息息相关。

正如丹纳所言：“一个民族的生长环境对那个民族的性格形成具有绝大的作用，同样，这样的自然环境对那个民族的文学也产生着绝大的影响。”不同的地域，经过漫长的历史积淀和文化基因的传承，形成了各具特色的地域文化，也影响着这一区域文学艺术的产生和发展。丹纳进一步认为：“所有的艺术作品，都是由心境、四周的自然环境和习俗所造成的一般条件所决定的。”这里的“一般条件”便是指促成艺术发展的“精神温度”——“种族、气候和时代”，他认为只有能够适应时代“精神温度”的人才能够有所成就。

沈从文生长于原始神秘的边地小镇，那里是苗族、侗族、土家族等少数民族的聚居区，山川秀美，风光旖旎。但由于地处边地，交通封闭而远离中原文化，该小镇成为被历史遗忘的角落，却也恰恰因为这闭塞的地理环境，湖湘地区独特的楚巫文化被保留和延续了下来。在这里，人人洁身

信仰天神，几乎不受封建伦理道德的束缚，“在意识形态各领域，仍然弥漫在一片奇异想象和炽烈情感的图腾——神话世界之中”。

沈从文曾说：“两千年前那个楚国逐臣屈原，若本身不被放逐，疯疯癫癫来到这种充满了奇异光彩的地方，目击身经这些惊心动魄的景物，两千年来的读书人，或许就没有福分读《九歌》那类文章，中国文学史也就不会如现在的样子了。”在灵秀的楚地上生长起来的沈从文深受楚人幻想情绪的影响，恰如王晓明所说：“他的天性中本就包含着楚人热烈奔放、富于幻想的成分……他天生一个诗人的灵魂。”这种诗人的灵魂也注定了在沈从文的创作中无时不闪烁着浪漫的抒情色彩，正如他笔下的湘西，随手一写便是一个诗情画意的世界：细雨中朦胧缥缈的山峰、清澈见底的深潭、萦回漱流的溪涧、桃杏花里的水乡人家……无不充满着灵性与神韵。就像李健吾所说的：“沈从文先生是热情的，然而他不说教；是抒情的，然而更是诗的。”这生动形象地点出了沈从文作品中的抒情诗本质。

“水”或有涓涓细流的温润，或有水滴石穿的坚韧，抑或有惊涛拍岸的汹涌，正因为其随物赋形，才成为沈从文所钟情的对象。沈从文土生土长于湘西的深山大泽之中，本就爱水恋水的沈从文更是在借“水”抒怀的古典文人身上找到灵魂的契合，并在潜移默化中对这种诗学传统进行挖掘和利用，在其创作中留下了鲜明的痕迹与投影。

瑞士心理学家荣格曾说：“每一个原始意象中都有着人类精神和人类命运的一块碎片，都有着在我们祖先的历史中重复了无数次的欢乐和悲哀的一点残余，并且总的说来始终遵循同样的路线。它就像心理中的一道深深开凿过的河床，生命之流在这条河床中突然奔涌成一条大江，而不是像先前那样在宽阔而清浅的溪流中流淌。”

“水”作为一个具有原型意味的意象，人们对它的认识也经历了一个由感性观照走向理性哲思的过程。日月江河、天地万物之所以能够长盛不衰地生存和延续，皆是因为水的存在。也正因如此，原始先民都不约而同地选择了“缘水而居，不耕不稼”的居住方式。

“意境”一词在中国古代诗学中是一个十分重要的美学范畴，它是作家的主观情绪与客观物象融为一体的审美境界。沈从文作为一位具有诗人气质的作家，强调不要一味地追求文字表面的热情，而是主张将“道理包含在现象中”，在现象的描绘中抒发内在独有的情感体验。自小长于“水”边的沈从文以诗意的眼光在他的湘西作品中建构起了一个以“水”为主体的自然世界，并融入他特有的浪漫与抒情，为读者呈现出一派清丽脱俗、天人合一的“水”上意境，展现出诗性人生的理想图景，给读者带来了隽永悠长的情感体验。

《边城》:“若溯流而上，则三丈五丈的深潭皆清澈见底。深潭为白日所映照，河底小小白石子，有花纹的玛瑙石子，全看得明明白白。水中游鱼来去，全如浮在空气里。两岸多高山，山中多可以造纸的细竹，长年作深翠颜色，逼人眼目。”没有任何华丽辞藻的修饰，仅仅运用白描手法寥寥几笔便将边城茶峒小城的清丽灵秀的优美风姿展现在人们面前，激起读者无限想象的涟漪。白河流域的码头——王村，同样美丽清奇。“白日无事，平潭静寂，但见小渔船船舷船顶站满了沉默黑色鱼鹰，缓缓向上游划去。傍山作屋，重重叠叠，如堆蒸糕，入目景象清而壮。”沈从文以诗性的语言为读者展现了一个清新质朴的审美意境，使读者徜徉其间，流连忘返。

沈从文曾说道：“我崇拜朝气，欢喜自由，赞美胆量大的，精力强的。”在湘西这片未经现代文明浸染的土地上，沈从文发现了跃动着原始生命强力的生命形态，在理想化的湘西“水”世界中，幻化出生命自然存在的合理愿望。

20世纪30年代的沈从文已经成长为享誉文坛的著名作家，而且基本上也已经形成了自己所独有的写作方式和文体形式，他的《边城》等一系列作品更是受到评论家的好评，正如夏志清对沈从文的评价：“他是中国现代文学中最伟大的印象主义者。他能不着痕迹，轻轻的几笔就把一个景色的神髓，或者是人类微妙的感情脉络勾画出来。他在这一方面的功夫，直追中国的大诗人和大画家。现代文学作家中，没有一个人及得上他。”李健吾称沈从文的《边城》是“一颗千古不磨的珠玉”，这都充分彰显了沈从文在文学创作上独特的艺术魅力。

第二节　生命价值观对沈从文创作的影响

沈从文的思想与创作充满着令人困惑的矛盾现象，这可以从其生命观的内在矛盾中找到根源。沈从文生命观的内在矛盾表现为生命本体观与生命价值观的内在矛盾。生命观的这种内在矛盾不但深刻地影响着沈从文的社会政治观念与文学思想，而且在其创作中表现出来，深刻地影响其创作格局与艺术风格的建构。[①] 在中国现代作家中，沈从文以高远的眼光穷究生命本体并把握其价值归依，在创作中展示各种生命形式。他往往在生命与"情感""理性""意志""美""爱""抽象原则"这些人生价值与情感因素的联系中，表达他对生命本体的理解。同时，沈从文是生命的神性论者，对于"生命神性"的发现及其张扬，是沈从文生命本体观的最独特之处，形成了其独特的"生命神性观"。

一、沈从文的生命价值观

沈从文在中国现代文坛上享有"自然之子"的美誉，他把人与自然契合的生存状态作为最理想的人生形式，《边城》就是这方面的代表作，具有极高的艺术成就。沈从文通过对在地方风俗文化浸染下的茶峒山城社会人物性格、人际关系，以及各种人事的纠葛的叙述，一方面充分展示了地方独特的风俗，另一方面建构了一幅诗性的乡土乐园画面，展示了诗性的人格、诗性的自然、诗性的人际关系。《边城》的诗化，具体体现在用诗意的语言勾勒湘西的秀美风光，用清新的文笔展现小城纯美的人性，用赤子之心执着坚守人类文明最初的净土。

沈从文的生命价值观主要通过三个方面表现出来。一是追求"人与自然契合"的生命境界，主要指向自然率真的生命品格和雄强健康的生命气魄，代表沈从文"皈依自然"的生命理想。二是坚守"生命庄严"的精神向度，主要指向"生命神性"的超验层面，代表沈从文"向人生远景凝眸"

① 吴投文.沈从文的生命诗学[M].北京：东方出版社，2007：99.

的生命理想。三是反对背离生命本质的“阴性人格”，主要指向生命的阴暗层面，代表沈从文根除国民劣根性的生命理想。三者综合而成一个整体，构成沈从文独特的生命价值观，从中显示出其主体独特性，深刻地影响着其创作的各个方面。

沈从文 20 世纪 30 年代前期的作品，写实与诗意融合统一，矛盾双方处在和谐的状态中。但随着对象与主观这对矛盾的继续发展，在客观意境与主观情感发生冲突时，后者压倒前者而直接表露，走到了与前期不同的境地，从而表现出了与前期不同的审美理想。现实生活的真实书写替代了浪漫的传奇，沈从文走出了心灵的空间，走向了现实的真实存在。

沈从文 20 世纪 30 年代后期的作品有《湘西》《长河》《小砦》等。沈从文在更多意义上是以民族性的审美价值为标准进行审美选择的，如在《长河》中，“你们明天都做了保安队，可是都想倚势压人？”他撕去了理想和温情的面纱，将笔触指向了现实的黑暗对人性的扭曲。现实的社会矛盾使他从内心升起了强烈的民族忧患意识和对湘西人民生命形式的观察和思考，对湘西风情、人性的赞美无形中就换成了对湘西社会即将灭亡的悲愤，愉悦的审美心态逐渐走向了沉郁，在对民族独特的文化个性和理想追求中，他将一切融于其审美情感的思绪中。在对现代文明和战争的批判中，沈从文渴望实现人性的复归与民族性格的重建，显示了他与前期创作不同的审美取向和价值观念。

从生命美学的角度研究沈从文的创作能够更深入地把握他的精神世界与创作内涵。沈从文从 20 世纪 20 年代初踏上文坛到 20 世纪 40 年代末转入文物研究，始终把生命、人生、命运这类古老而又常新的主题作为创作的主旋律，沈从文认为：“一个人过于爱有生的一切时，必因为在一切有生中发现了‘美’，亦即发现了‘神’。”美无所不在，生命之最高意义，即“神在生命中”的认识，由此沈从文提出“美在生命”的美学命题。

沈从文致力建构的理想生命是在“生活—生命”这一构图中呈现的。对这一理想生命的探索则主要体现在对“美与爱”、生命与自然等抽象观念的建构上。20 世纪 40 年代，沈从文的生命观表现出一种超越意识。他独具眼光地意识到人类目前的生存困境，并为解决这一困境作出自己独特

的思考和贡献。

沈从文的生命价值观具有丰富复杂的内涵，其中还不无矛盾之处，尽管这些见解散见于其各个时期的文论与杂论中，或在其创作中以艺术的形式表现出来，代表他各个时期的思想，但还是可以从中把握其基本精神内涵，概括起来不外乎追求"人与自然契合"的生命境界，坚守"生命庄严"的精神向度，反对背离生命本质的"阴性人格"三点，这是形成其创作独特性的重要因素。因此，要深入地探究沈从文创作的独特性，就不能离开对其生命价值观的审视。对于沈从文来说，他所建构的湘西世界和都市世界就显示出两种对立形态的生命价值取向，显然与其生命价值观有着不可分割的联系。

二、沈从文作品的生命意识

沈从文关注的是现代社会中人的精神世界和生命价值，追求的是"为生命的文学"。这种文学是对生命的凝眸。他吟唱的是庄严与卑微、坚实与柔弱、刚健与质朴、雅致与粗鄙等多重声部叠加融合的生命咏叹调，这种文学观源于他独特的生命价值观，并充分体现在他的创作理念和创作实践中。湘西文化滋养了沈从文，他总是从湘西文化的视角感受、审视、体悟生命和世界，从"乡下人"的角度进行审美取向和价值判断，努力用湘西原始、古朴、自然、优美的人性，建造现代小说的"希腊小庙"，力图重建一种优美、健康而不悖乎人性的人生形式，并且对人的生命原始精神进行热情赞颂和充分展现。

三、作品里的生命价值观

沈从文通过《边城》为我们奏响了一曲湘西悠扬的生命赞歌，那里清新的生态环境、淳朴的民俗、善良的人们，交织出一幅充满人情美、自然美、人性美的优雅画卷。

湘楚文化的活泼灵动、浪漫多情决定了早期沈从文的人生态度和审美选择；沈从文自身的精神触角的变动更促使着他将自己创作的主体思想情感全部用于浇灌他的"湘西世界"。因此，在20世纪30年代早期的作品中，沈从文以湘西的文化形态建构自己的审美理想，沉醉于自然的生活中，在自然中寻找在都市中丢失的精神灵魂。随着他理性思考的成熟和外界环境的影响，沈从文的内心情感和精神世界发生了较大的变动，世界观的变化使他创作时的审美心态也不断发生着变化。因此，在20世纪30年代后期的作品中，沈从文在对湘西人民生命形式的观察和思考中，怀着不易形诸笔墨的沉痛和隐忧从昂扬走向低沉，从愉悦走向沉郁。从理想到现实，从具体到抽象，从表现“小我”到反映“大我”，沈从文也从一种生命形式进入另一种生命形式，无论从文学形式本身还是精神内蕴的层面，沈从文至此才真正实现了他生命意义的审美超越。而20世纪30年代后期的这一审美心态则一直影响着沈从文20世纪40年代创作的审美走向。在《黑魇》《白魇》里，作者批判了战争给人们平静的生活所带来的分离和痛苦。在《昆明冬景》《水云》《烛虚》《潜渊》等作品中，作者思考生命的形式和生命的意义，至此作家的审美心态和审美趣味归于平静和永恒。

第三节　都市生活体验对沈从文创作的影响

沈从文是我国现代文学史上一位著名的作家。他的人生经历富有传奇色彩，他的创作独具一格，他的人生命运沉浮不定，这些都使他成为我国现代文学史上的一个传奇。沈从文通过他的文学创作，完成了湘西世界与都市生活的比较，在比较中展示现实的生活，触及和震撼了人们的灵魂，他的作品因而具有独特的艺术生命力，也获得了不朽的艺术魅力，在文学长廊中发出耀眼的光彩。1923年受五四运动余波的影响，沈从文告别生活了21年的湘西，前往北京开始追求自己的梦想，从湖南到汉口，再经郑州、徐州、天津，十九天后沈从文看见了那座不知比凤凰城雄伟多少的前门城楼，从此便进入了一所永远无法毕业的大学，同命运做一次新的拼搏。

在沈从文的创作中，湘西生命形式与都市生命形式具有对立与对照的性质，代表沈从文不同的生命理想与情感取向。沈从文对都市生命的审美观照包含着一种犀利的文化批判眼光，从中传达出沈从文独特的生命理想，并通过这种生命理想表现其独特的创作追求。因此，探讨沈从文创作中的

都市生命形式，对于理解沈从文的全部创作，就成为一个关键性问题，由此可以发现其创作独特性的一些重要方面。

一、都市文化对沈从文创作题材的影响

北京自明清以来就成为中国文化的中心，到了近代它开始艰难而慢慢地向现代城市过渡，传统的本土文化在衰落的同时顽强地存在着，这就使变化中的北京保留了某种乡土性。即便是这样一座乡土感很强的大城市，还是给来自湘西的沈从文一种自己是乡下人的感觉。他在《忆翔鹤》中曾说："生长于大都市的翔鹤，出于性情上的熏染，受陶渊明、嵇康作品中反映的洒脱离俗影响实已较深；和我来自乡下，虽不欢喜城市却并不厌恶城市，入城虽再久又永远还像乡巴佬的情形，心情上似同实异的差别。"可以看出，他自认为乡下人的原因主要有两点：一是他不了解北京城的办事规矩，对北京的生活不太适应；二是他性格内向，不愿意主动地融入。但此时的"乡下人"三个字没有太多情感态度，只是表明自己的来历而已。

其实，城市不仅影响了沈从文的自我定位，还在很大程度上影响了他小说题材的选择，特定时代的文学思潮以及在那段时间发生的社会事件都会在一定程度上对他的创作产生影响。早期沈从文创作的题材总结起来主要分为两大类：都市题材与湘西题材。都市题材类小说主要以问题小说和"自叙传"小说为代表。在他刚来到北京的时候，虽然五四运动已过去几年，但是"五四"精神仍然存在。1921 年，文学研究会和创造社成立，它们随之成为推动新文学发展的重要力量。文学研究会主张文学为人生，而创造社则高举为艺术的旗帜，它们分别代表新文学发展的两大文艺思潮。于是，20 世纪 20 年代初文坛上流行着两种小说：问题小说和"自叙传"小说。而此时刚到北京的沈从文一面坚持自学——读书和习作，一面去北大自由听课，同时结交了不少当时也在北大、燕大等校读书的爱好文学的青年。在这样一个自由、多元的文化空间里，加之文坛潮流的影响，他创作了一批以城市为背景的小说，这其中包含有大量的问题小说。

沈从文认为自己始终与都市文明有一种隔膜，他将这种隔膜称为"乡下人"和"城里人"的隔膜。然而，他对这两个世界的塑造却是独特而成

功的，因为他没有把眼光仅仅局限在湘西。其笔下的乡村世界是在与都市社会对立互参的总体格局中获得表现的，而都市题材下的上流社会的“人性的扭曲”是在“人与自然契合”的人生理想的映照下得以显现的。正是他对这种内涵的哲学思辨，构成了笔下的都市人生与乡村世界的桥梁。当他把小说创作视点由“湘西世界”转移到都市社会时，毫不掩饰地表述了他对都市的情感厌恶和道德批判。

沈从文描写都市生活的小说具有很强讽刺性，如《第二个狒狒》《八骏图》等。在这些问题小说中，沈从文以一种讽刺的笔调，借描写一些生活琐事，对城市知识分子进行了无情的揭露。在《岚生同岚生太太》里，作者一开篇就这样介绍岚生这一人物：“许是因为职位的缘故，常常对上司行礼吧，又并不生病，腰也常是弯的。”笔笔见出作者对岚生的讽刺。毕竟，作为乡下人，“呆头呆脑”的沈从文对于都市的第一印象并没有那么好。刚到北京，就吃了精明的城市人的亏。他曾在自传里回忆道：“出了北京前门的车站，呆头呆脑在车站前面广坪中站了一会儿。走来一个拉排车的，高个子，一看情形知道我是乡巴佬，就告给我可以坐他的排车到我所要到的地方去。我相信了他的建议，把自己那点简单行李，同一个瘦小的身体，搁到那排车上去，很可笑地让这运货排车把我拖进了北京西河沿一家小客店，在旅客簿上写下——沈从文年二十岁学生湖南凤凰县人。”不仅如此，这还与他初来北京的生活经历有关。

二、都市生活与“自叙传”小说

对都市人性的指斥，对都市“文明”的怀疑与批判，沈从文这种写作姿态在现代中国作家中最为激切，最为鲜明。沈从文所构建的湘西世界与都市世界，在这两相对照中展示出截然不同的生命形式，从中我们也可以看到其全部创作的基本思想内涵及艺术表现。沈从文从其“乡下人”的独特视角出发，凭借独特文化品格和对人性问题的独特思考，为我们构筑了一个独特的都市世界，在伦理道德和乡土文化的层面上审视都市的生存状态，体现出对人性异化的忧虑和对人性复归的探索，这在一定程度上“契合了西方近现代从异化角度对文明进行批判和反思的哲学思潮”，在一定

程度上也表现为“一种现代观念，一种现代人所具有的批判意识、怀疑精神和超前眼光”。他所提供的审视都市的另一种立场和方法以及这种面对现代文明审视人性异化的文学行为本身，都使他区别于其他都市小说家，从而体现出其独特的创作思想和艺术追求。

郁达夫的“自叙传”小说对沈从文产生了很大的影响，沈从文进行了大量“自叙传”小说的创作。沈从文的“自叙传”小说描写最多的是他初来北京时生活的艰难与苦闷。初来北京的生活是辛苦的，沈从文最初住在前门外杨梅竹斜街的酉西会馆。他这样概括这一阶段的学习：“先是在一个小公寓湿霉霉的房间，零下十二度的寒气中，学习不用火炉过冬的耐寒力。再其次是三天两天不吃东西，学习空空洞洞腹中的耐饥力。再其次是从饥寒交迫无望无助状况中，学习进图书馆自行摸索的阅读力。再其次是起始用一支笔，无日无夜写下去，把所有作品寄给各报章杂志，在毫无结果等待中，学习对于工作失败的抵抗力与适应力。”①

湘西与北京是两个完全不同的地域，代表的也是两个完全不同的历史时代。地域的极大差异使沈从文难以适应周围的环境，加之青春的敏感年龄，却过着饥寒交迫的生活。因此，经济的困窘使他陷入极端的困境之中。于是，手中的笔成为他书写自己苦闷的武器，借着一篇篇的“自叙传”小说，让这种苦闷在作品中得到尽情宣泄，以表达自己的无奈与痛苦。

1925 年，沈从文写了一篇名为《棉鞋》的文章，主人公“我”完全是作者的自况，记录的是初到北京的这一段艰难生活。穷困潦倒的“我”，住在一间“我”称为“窄而霉斋”的破烂小屋。冷风吹打“我”的脸，吹打“我”的胸，吹打“我”的一切。无可奈何，“我”只能逃进破被中蜷卧着，任凭其摩挲“我”为风欺侮而红肿的双脚。伙计终年对“我”烂起脸来做出不耐烦的样子。农大的村弟送了“我”双棉鞋，尽管半磨没的皮底，脱了组织的毛线，前前后后的缝缀，让这双棉鞋看起来破烂不堪，但“我”依旧时时刻刻穿着它。“我”到了图书馆，因脚上的棉鞋，管事先生赶紧为我把书检出，驱逐“我”赶快离开图书馆；游山时，遇到一老一少两人，正谈得投机，因看到“我”脚上的棉鞋，立即离开；晚上外出散步，一对

① 沈从文 . 沈从文全集：传记：13 [M]. 太原：北岳文艺出版社，2009：168.

热恋男女正欲拥抱接吻，却被棉鞋发出的声音打断了，“我”慌忙地离开，“落到我眼里的东西，如像沙子、蒺藜，痒在眼里，痛在心里”。遇见教育股股长先生，看到“我”的棉鞋，话没让“我”说完，转身就走了，“上司但从鞋的彳亍彳亍怪声音上断定我的罪过，不但不原谅我的苦衷，临行给我那个微笑，竟以为我有意不雅观”。这一切的一切不禁使“我”发出感慨：“呵呵，我的可怜的鞋子啊！你命运也太差了！……受许多不应受的辛苦，吃几多不应吃的泥浆，尽女人们无端侮辱，还要被别人屡次来敲打？呵呵，可怜的鞋子啊！我的同命运的鞋子啊！”这双鞋子的遭遇何尝不是作者自己的遭遇呢？通过一种象征，表达出的是沈从文无尽的凄凉与坎坷。同样，这之后写的《一天是这样过的》也是对他在北京艰难生活的反映。

在沈从文的都市讽刺小说中，父亲时常被塑造为讽刺、丑化的对象，尤其有精神弑父的倾向，如《八骏图》中，教授桌子上放着全家福的照片，枕边有着两部香艳的诗集；在《绅士的太太》中，父亲的形象是外表绅士，内心龌龊。

三、都市中的乡土小说创作

除了都市题材，沈从文的另一种湘西题材，则主要以乡土小说为主。20 世纪 20 年代中期，随着乡土小说的崛起，以北京为中心的一大批年轻作家开始将眼光投向农村，或以温情的笔调描绘乡土风情，或以批评的语调叙述乡间的落后与罪恶的民俗，于是就形成了一股新的潮流。此时的沈从文独自一人，客寓在这偌大的皇城，忍受着无言的孤独与浓浓的苦闷。可越是得不到爱与理解，沈从文就越思念自己从小生长的故乡，就越觉得故乡的山山水水、世俗人事流淌着诗意与温情。恰逢潮流的变化，很自然地，沈从文选择乡土题材进行文学创作。但是，作为文学路上的新手，用笔并不成熟，编写故事的能力也不强，因而回忆往事成为沈从文的创作方向，回忆自己温馨的童年生活，短暂但印象深刻的部队生涯，还有那故乡的人、故乡的事。

《夜渔》中的守碾坊，《猎野猪的故事》中的打野猪，《我的小学教育》中的木傀儡戏，《在私塾》中的逃课经历，还有《炉边》中的吃宵夜，都是

沈从文对自己童年的美好回忆，点点滴滴都渗透着他对故乡浓厚的思念，缓解着他在外的漂泊感和无助感。那时的人，那时的事，仿佛是在昨天。这些回忆如同寒夜里的火堆，温暖着他，鼓励着他，让这城里的日子也好过些。

除此之外，还有之后的军旅生活，也是他美好回忆里的一部分。《船上》《占领》《入伍后》等小说都是有关他在部队的回忆。虽有触及军队的腐败黑暗，充满淡淡的讽刺，但还是可以感受到那一丝说不出的温情。“这首先是因为沈从文的家庭和社会关系，使他在军中的职务虽低，但实际处境却非同一般，所以将军队和平融洽的一面看得多了些；其次，则是出于对家乡美好人事的偏爱，无意间即以此爱恋冲淡缓解客居异乡的寂寞与苦闷。”

而回忆最多的则是那尚未泯灭人性的故乡、纯朴的湘西人民、美如画卷的风景，以及琐碎平凡却充满人情味的小事。说到底，自己终究是个乡下人，一个有着天真无邪的童心、崇尚自然人性的人。沈从文在《水云》中说：“我是个乡下人，走到任何一处照便都带了一把尺，一把秤，和普遍社会总是不合.一切来到我命运中的事事物物，我有我自己的尺寸和分量，来证实生命的价值和意义。”夏志清认为：“他自称‘乡下人’自有深意。一方面，这固然是要非难那班在思想上贪时髦，一下子就为新兴的主义理想冲昏头脑，把自己传统忘记得一干二净的作家。第二方面，无非是要我们注意一下他心智活动中一个永不枯朽的泉源。”可见，沈从文对自己故乡的感情是很深厚的。

《瑞龙》里那个顽皮可爱的瑞龙，见了熟人，“口上便做出那怪和气亲热的声气：‘吃甘蔗吧，哥！’或是‘伯伯，这甘蔗又甜又脆，您哪吃得动——拿吧，拿吧！怎么要伯伯的钱呢。’”瑞龙的热情与纯朴不正是湘西人民的折射吗？

尽管此时的沈从文渐渐发现，孱弱、虚伪、欺软怕硬等人性的弱点正在由城市向农村蔓延，但浓浓的思乡之情促使他挖掘那仍旧保留的美好。《在别一个国度里》里的在八蛮山落草的大王，在大妹妹眼中却是这样：“他什么事都能体贴，用极温柔驯善的颜色侍奉我，听我所说，为我去办一切的事。(他对外是一只虎，谁都怕他；又聪明有学识，谁都爱敬他。)他在我面前却只是一匹羊，知媚它的主人是它的职务。他对我的忠实，超越了我理想中情人的忠实。”看似凶狠残暴，可在作家沈从文的笔下，却是一个柔情似水、有情有义的男人。在《喽啰》里，“山上大王气派似乎并不比如今的军官大人使人怕；喽啰也同北京洋车夫差不多，和气得要你一见了他就想同他拜把弟兄认亲家”。但从这些描绘中，我们看到更多的是他们的可爱与纯朴，怎么能够联想到他们是山上的土匪呢？同时，通过山上大王和城中的官之间强烈的对比，不难看出作者对北京现实的嘲弄与讽刺。“当真是做官比做山上大王容易找钱点么？这是一定的。因为山寨里，大王同喽啰，得来的财产纵不是平均瓜分，也得算清数目按功劳分派，大王独吞可是办不到的事。至于官，则从中国有官起，到如今，钱是手下人去找，享用归一人。”的确，山上大王的行为不符合所谓的道德，可看上去遵从道德的那些城里官们，又有多少见得了光呢？《连长》则是想点明一个道理：“一个皇帝同一个兵士地位的不同，是相差到几乎可以用手摸得出，但一到恋着一个人，在与女人为缘的应有心灵上的磨难，兵士所有的苦闷的量与皇帝可并不两样。一个状元同一个村塾师也不会不同。一个得文学博士的人同一个杂货店徒弟也总只会有一种头痛。”尽管是钢铁之躯的军人，却依旧有选择爱的权利，以展示自己的温柔体贴。沈从文的意思很清楚，每个人都有爱的平等权利，它不会因你地位的不同而有天壤之别。每个人都可以自由选择爱与被爱，可以爱得悄然无声，也可以爱得轰轰烈烈。

四、沈从文笔下都市女性的浮沉

都市生活不仅影响了沈从文的思想，制约着他的小说题材，也造成了他小说中人物形象的变化。尽管他笔下塑造了学生、军官、水手等男性形象，但相比之下，他笔下的女性形象则更具有光彩。在北京生活经历的影响下，沈从文确定了两种题材，而与之相对应的也就有两类不同的女性形象，一种为都市女性形象，一种为湘西女性形象。在这一时期，都市女性形象的主要特点为符号化。女性形象并不以主角的形式出现，而是作为男性角色的附庸，满足男性的幻想，配合主题而出现的一种符号式形象。她

们没有名字，没有女性的特征与魅力。在《松子君》中，只出现了三个男主人公，故事里并没有女主人公的存在。而女性更多的是在三人的讲述中出现，并且被冠以性的标签。无论是与周君调情的那个姨奶奶，还是松子君心目中爱恋的女孩，她们的出现都是为了满足男性的欲求，作为附属品而存在的。在《遥夜》中，当“我”听到那银筝般的歌声时，“我”在心底这样想象她的容貌:“她是又标致，又温柔，又美丽的一个女人，人间的美，女性的美，她都一人占有了。她必是穿着淡紫色的旗袍，她的头发必是漆黑有光……”故事中，“我”听到歌声而联想到了女性，歌声的出现，却也是因为那个买她歌声的男人，那个为了满足自己欲求的男人。究其原因，这与他在北京艰难的生活是有很大关系的。与温饱愿望纠缠一起的是其对异性爱的追求，可因为穷，地位的卑微，加之性格的内向，沈从文变得越发的自卑。而正是因为这些，沈从文在文中大量描写了梦想中的女性，以填补空虚的心灵。

另一类湘西女性形象简单地概括起来，是影子式的女性形象。尽管回忆中透着浓浓温情，可碍于作者能力有限，因此此时他笔下的女性大多是湘西中存在的女性在小说中的投影。在这些女性人物中，出场最多的是九妹和母亲。由于沈从文是带着对往昔的怀念来写的，因此小说里则更侧重生活场景与小故事的叙述，缺少对人物细致的刻画。这类作品有《往事》《炉边》《玫瑰与九妹》等。所以，回想起沈从文这一阶段创作的作品，并没有一个叫得出口的女性人物让人印象深刻。

五、创作阶段与作品

沈从文在文学道路上的成长，一方面有赖于他的不懈努力，另一方面则要归功于都市生活对他有形或无形的影响。因为都市生活的体验，他的思想观、价值观不断地成熟；因为都市生活的体验，他的文学题材变得丰富；因为都市生活的体验，他塑造了更多更为丰满的人物；也正是因为都市生活的体验，他获得了成长。

尽管沈从文一生的创作总量在中国现代作家中算得上首屈一指，但他的创作历程并不算很长，严格说来，从 1924 年底在《晨报副刊》发表第一篇作品《一封未曾付邮的信》算起，到1947年底发表杂论《学鲁迅》和小说《传奇不奇》后基本停止创作，前后不过23年时间。尽管沈从文在中华人民共和国成立后也零星地发表过几篇作品，但多为应景之作，已经完全失去其惯有的风格。因此，沈从文实际上在中华人民共和国成立前已结束其创作生命，中华人民共和国成立后完全转向文物研究，作为文学家的沈从文由作为物质文化史家的沈从文所代替。沈从文的整个创作有比较明显的阶段性分野，大体而言，从他在1924年底开始发表作品到1928年8月发表短篇小说《柏子》前后，可以看作沈从文的早期创作阶段；1928—1930年属于创作过渡阶段；从1930年开始，沈从文的创作进入成熟期，20世纪30年代末，其创作进入黄金时期；从20世纪40年代初的“创作向内转”至20世纪40年代末终止创作时为止为其后期创作阶段。在某种意义上，沈从文全部创作的主题都可以归结为生命抒写，对生命的探索与讴歌传达出其审美理想的独特性，蕴含着他对人生内容与生命形式的独特思考。这深刻地影响到他的文学观念和创作实践，由此形成其独特的生命主题，从中可以发现其创作独特性的一些重要方面。

一般认为，沈从文最初是怀着谋生的目的开始创作的，如果深入探究沈从文的早期创作就会发现，创作谋生只是沈从文从事创作的表层动机，而对生命焦虑的倾诉与表达才是他走向创作道路的深层动机，是他进行创作的内驱力。沈从文说过：“一个人写作的动力，应当自内而发。”对他自己来说，就是在一种“自内而发”的动力驱使下从事创作。在沈从文的整个创作历程中，这种发自生命深处的内驱力对他的创作状态具有决定性意义，他在20世纪40年代前后的“创作向内转”和后来的终止写作都可以从其创作内驱力的转化中找到根源。从沈从文创作的实际情况来看，其早期创作具有爆发性的特征，作品不但多而杂，而且流于一种平面化的日常生活叙事，给人以慌不择言的感觉，这固然与他对文字的掌握程度和艺术积累有关，他在晚年回顾自己的早期创作时就说：“我从事这工作是远不如人所想的那么便利的。首先的五年，文字还掌握不住。”其深层原因却在于对人生苦闷与生命焦虑的宣泄式表达，创作成为他的一种生命寄托方式，通过创作可以缓解生存压力和提高生命品格。因此，他的早期作品虽在艺

术上存在着致命的弱点，但都毫无例外地是从生命深处流出来的音符，与作者的生命体验圆融一致，自然率真，具有本色之美，自有其动人的地方，在当时的文坛上独具一格，表现出沈从文创作上的独特性。这个创作开端对沈从文具有方向性意义，追寻生命成为其全部创作的基调，因此其早期创作自有独特的价值，不能简单地一概抹杀。

沈从文创作成熟期的作品则趋向一种内敛式的沉静与抒情性的平和，在艺术上臻于化境，鲜明地表现出沈从文的主体独特性，这并不仅仅表明沈从文在艺术风格上的成熟，更重要的是表明沈从文表达生命体验方式的转化。如果说，他的早期创作表现为生命力与情感的向外喷发，那么其成熟期的创作则表现为一种讲究节制的艺术化抒写，是对生命状态的虚静式观照。这是一种艺术化的人生态度，表明沈从文的生命状态已进入相对稳定时期，正如沈从文自己所说："人要抽象观念稳定生命，恐得三十岁以后，已由人事方面证实一部分生命意义后。"这个时期的沈从文经过在文坛的多年拼打，已经功成名就，生活稳定，在事实上已经由湘西的"乡下人"变成都市里的"绅士爷"，尽管表现在他身上的绅士气不那么地道，还混合着根深蒂固的湘西土地气息，但毕竟与原来的湘西"乡下人"判然有别，这种变化不仅表现在生活方式上，更重要的是表现在思想观念与文学观念上。这一时期，沈从文的乡恋情结远不如初来京城时那么直接而强烈，他对都市生活的情绪化敌视也得到极大缓解，由于创作上的成功，原来的自卑心理与怨天尤人也得到有效克服，尤其是多年来苦苦追求的爱情终于如愿以偿，沈从文的生活在平静中不无一种温馨的诗意，他的心境也由原来的骚动不安转入平静状态。这种变化对沈从文创作的影响是非常深刻的，沈从文天性就不是一个"愤怒的诗人"，这种宁静的生活状态使他倾心于创造纯粹的艺术，这种生活状态有利于沈从文摆脱早期创作在一定程度上为稻粱谋的现实功利目的，使其创作上升到精神性的审美超越层面。一般来说，生活境遇与生活方式的重大变化必然会影响一个人的生命体验方式与表达方式，使之发生相应的变化。对于一个作家来说，其则会进一步影响作家创作的各个方面，使其审美趣味、文学观念、思维方式、艺术风格等发生深刻的变化，乃至导致其创作的根本性转向。具体到沈从文，如果说他早期创作所表达出来的生命体验呈现出外发性特征，在形式上表现为自内向外的生命力喷发，那么他在创作成熟期的生命体验则呈现出内敛性特征，是一种深度生命体验，在创作观念上表现为和谐与节制的美学原则。这时期沈从文的创作尽管数量上明显减少，但在艺术上却达到了一个新的高度，其独特的风格臻于成熟，其代表性作品多产生在这一时期。需要注意的是，尽管沈从文的成熟期创作与其早期创作呈现出重大的差异与变化，但仍有其内在的一致性，对生命的关注与抒写仍是其创作的核心，沈从文的创作内驱力仍在很大程度上根源于生命焦虑，不过其生命焦虑的性质已发生变化。如果说他创作早期的生命焦虑主要是一种个体生命焦虑，那么其创作成熟期的生命焦虑则在一定程度上转化为文化焦虑，换言之，是一种社会群体化的生命焦虑，体现出一种深沉的民族文化心态。

沈从文的后期创作发生重大变异，情况较为复杂。他在 1940 年前后开始的创作“向内转”，表现出“抽象的抒情”性质，追求向生命的更深处迈进，追求对生命的神性抒写，具有浓厚的弗洛伊德色彩与尼采式的超人意识，尽管表现出极其可贵的探索意识和艺术创新精神，但从总体上看，得失参半，并没有在艺术上取得多少新的突破，倒是从中可以看出沈从文的创作后继乏力，已经陷入难以为继的困境，这是沈从文创作的尾声。这时期支配沈从文进行创作的是一种主导性的文化焦虑，其创作格局也相应地发生变化，小说创作大幅度减少，散文、杂论与文论显著增多。从这种创作上的变化来看，沈从文的社会政治参与意识明显增强，但他对中国现代政治运动的背景从来就缺乏基本的认识，尤其是对将要发生的重大政治变动缺乏最起码的预见。这使他对社会政治的参与主要采取一种“书生议政”的方式，对社会政治运动本身则持疏离的态度，并不以实际上的行动参与进去，从中可以看出沈从文是以一个自由主义知识分子的立场来涉入社会政治的，同时不难发现，他面对中国现实政治的复杂心态。这时期沈从文所关注的中心问题是生命重造与文化重造，以及与之相关的国家重造、民族重造和文学运动的重造，他把中国现代政治的症结归结为民族生命力的萎缩与文化精神的沦丧，认为实现国家重造与民族重造的前提条件是生命重造与文化重造。这与他的政治态度是相一致的，与他的文学观和生命观也是相一致的，在其创作中表

现出来，成为其后期创作中的“生命重造”主题。

综观沈从文的整个创作历程可以发现，他是一个紧紧抓住生命的作家，他从自我的生命体验出发，抒写生命之真，思考生命之理，这成为他全部创作的基调和底色。从这一意义上说，沈从文的全部作品是有其内在统一性的，生命是其全部创作的统摄性因素或核心所在。也正是由于这种独特的创作追求，沈从文的创作道路具有悲剧性意味，说到底，他是一个文学的殉道者，正如他自己所说的，他是“用一支笔来好好保留最后一个浪漫派在二十世纪生命取予的形式”“在充满古典庄严与雅致的诗歌失去光辉和意义时，来谨谨慎慎写最后一首抒情诗”。就其创作的全部独特性和一种特定的文学形态而言，在某种程度上，他的创作在 20 世纪中国文学史上确实是“最后一首抒情诗”，其独特的创作风格显示出卓异的品格与美学追求，称之为“沈从文范式”并不为过，对 20 世纪中国文学具有重要的启示意义。尽管沈从文的后期创作出现重大变异，但生命主题作为其全部创作的统摄性因素并没有改变，在他的全部创作中，呈现出一个整体性的生命诗学构架，这是其创作最为显著的标志，也是其创作独特性的根源所在。

沈从文一生共出版《石子船》《从文子集》等 30 多种短篇小说集和《边城》《长河》等 6 部中长篇小说，沈从文是具有特殊意义的乡村世界的主要表现者和反思者，他认为“美在生命”，虽身处虚伪、自私和冷漠的都市，却醉心于人性之美。他说：“这世界或有在沙基或水面上建造崇楼杰阁的人，那可不是我，我只想造希腊小庙。选小地作基础，用坚硬石头堆砌它。精致、结实、对称，形体虽小而不纤巧，是我理想的建筑，这庙供奉的是‘人性’。”

从作品到理论，沈从文后来完成了他的湘西系列，乡村生命形式的美丽以及与它的对照物城市生命形式批判性结构的合成，提出了人与自然“和谐共存”的，本于自然、回归自然的哲学。“湘西”所能代表的健康、完善的人性，是一种“优美、健康、自然而又不悖乎人性的人生形式”，而这正是他全部创作要负载的内容。

第三章　沈从文作品中的诗性内涵

沈从文是乡村世界的主要表现者和反思者。在沈从文创作的作品中，文学成就最高的当属以湘西为题材的小说，这些作品以平淡恬静的风格、清新幽默的笔调、富有象征性的意象与内涵，描绘了荒僻而富有传奇色彩的湘西边城，反映了以自然和谐为底蕴而不悖于人性的人生形式。沈从文在一系列湘西小说中，为人们建造了一个自然、优美、健康、艺术的“湘西世界”，这个世界充满了和平、静谧，使人深深地感受到自然美、风俗美和人性美。沈从文作品中的诗性体现在叙事时间和叙事空间的构建、人性与神性的追求以及诗性主体的救赎三个方面。

第一节　沈从文作品中的诗性时间与空间

文学是一种文字艺术，其叙事空间和叙事时间具有独特的特点。本节主要对沈从文作品中的诗性时间与诗性空间进行分析。

一、沈从文作品中的诗性时间分析

在文学作品的叙事过程中，时间概念是叙事中极为重要的因素之一。文学作品的时间概念包括客观素材的时间和叙述故事的时间两个方面。客观素材的时间是指作者在叙述故事时展现出来的文本时间，即故事的发生、发展与结束；叙述故事的时间则是指作者对故事进行加工和提炼之后形成的叙事文本秩序，即突出故事的某些特定的时间点，而省略或隐去另一部分时间点，以使故事的叙事更加具有节奏性，详略更加得当。文学作品对叙事时间的处理方式也可体现出作者对世界万物的认知特点。

（一）沈从文作品中的叙事时间类型

沈从文作品，尤其是小说的叙事时间按照类型可划分为生活化时间叙事、季节性时间叙事和民俗化时间叙事三种。

首先，沈从文作品中的生活化时间叙事。在沈从文的小说中，叙事时间常遵从物理时间，即遵循一天从清晨到日暮，一年从春季到冬季的自然世界中的时间顺序。这种生活化的时间叙事方式常常被沈从文作为显性的时间叙事，以交待主人公的日常生活场景。例如，在《边城》中，作者呈现出这样一幅翠翠与老船夫一家日常生活场景：老船夫在船上渡人工作，累极后即卧在溪边的大石上休息；祖父工作时翠翠即在溪边玩耍、做饭，或吹着竹笛，听祖父在船上一边工作，一边用哑哑的嗓子唱歌，遇上祖孙两人吃饭时有人喊过渡，翠翠争着跑到祖父前面渡人；夜晚吃过饭后，翠翠与祖父两人则将就着星光讲故事、休息。又如，在《萧萧》中，文章的开头则以一种生活化时间叙事的方式讲述了萧萧嫁到丈夫家之后，白天带着丈夫到处玩耍，同时帮着婆婆洗衣、搓尿片、打猪草，夏夜乘凉时，边抱哄着丈夫，边听家中老人及长工等在一起讲古，晚上则做着各种稀奇古怪的梦，半夜里丈夫哭闹不止时则又爬起来哄丈夫睡觉的日常生活场景。再如，在《三三》中，作者在文章开头通过生活化时间叙事的方式描述了三三一家的生活场景，三三的父亲去世后，母亲代替父亲在碾坊中劳作，而三三则在磨坊前后玩耍，当有人前来潭中钓鱼时，三三就看着人钓鱼，晚上母女两人则各自诉说对未来的计划。这种生活化的时间叙事体现出三三所生长的地方的封闭性，同时为城里养病的少年到来后引发三三思想变化奠定了基础。

在《一个女人》中，这种生活化的时间叙事表现得更加明显，小说分别从白天、中午、夜晚三个时间段描写了三翠嫁人后的日常生活：“白天，她做些什么事？凡是一个媳妇应做的事她全做了……鸡叫了，天亮了，光明的日头渐渐由山后爬起，把它的光明分给了地面，到烟囱上也镀了金黄的颜色时，她起床了。起了床就到路旁井边去提水，身后跟的是一只小狗……到了午时把饭预备好，男子回家了。到时不回，就得站到门外高坎上去，锐声地喊爹喊苗哥……夜间，仍然打发人，打发狗，打发猫，春天同夏天生活不同，但在事务繁杂琐碎方面却完全一样。除了做饭，烧水，她还会绩麻，纺棉纱，纳鞋，缝袜子……每早上，有时还不到烧水那时，她就放鸡放鸭，鸡一出笼各处飞，鸭子则从屋前的高坎上把它们赶下溪边。”[①] 在这段文字中，作者通过对三翠做童养媳后一天的生活场景的描写，体现出湘西童养媳一天的生活，而三翠所做的事，在公爹死亡、丈夫离家后，除了将中午为公爹和丈夫做饭换成给瘫子养母和儿子做饭，几乎没有变化过，从这种叙事中也可看出湘西农村生活的一成不变。

其次，沈从文作品中的季节性时间叙事。沈从文的小说中除了生活化的时间叙事外，还常常将四季轮转、万物交替作为推进故事情节发展的重要因素以及故事展开的时间背景。除此之外，季节性时间叙事还常常与小说的主题相结合，体现出一种世事变化的苍凉感和沧桑感，凸显小说中的悲凉气氛。例如，《阿黑小史》讲述了油坊工人的女儿阿黑和油坊主的儿子五明恋爱、订婚到阿黑死亡而五明疯癫的故事，整个故事包括“油坊”“秋”“雨”“病”“婚前”等章节，整个故事的过程经历了四季。春天时，油坊从二月开始打油，而此时油坊工人（阿黑的父亲）正在为阿黑的身体担心，阿黑年仅十七八岁，身体不是很健壮，阿黑生病时，五明全心全意地照顾她，五明对阿黑的心意也逐渐随着阿黑身体的痊愈而明朗。两人在采蕨时耳鬓厮磨，相互爱慕。五月间的一次雨后，两人在山洞中相互发下相爱彼此的誓言。七月间，油坊停止打油后，两人更是形影不离，恨

① 沈从文．沈从文别集：龙朱集[M].北京：中信出版集团，2017：143.

不得每天都找理由在一起，两个人的恋情得到了全寨人的祝福。进入八月后，阿黑的父亲在山神生日当天正式提出两人的亲事，两家人很快为两人定亲。定亲后，阿黑的干娘来到阿黑家照看她，这使两人的相处时间变少，五明为此十分惆怅而又生气。之后天气逐渐转凉，从秋天进入冬天，结婚后的阿黑和五明度过了一个甜蜜的冬天。然而，第二年的春天到来时，原来红火的油坊已经因弃置而破败，原来躺在山洞中与五明约会的青春少女阿黑也已躺在了长着青草的地下，而原来深爱阿黑的五明则因为阿黑的死而发疯成了癫子。作者在小说中通过四季的轮回变化，展现了人生和命运的无常，表现出作者对人世的哀戚。

如果说《阿黑小史》是在四季轮回中展现命运的无常，那么《菜园》就是在四季轮回中展现世事的沧桑。《菜园》通过一年四季的玉家菜园展现出一个母亲独立抚养儿子的不易及其宁静的生活场景。夏季日落时分，母子两人一起在溪边纳凉吟诗，听蝉鸣，看溪水；或者走到菜园中，看着工人们搭起瓜架子，督促工人们舀水浇菜，一起谈论秋天时园中的菜价；有时也会到园中看看菜秧的生长，亲自挖泥浇水。冬天时，母亲边出售白菜，边将白菜制成各样干菜，根、叶、心各用不同方法制作成各种不同味道，而儿子则在房中认真读书写字。儿子二十二岁生日时正好天降大雪，母子两人喝酒谈天。之后，儿子赴京读书，一去三年。三年后的春天，儿子来信说学期结束后会回家住一个月，夏季儿子带着美丽的媳妇回来，晚上三个人同在门外溪边乘凉，在瓜棚豆畦间谈话，看天上的晚霞。八月，母亲与儿子和儿媳一起整理菊圃，想象着秋天时菊花盛开的美丽场景。然而，不久后儿子和儿媳被抓，枪毙后埋在了土里。母亲则将思念之情寄托在菊花上，将玉家菜园变成了玉家花园。三年后，玉家花园被本地有势力绅士所占领，在园中赏菊、吟诗，做着原来菜园中的主人梦想中想要做的事情。最后，母亲在儿子生日那天的大雪后自缢身亡。在这部小说中，四季更迭的时间线虽然拉得较长，但是仍然遵循着从夏到冬的轮回，在这种四季轮换中，玉家菜园变成玉家花园的悲凉结局让人唏嘘和感慨。小说对人世变幻悲凉底色的描绘，营造出一种极具诗意的落寞与荒凉。

最后，沈从文作品中的民俗化时间叙事。所谓民俗化时间叙事，是指在文本的叙事中将某一节日或民俗作为时间符号，用来推动故事情节发展的叙事方式。在沈从文的作品中，尤以《边城》中所表现出来的民俗化的时间叙事最为明显。《边城》中通过三个端午节的详细记叙推动了故事情节的发展，同时通过中秋节和春节两个节日使文中的时间线更加完整。沈从文作品中的这种民俗化的时间叙事一方面体现出小说中时间的循环往复之感，营造了一种时间凝固不动的错觉，体现出茶峒小城封闭、宁静的自然环境，另一方面突出了湘西独特的民俗文化，营造出一种田园牧歌式的诗意氛围。

（二）沈从文作品中叙事时间的诗性表现

沈从文作品中的叙事时间表现出跳跃性、情境性等艺术特点，体现出沈从文叙事时间的独特诗性氛围。

首先，沈从文作品中叙事时间的跳跃性及诗性表现。沈从文在具体的文本叙事中还常描述人物的心理，通过跳跃、延展、反复、省略等具有跳跃性的时间叙事方式，打乱线性的时间线索，使小说的情节更显生动，更加吸引人的注意力。例如，《边城》中开篇时从第三个端午节说起，引发了翠翠对第一个端午节和第二个端午节的回忆。之后老船夫的喊声打破了翠翠的追忆，使其重新回到现实的世界中。这种跳跃性的时间设置打破了时间的线性发展，使整个文本的叙事更加曲折，充满韵味，别具一种诗性的苍凉感。又如，《槐化镇》则是因故事的叙述者“我”嗅到了淡淡的紫藤花的香气，看到了白色的洋槐花而回忆起在槐化镇上居住时的故事。再如，《阿黑小史》从总体的时间线索上看，讲述了一年四季轮回中阿黑与五明恋爱和结婚的故事，然而具体的叙述却是在阿黑死后、五明癫后纷乱的回忆中，记述了阿黑与五明在山洞中约会以及约定誓言的情境。在这篇作品中，四季轮回的线性叙事与五明回忆的跳跃性叙事将命运无常、人世苍凉的人生感慨体现得淋漓尽致。从艺术特性上看，沈从文作品中叙事时间的跳跃性，通过人物的心理变化和思维走向安排具体的叙事时间，在时间的闪出与闪回中创造了一种类似于电影蒙太奇艺术般的时间场景，为文本增添了曲折的诗化效果。

其次，沈从文作品中叙事时间的情境性及其诗性表现。叙事时间的情境性是指在文本叙事中通过大篇幅的情境描绘，在流动的叙事过程中构建小说的叙事骨架，在流动与静止中展现生活状态与人世变迁。[①] 沈从文在湘西系列作品中，常通过情境性的叙事时间展现湘西人的生活状态。例如，在《边城》中沈从文通过对老船夫和翠翠的日常工作和生活场景的描述，构建了一种具有恒常性的时间图景，而在这种时间图景中所体现出来的田园牧歌式的场景极具诗化色彩。又如，在《三三》中，文章开头描绘了堡子的恒常性场景："从碾坊往上看，看到堡子里比屋连墙，嘉树成荫，正是十分兴旺的样子。往下看，夹溪有无数山田，如堆积蒸糕，因此种田人借用水力，用大竹扎了无数水车，用椿木做成横轴同撑柱，圆圆的如一面锣，大小不等竖立在水边。这一群水车，就同一群游手好闲的人一样，成日成夜不知疲倦地咿咿呀呀唱着意义含糊的歌。"[②] 之后，则将视角对准堡子中的杨家碾坊，展现出杨家碾坊的恒常性生活场景："妈妈随着碾槽转，提着小小油瓶，为碾盘的木轴铁心上油，或者很兴奋地坐在屋角拉动架上的筛子时，三三总很安静地自己坐在另一角玩。热天坐到有风凉处吹风，用包谷秆子作小笼，捉蝈蝈、纺织娘玩。冬天则伴同猫儿蹲到火桶里，剥灰煨栗子吃。或者有时候从碾米人手上得到一个芦管做成的唢呐，就学着打大傩的法师神气，屋前屋后吹着，半天还玩不厌倦。"[③] 沈从文在描绘恒常性的场景时，经常使用"凡""毕""皆""总""一切""照例"等，这些词语进一步强化了文中所描绘场景的恒常性特点。这种具有恒常性特点的叙事画面与绝对的时间对比，突出了湘西世界系列作品中时间的相对静止性，容易造成时间的模糊化，在突出画面感的同时，起到弱化故事情节的作用，形成了一种别具特色的时间与空间，构建出了田园牧歌式的诗化氛围。

综上所述，沈从文的作品，尤其是沈从文系列小说中的时间是一种历时性的线性时间线索与跳跃性和场景性时间相互交织的叙事时间。这种独特的叙事时间方式，一方面通过人物个体的生命时间与湘西地区恒常化的、

---

① 张芊．沈从文小说的时间叙事特征[D]．青岛：青岛大学，2017：23.

② 沈从文．沈从文专集：边城[M]．长春：吉林美术出版社，2014：130.

③ 沈从文．沈从文专集：边城[M]．长春：吉林美术出版社，2014：132.

循环往复的命运时间相交织，在体现湘西人独有的自然天性的同时，又隐藏着湘西世界的封闭与对湘西世界现状的隐忧；另一方面通过现在时间与过去时间的对照，体现出现代文明对湘西世界的渗透，以及在这一渗透过程中湘西世界所产生的种种变化，表现出作者对湘西世界终将逝去的叹惋之情，以及在这一过程中对理想人性的追寻，从中体现出悲凉、哀婉，而又饱含着不舍与无奈之情。

二、沈从文作品中的叙事空间分析

文学作品中的叙事空间是指故事文本中的空间地理位置。在文学创作中，无论作者属于哪一流派，其创作都需要着眼于一定的空间。要想对沈从文作品中的诗性空间进行详细分析，需要对沈从文作品中的叙事空间类型和叙事空间结构进行分析。

（一）沈从文作品中的叙事空间类型

第一种类型是清新惬意的自然空间的呈现。沈从文的作品是与其生长的环境——湘西所紧密融合的乡土世界的叙事，从中可以清晰地感受到湘西地区清新优美的自然空间。例如，《边城》中出现了大量对当地自然风光的叙述："白河下游到辰州与沅水汇流后，便略显浑浊，有出山泉水的意思。若溯流而上，则三丈五丈的深潭皆清澈见底。深潭为白日所映照，河底小小白石子，有花纹的玛瑙石子，全看得明明白白。水中游鱼来去，全如浮在空气里。两岸多高山，山中多可以造纸的细竹，长年作深翠颜色，逼人眼目。近水人家多在桃杏花里，春天时只需注意，凡有桃花处必有人家，凡有人家处必可沽酒。夏天则晒晾在日光下耀目的紫花布衣裤，可以作为人家所在的旗帜。秋冬来时，房屋在悬崖上的，滨水的，无不朗然入目。黄泥的墙，乌黑的瓦，位置则永远那么妥帖，且与四周环境极其调和，使人迎面得到的印象，实在非常愉快。"① 这段文字描绘了一个山、水、翠竹、桃花、农家共同形成的人间仙境一般的自然风光。又如，沈从文在《渔》中描绘的美丽的月下小景："月亮的光照到滩上，大石的一面为月光所不及，

① 沈从文．沈从文全集：小说：8［M］．太原：北岳文艺出版社，2009：66-67.

如躲有鬼魔。水虫在月光下各处飞动，振翅发微声，从头上飞过时，俨然如虫背上皆骑有小仙女。鼻中常常嗅着无端而来的一种香气，远处滩水声音则正像母亲闭目唱安慰儿子睡眠的歌。大地是正在睡眠，人在此时也全如梦中。”① 沈从文在描述这些优美的自然环境时，为山水、桃花、月光等赋予了一种抽象的美，体现出沈从文作品中极具诗意的内涵。

沈从文笔下清新的自然空间是一个相对封闭的空间。在他的许多作品中，优美的自然空间常存在于一个特定的场所之中，如《边城》中的茶峒、《三三》中的杨家碾坊和堡子、《长河》中的橘园等。这些地理空间因为地处偏僻，所以还未受到现代商品经济的侵蚀，在这些山清水秀的自然空间中成长的人们受到美景的熏染，形成了至善至美的自然人性，如《边城》中的翠翠、老船夫，以及大老和二老等。沈从文在作品中对自然景物的描写并非故意附庸风雅，而是对湘西的近乎赤子之情的真情流露。

第二种类型是田园牧歌式的人文空间的呈现。除了清新的自然空间，沈从文的作品还展现了湘西世界中丰富多彩的民俗文化，通过自然空间与人文空间的结合呈现出独具湘西特色的田园牧歌式的诗意空间。沈从文在作品中对汉族、苗族等多个民族的民俗文化进行了详细描绘，以此实现作品中诗性与人性的和谐统一。

例如，《边城》对当地的端午节进行了详细介绍，可以看出在湘西地区人们对端午节的重视。在端午节之前，人们都会买很多菜、肉，包粽子，到了端午，乡下人都会搭船进城看赛龙舟，而赛龙舟结束后，当地人还会在水中放一群鸭子，吸引年轻的小伙下水抓鸭子：“端午日，当地妇女、小孩子，莫不穿了新衣，额角上用雄黄蘸酒画了个‘王’字。任何人家到了这天必可以吃鱼吃肉。大约上午十一点钟左右，全茶峒人就吃了午饭，把饭吃过后，在城里住家的，莫不倒锁了门，全家出城到河边看划船。”② 除此之外，当地人还常常借助端午节这一热闹的节日，使青年男女相看，在龙舟比赛中拔得头筹的年轻男子自然最容易获得年轻女子的青睐。《边城》中王团总家有意和顺顺家结亲时，王团总的太太就带着女儿在端午节时前

① 沈从文．沈从文全集：小说：5［M］．太原：北岳文艺出版社，2009：274.

② 沈从文．沈从文全集：小说：8［M］．太原：北岳文艺出版社，2009：73.

去顺顺家相看。按照当地的婚俗，在相看之后，只要一方对另一方有意就可向对方表达爱意。与中原地区的婚俗文化不同，湘西人求爱时的婚俗可分为“车路”和“马路”两种不同类型。其中，“车路”即备上好礼，遣媒人前去相亲，“马路”则指男子相中女子后，对着女子唱山歌，只要女子愿意，不用家长同意，两人就可以相好、结婚。民俗文化是各个民族或地区的人们在长期的生活中形成的反映人们的文化生活、精神状态和思想品格的共同特征。湘西世界中这种不染世俗的、淳朴的民风体现出茶峒当地人纯美的自然人性。这些趣味性十足的淳朴民俗体现出极善、极真、极美的田园牧歌式的诗性情趣。

除此之外，沈从文的作品还通过丰富的地域文化构建出极具湘西特色的文化空间，其中包括祭祀祖先的宗庙、神秘的山洞等。这些空间与湘西特有的湘楚文化相联系，构建出一个个具有独特意味的文化意象，营造出独特的氛围与意境，使叙事空间带有极强的湘西地方色彩与气息。

第三种类型是物欲横流的都市空间的呈现。沈从文作品所构建的湘西田园牧歌般的诗意空间是相对物欲横流的都市空间来说的。在湘西世界之外，沈从文还构建了一个现代文明影响下充满了都市气息的空间。因此，沈从文的作品呈现出两个截然不同的叙事空间。其中，湘西诗意空间的塑造是以都市空间为参照的，是在都市物欲横流的基础上对乡村生活形式的探索。沈从文进入都市之后，在思想深处对湘西世界和都市生活进行了详细的对比。在这种对比中，沈从文以“乡下人”的视角对都市中污浊和异化的人性进行了揭露与批判。尤其在其都市作品《八骏图》《绅士的太太》《烟斗》《大小阮》等中，沈从文更是以讽刺的笔触，对都市上流社会中的绅士和绅士太太、拥有丰富人文知识的高校教授、官场上汲汲营营的职员，以及不关心国家大事且自私凉薄的高级知识分子等人的虚伪、言行不一进行了深刻的揭露和讽刺，体现出其对生活在都市空间中的自诩上流的知识分子的嘲讽。对都市空间中人性的批判并非作者的本质目的，作者只是希望通过这种与湘西诗意的桃源世界相对比，在赞美湘西世界中自然人性之美的同时，表现出对现代都市文化和人性的反思，以及构建理想人性的美好意愿。

（二）沈从文作品中的叙事空间结构

沈从文小说的文本空间架构突出地表现了三种结构，即环形结构、嵌套式结构和并置结构。这三种叙事空间结构是沈从文小说中最常见的空间结构。

其一，沈从文小说中的环形结构。环形结构又被称为圆形结构，是指某一事物从起点出发最后又回归到起点。起点与终点相重合，这使沈从文的小说表现出循环往复的宿命感。沈从文小说中的环形空间构建包括两个方面的内容，即小说中人物命运的回环往复和小说场景的重现。

沈从文的作品《萧萧》中，主人公萧萧的身上即体现出循环往复的空间设计。萧萧成为童养媳时仅仅 12 岁，刚刚开始了解人生，但是对人生的意义、生活方式及人生的价值都是十分懵懂的，她不清楚自己的命运将走向何方。萧萧生活的环境是较为封闭的，然而在这种相对封闭的空间中，仍然可以看出外界正在发生着翻天覆地的变化。例如，当地常常会有学生经过，萧萧曾亲眼看到过女学生的样子，也常常听周围的人谈起女学生奇怪的衣着和行为。萧萧也曾设想过自己要和女学生一样剪掉长发，坐在会跑的匣子里到处走、读书、唱歌、打球等。然而，萧萧这种女学生的梦想在其被花狗引诱，并被婆家发现后彻底幻灭。生下儿子后，她又回到了以前的生活中，在劳动之余所看的孩子从一个变成了两个。儿子长大后，萧萧按照当地的风俗又给儿子娶了一个大几岁的童养媳，而此时，萧萧的手里已经抱起了自己的第二个儿子。小说中这种人物命运的环形设置，让读者仿佛看到了一代代童养媳将要无穷尽地重复萧萧的这种生活。除了人物命运的环形设置，这篇小说中的许多情节也采用了环形设计。小说中多次提及娶亲的场景，开头娶亲的场景是萧萧作为童养媳嫁到丈夫家中，而小说的结尾，则是萧萧为儿子娶亲的场景。这种重复的场景设置也给人一种回环重复和时光往复的错觉，仿佛又回到了故事的开头。

除了《萧萧》,《边城》在主人公的命运和情节设置上也处处体现出环形结构，如文章的开头，翠翠一个人在船上守船；文章的结尾，翠翠身边人，包括祖父都相继离开了她，翠翠一个人在溪边等待着二老，呈现出情节上的回环往复。

其二，沈从文小说中的嵌套式结构。嵌套式结构，即在小说文本叙事中，叙事空间采用大故事里面再套小故事，小故事里还可以嵌入更小的故事的结构。这种写作手法常常可以营造出神秘的色彩。沈从文作品中的嵌套式结构比比可见。

《边城》中即涉及多个嵌套式结构。例如，翠翠与二老第一次相见时，听到两个水手的谈话，在这一谈话中讲述了一位名叫金亭的姑娘的父亲在棉花坡被人砍 17 刀身亡。从这个嵌套式结构中，可以推断出金亭的一生轨迹及其命运的最终走向。又如，作者在讲述翠翠的身世，以及杨马兵在翠翠祖父死后，上山照看翠翠时，又嵌入了翠翠母亲与翠翠父亲和杨马兵三人之间曲折的爱情故事。这种嵌套式结构将多个故事并存到同一个文本中，在不同的空间中发生，有利于扩展故事的空间感，同时使故事的主要线索的背景文化显得十分丰富。

沈从文还十分擅长设置一个场景或一个主题，让人物在特定的场景或主题中讲述多个故事。例如，沈从文的《爱欲》中就设置了一群互不相识的旅客在一个名为金狼旅店的空间中相遇，为了打发漫漫长夜，旅客们决定每人讲述一个奇异的故事。文章记叙了三位卖朱砂水银的商人所讲述的颇具异域色彩和传说意味的故事——“被刖刑者的爱”“弹筝者的爱”“一匹母鹿所生的女孩的爱“”，而这三个故事则表现出同一个主题。这种故事中嵌套故事的方式不仅让三个不同背景、不同人物的故事同时通过一个主题故事叙述出来，还使故事的主题得到了强化，使小说文本叙事从整体上看更加系统，同时使小说的场面更加具有延展性的表现。

《寻觅》中叙述了一个成衣匠讲述自己的妻子和儿子被拐跑后，他四处寻找他们的遭遇的故事，并以此为引子，引出了一个青年人到传闻中的朱笛国旅行的故事。当青年来到朱笛国后，他发现国王已外出多年未归，国王归来时则又引出国王旅行时到白玉丹渊国的所见所闻。这种通过一个故事引出另一个故事，再引出下一个故事的手法，如同一系列线性的嵌套盒子，层层打开，在情节上十分吸引人，而从空间结构上又极大地扩展了叙事空间。《厨子》讲述了一位教授由于聘请了一位新厨师，于是请客人到家中吃晚饭，然而借口出去买菜的厨师久久不归，归来后，又被教授和客人

审问的故事。在这个故事中，还嵌套着厨师外出相会他人的故事。从故事的主旨来看，嵌套的故事所表达的内容才是整个故事的主旨。教授请厨师的故事反而只是一个引子。嵌套的故事拓展了整个故事的空间，也使整个故事的主题更加深邃，所揭示的内容更加具有社会意义，从中也体现出沈从文对底层人民生活的关怀。

其三，沈从文小说中的并置结构。小说中的并置结构是指在叙述故事的过程中，打破时间的顺序，将文本中的意义单位和片段并列放置，使这些意义元素组成一个相互作用和参照的整体。沈从文在阐述自己的写作手法时指出，他的文章中从不突出人物的中心或者事件的中心，而这种对文本的处置方法是作者故意为之。他认为自己所写的小说文本既不夸张，也不剪裁，是一部在章法外失败的小说。将沈从文的作品与其同时代其他人的作品相比较就会发现，沈从文小说中的故事情节相对来说比较平淡，缺少波澜起伏之感。从故事的进展看，沈从文创作的作品中也并不强调小说的情节，而是通过小说中的空间转换或空间切割来推动故事情节发展。

沈从文的都市小说《八骏图》，通过主人公打士与未婚妻通信的场景讲述了岛上几位教授的故事。对每位教授的故事讲述则是在不同的空间中体现的。例如，教授甲的性格主要是通过其房间布置的巨大反差体现出来的；教授乙的性格则是通过在海滩上散步的场景体现出来的；教授丙的性格则是通过宿舍聊天时，教授丙的眼睛与希腊爱神所在的空间展现出来的；教授丁的性格则是通过航行在大海上的小船上的空间体现出来的。通过不同空间的转变体现出教授们各自不同的虚伪之处，这些不同的空间相互并列，同时相互消解，共同突出教授们所在的海岛的整体空间。

《萧萧》中各个章节之间的关系并不紧凑，结构还十分松散，中间插入了大量具有象征性意义的空间。例如，学生经过的空间场景表明当时社会上正发生着较大的变革，而萧萧所做的有关自己成为女学生的梦则象征着自己对未来的朦胧的憧憬。在故事的主要情节中，萧萧被花狗所引诱，以及萧萧怀孕、被抓、生子等均是在特定空间中发生的事情。萧萧带丈夫去螺蛳山阴打猪草，而被花狗用歌声引诱到无人处；萧萧怀孕后的表现则通过六月的李子树、九月庙里吃香灰以及到河边喝冷水、秋天狠狠地踩毛毛虫等场景的转换体现出来。这种不同场景之间的并置与转换使小说的叙述文本空间具有独特的多维性。类似的这种空间并置与转换在沈从文的小说中还有很多，这里不再一一分析。沈从文通过这种并置和转换空间结构不仅实现了推动故事情节发展的目的，还达到了有效提升故事文本表现力的效果，使故事文本表现出独特的诗意。

第二节　沈从文作品中的诗性、人性与神性

沈从文作品中的诗性并不是独立存在的，而是与其所倡导的人性与神性之间存在着极为密切的关系。20 世纪 80 年代，我国学者开始对沈从文的作品进行多方面的系统研究，其中沈从文作品的诗性、人性与神性成为研究的重点。

一、沈从文作品中诗性、人性与神性之间的关系

沈从文作品中的诗性是其作品作为诗化小说最重要也最明显的特征。沈从文作品中的诗性不仅具有中国现代诗化小说思想倾向上的诗化、牧歌式的田园风格和浪漫的抒情性等特征，还具有超出自然、激情和想象等的浪漫因素。因此，与同时代诗化小说相比，沈从文作品中的诗性是一种生命存在的诗性，也是一种体现人性与神性的诗性。

其一，沈从文作品中的诗性是生命存在的一种理想状态。诗人在进行文学创作时常凭借想象和直觉认识世界，现实主义小说作家在进行创作时常常依靠理性和推理认识世界，诗化小说作家在进行文学创作时则更偏向于诗人的思维，即更偏重于想象、激情和感觉。诗性概念是 18 世纪意大利美学家与社会学家维柯最先提出的。维柯认为，诗的本质是想象、激情和感觉，而不是理智。维柯发现，随着人们智慧的提升和理性思维能力的增强，人类距离诗性的生存方式越来越远。虽然智慧和知识的获得使人类的词汇、思辨等能力越来越高，人们可以使用华丽的词句进行辩论，然而由于诗性的匮乏，人类的想象力和感受能力逐渐退化，而这种人的基本能力的退化使人性开始变得贪婪、丑陋。失去了自然人性的人们更关注物质与

享乐。在这样的背景下，维柯提出了诗性概念。由此可见，诗性概念被提出的本质目的是使人类意识到自己具有本源性感受世界的方式以及对世界的认知和创造方式，同时对理性中心主义所倡导的扭曲的人性和生命生存方式进行修正。维柯认为“存在就其最根本的性质来说是诗性的”[①]。按照维柯的理论，沈从文作品中所具有的诗性不仅指诗化小说艺术的构成与表现，还指沈从文的作品揭露了人类原本的生存状态，表现出了人类的自然人性。

沈从文作品中的诗性与沈从文创作中所表现出来的诗人特质有着极强的关联。沈从文反对将文学创作与政治或商业等挂钩，努力还原人们生存的本来状态，不是从理性的视角对人们的生活进行评判，而是从感官和审美的角度反映人们的生存状态。这一点正与维柯所倡导的诗性观点不谋而合。因此，当与沈从文同时代的作家纷纷站在现实主义视角对中国农村进行批判时，沈从文则在湘西人的生存方式和生存状态的基础上，用诗化的语言和意象构建起了“人性的小庙”。我国学者在对沈从文的创作进行研究的过程中发现，沈从文的诗人特质是独特的，由此对其创作中的诗化特点进行了分析。我国学者凌宇曾评价沈从文称：“沈从文在对人生的具象描绘中，带着鲜明的反对纯粹理性化的倾向；不以世俗的善恶观念和功利要求去阐释与图解人生，对无羁多义的人生现象的浓烈兴趣，以及跃动在作品中的原始生命活力，都见出他对现象世界的非自觉性的直觉或半直觉的感受方式。”[②] 由此可见，沈从文作品中的诗性正是其所表现的湘西人呈现出来的独特的生命存在，而这种生命存在正是湘西人自然人性的体现。

其二，沈从文作品中的诗性是一种体现人性与神性的诗性。沈从文在作品中对生命的自然人性进行弘扬的同时，还会对超越自然人性的神性进行追求。人的生命具有神秘性，生命诗性具有超越现实的神秘色彩。生命诗性的神秘性不能通过科学和理性的推理或技术进行捕捉，只能通过人类的直觉和顿悟，以及包括文学艺术在内的各种艺术形式体现出来，也只有

---

① 海德格尔．存在与时间[M].陈嘉映，王庆节，译．北京：生活·读书·新知三联书店，2006：47.

② 凌宇．从边城走向世界[M].长沙：岳麓书社，2006：427.

通过这种途径才能彻底领悟人类存在的神性特点。沈从文作品中的诗性和神性并非一开始即走向成熟，而是经历了痛苦的探索与努力。沈从文来到北京后，出于种种原因无法进入理想的大学进行学习，在此期间，他在现实社会中经历了极为痛苦的寻找出路的过程。他曾经自学写作长达数年时间，而在此期间，他几乎没有收入，经济上十分窘迫，常常处于饥饿或半饥饿状态。为了寻找出路，沈从文曾前往东北投奔大哥，也曾多次跟在招兵的队伍后换一顿饱饭。然而，沈从文最后还是选择了写作之路。沈从文在这条文学之路上的探索也十分艰难。最初，沈从文以第一人称书写了许多年轻人在社会底层寻找理想，以及表现都市底层青年的窘迫现状的作品。这一时期，在精神和物质上处于双重困境的沈从文，通过诗人般敏感的神经，感受到在都市文明的影响下人性的异化与扭曲，并以此为主题创作了一系列都市小说。然而这一时期，沈从文创作中的诗性特点还未完全体现出来。

从 1927 年开始，沈从文创作了一批以湘西世界为空间的作品，在这些作品中，沈从文开始对生命的本来状态进行观照，同时赞扬湘西人的自然人性，在此基础上创造了一种独具特色的诗性书写风格。《边城》标志着沈从文的创作开始进入成熟期。这一时期沈从文逐渐明确了通过诗性的人生形式和诗性的社会形态来赞扬自然人性，并将湘西世界理想中的自然人性与都市中异化的人性进行对照，以此赞扬至善至美的自然人性，赞美湘西少女所代表的美好的诗性生命，并以至善至美的人性作为人类追求的终极理想。20 世纪 30 年代，沈从文在母亲病重和抗日战争期间曾两次回到湘西，这两次重回家乡后，发现湘西已经不再是他记忆中的湘西。一方面，现代文明逐渐侵入湘西，破坏了沈从文记忆中的湘西的诗性世界；另一方面，沈从文看到在现代文明和封建宗法制度的双重精神交汇中，湘西人的自然人性中存在的种种缺憾。这一发现让沈从文感到十分痛苦和焦虑。沈从文精心构建的湘西理想的世外桃源在现实中面临着坍塌的危险。沈从文在湘西理想世界中建构的“理想的小庙”也摇摇欲坠，他对所信奉并赞扬的自然人性产生了怀疑和动摇。在此基础上，沈从文开始探索新的生命价值永存的方式，他在乱世中跟随一批中国知识分子的脚步来到云南昆明。在国

立西南联合大学任教期间，他走进自然，开始从自然中发现生命的本真存在。经过痛苦的思索和寻找，沈从文在自然界中、在儿童纯洁的童心中寻找到了美，并发现了自然人性之上的神性："在一切有生中发现了'美'，亦即发现了'神'。必觉得那个光与色，形与线，即是代表一种最高的德性，使人乐于受它的统治，受它的处置。"① 从此，沈从文在创作中开始从对自然人性的赞扬转移到对神性的追求。所谓神性，即人与人之间、人与自然之间融为一体，人成为大自然本身艺术能力的艺术品。沈从文在对神性的追求中构建了诗性世界。此时，沈从文所信奉与追求的神性具有了一种类似于宗教般的信仰，这种信仰是对生命的美的信奉。"只有作为一种审美现象，人生和世界才显得是有充足理由的。"② 沈从文用一颗诗人般敏感的心，感受到自然人性在都市文明的侵袭，以及封建礼教的束缚下的不可弥补的缺憾后，开始对人与世界万物的生命与生存的本质进行关注，并试图通过对神性的追求与探索，唤起人们心中的诗意与生命的美好，将人们引向存在之源。

综上所述，在对沈从文的作品进行研究中，对作品中的诗性、人性和神性的研究与分析是理解作品内涵的重要因素。沈从文作品中的人性内涵与表现，将在后文进行详细分析，这里仅对沈从文作品中的神性内涵及其表现进行详细分析。

二、沈从文作品中的神性内涵

沈从文是一位人性歌者，也是一位人性的治疗者，在他的生命观和诗性观点中，人性与神性并不是相互对立的，而是一种互为补充与参照的关系。沈从文认为在自然人性之上另有一个超越性的存在，这一存在即是具有理想色彩的神性。沈从文在谈到其所追求的神性时，也总是以自然人性作为基础。从这一意义上可以看出，在沈从文所倡导的生命诗学中，自然人性是神性的基础，而神性则是自然人性范畴上的提升。沈从文所倡导的神性是人的生命中的爱与美的集合，是最高的人性，也是一种难以实现的

---

① 沈从文．沈从文全集：文论：17 [M]．太原：北岳文艺出版社，2009：359.

② 尼采．悲剧的诞生 [M]．周国平，译．南京：译林出版社，2011：115.

审美理想。沈从文并未对其所追求的神性的内涵进行详细的阐释。从沈从文作品中看，其所倡导的神性内涵包括以下方面。

首先，神性内涵包括指向原始生命中的神性与魔性。沈从文所倡导的神性是建立在尊重生命的基础之上的，没有生命就不存在人性，更遑论神性。沈从文对生命的尊重最鲜明的表现即是在作品中呈现出人的生命的原始状态。在沈从文所构建的湘西世界中，人们与自然和谐相处，湘西人形成了纯真、至善至美的个性，展现出生命最原始的状态。这种原始生命的自然状态具有神性与魔性两个方面。其中，原始生命中的神性主要表现在三个方面。第一方面，人与自然高度协同。在沈从文的作品中，人们所生活的地方大多具有优美的自然环境。例如，《边城》中翠翠生活的茶峒自然风光与人文景观融为一体，展现出一幅人与自然和谐相处的田园牧歌式图景。又如，《三三》中三三所生活的杨家碾坊，虽然她在碾坊中吃着糠灰长大，然而居住的地方面溪临潭，潭中白鸭点点，游鱼肥硕，房前屋后翠竹遍植，菜畦整齐，碾坊、水车与小溪相互映衬，展现出一派宁静的田园风光。第二方面，湘西社会人事极为和谐。沈从文作品中的乡村在国内战争频仍、苛吏与兵匪横行的时代，呈现出一派宁静祥和的景象。农民则勤劳安分，敬神守法；商人逐利的同时不忘仁义。在这种环境下，湘西世界的人们遵循着所选职业的生存规则。即便他们之间产生冲突，也能够寻求到公平合理的解决方式。沈从文作品中的少女、水手、老兵、妓女、乡绅、帮工、农民、商人等莫不保留着至美至善的人性，这种自然的人性与湘西世界的原始文化相互契合，使沈从文作品中每一位湘西人身上都展现出独特的人性魅力。第三方面，强健而骁勇的生命力。湘西多险山恶水，这种恶劣的生存环境造就了湘西人骁勇的性格和强健的体魄。他们言语粗鄙、举止粗野、性格刚烈、极具野性，然而这正是他们自然的本真状态的体现。他们视自由为天性，敢于为了争取自由而与强权进行斗争。沈从文笔下的湘西人民保留着先民们淳朴而厚重的远古习俗，他们坚持维护生命的本真状态，表现出富有血性的生活状态。例如，沈从文的小说《七个野人与最后一个迎春节》中描写七个野人对当地习俗的捍卫，尽管明知会付出血的代价，他们仍然表现出雄强的个性，湘西人这种原始的、倔强的生命状态

难以改变。又如，沈从文的小说《虎雏》通过对虎雏不习惯文明世界的教育，最后仍然回到野蛮状态中的结局的描述，表现出湘西人个性中原始的野蛮与固执。

除了神性之外，湘西人身上还体现出较强的魔性的一面。湘西世界并非犹如世外桃源一般至善至美，而是有着无数落后的习俗。例如，巫文化盛行体现出湘西人民精神上的无知，土匪们实施的绑架与杀戮表现出湘西人嗜血和残忍的一面。除此之外，湘西人身上还体现出封建文化与宗法文化的影响，人们在封建文化的压制下生活得十分麻木，不知生也不知死。

其次，神性内涵包括人类情感的自然状态。情感是构成人类生命的本质因素之一，是区分人类与其他动物的重要依据。人类的情感是推动人类进步的重要因素。然而在现代社会中，由于商品经济和都市文化的影响，人与人之间的情感关系发生了改变。一方面，人与人之间的情感关系从紧密向松懈变化，并在社会伦理规范的作用下出现压制人性自由发展、割裂人类情感联系的社会现象；另一方面，个体的情感逐渐被欲望所取代，从而形成人类在欲望面前的人性异化。沈从文进入都市后，敏锐地意识到都市人性的异化，因此更加珍视湘西人与人之间的纯真、自然的情感，在作品中大量表现人与人之间的真挚情感。同时，面对都市文化中人性的异化，他试图用湘西世界中人性的美好来弥补现代都市文化中人性的缺失，以朝着生命神性的方向发展。沈从文认为，正是人与人之间不受压制的情感的存在才使人类的生命体现出美好与神性。沈从文在作品中打破了现代文明社会中的种种禁忌，对湘西青年男女之间的爱情及欲望宣泄进行了大胆描写。例如，苗族青年男女用对歌的方式确立男女之间的恋爱关系；丈夫去世后，妻子有权利按照自己的心意选择心爱的人共同生活。

沈从文作品中大胆的两性之爱表现了人类最本真和最自然的情感，体现出人类生命的顽强。例如，《阿黑小史》中五明与阿黑在青春中最美好的年龄自由自在地相恋与结合，他们之间是发自内心深处的爱恋，并愿意为了彼此而失去所有甚至生命，因此爱情成为他们生命中最美好的回忆，即使阿黑早已死去，活着的五明早已疯癫不知世事，却仍然记得他们最初的美好爱恋。因此，沈从文作品中，湘西世界中的爱情常常披着一层神圣的纯洁之光。与湘西世界中健康、自然，又没有丝毫矫情与做作的爱情相比，都市文明中的爱情则大多显得虚伪，缺乏双方情感上的关怀与理解，这种爱情的背后是都市人在精神上的空虚及情感关系中的孤独。沈从文对湘西世界中人与人之间的美好情感的歌颂正是对神性的弘扬。

最后，神性内涵以和谐自然的人性美为基础。自然人性曾是沈从文作品中竭力追求的目标，同时自然人性是沈从文所追求的神性的理想生命形式的基础，只有当生命的活力得到充分体现，当人的生物本能和情感的自然宣泄走向和谐状态，使人完全脱离了生物的原始野性之时，美的光辉才会照临人的生命，显现出神性的圣光。① 在文学创作中，沈从文致力于摆脱现实世界中政治、商业等种种因素的束缚，而从生命最本真的存在角度挖掘人性中最本质、最普遍的存在。沈从文在探求人类生命之美的存在时发现，如果用泛神的情感观察和接近生命，就可观察到生命的精巧与完整，因此沈从文在创作中以泛神的情感接近和观察湘西世界，并发现了湘西世界中的自然美和人情美。沈从文在创作中所表现出来的人性形态并非湘西世界中原始的自然人性的复刻，而是在对自然人性的审美进行观照后，形成的一种人性的提升与优化，从中使人性与神性达到了统一。例如，《龙朱》中的主人公龙朱身上具备一切理想的人性，他外貌俊美，是闻名各寨的美男子；他拥有像狮子一样强健的体魄与力量；他十分聪明，知识渊博，并且能将心中的各种情感用歌词巧妙地表现出来；他性格善良，无论遇到什么年龄的人都始终彬彬有礼；当遇到别人需要帮助时，他总是毫不犹豫地伸出援手；他尊老爱幼，具备人类所有美好的情感，展现出人性的和谐之美。这种和谐之美正是沈从文所追求的人性美的极致，是人类生命外在自然与内在情感的统一，具备了神性的特质。

三、沈从文作品中的神性表现

在沈从文的作品中，自然人性与神性常常融合为一体，指向超越一般自然人性的生命神性。因此，沈从文作品中所揭示的人的生命状态常常既具备人性的深度，又显示出神性的光辉。

① 周慧明．论沈从文的神性思想[D]．长沙：湖南师范大学，2007：35.

沈从文作品中对神性的书写可追溯到20世纪三四十年代，这一时期正是沈从文创作思想发生重大变化的时期。在这一时期，沈从文意识到其作品在以湘西生命形式为根基的理想国中所弘扬的自然人性存在不可弥补的缺陷，从而导致湘西理想国的没落。由此，沈从文开始反复思考生命的意义和生命的本质，以及如何实现生命重造和文化重造。在此基础上，沈从文确定了正确的对生命神性的追求与弘扬的方向。20世纪40年代，沈从文创作了《看虹录》《摘星录》等具有探索性特点的小说，包括《水云》《绿魇》《黑魇》《白魇》《赤魇》《橙魇》《青色魇》在内的"七色魇"系列作品，以及《烛虚》《潜渊》《生命》《看虹摘星录·后记》等文论与杂论。这一时期，沈从文的作品充满了彷徨思想和实验性质，专注于抽象的抒情。从沈从文整体创作上看，沈从文作品中的神性主要表现在以下两个方面。

（一）沈从文作品中的神性建立在尊重自然的基础之上

沈从文作品中对神性的追求是建立在充分尊重自然的基础之上的。发现自然人性中的缺憾后，沈从文为了重新寻找人性的方向，曾多次来到昆明的郊外，对自然万物不断进行思索。在这一过程中，沈从文的理性思索与感性因素和谐地融合在一起，他从中感受到了各种抽象的美，并在此基础上提出了神性的概念。因此，沈从文在作品中十分注重表现自然的美，并将自然美与人性美有机融合在一起，以达到和谐统一的效果。沈从文生长于湘西独特的地域文化之中，这里山明水静、风景秀丽，自然景观与人文景观相互映衬，充满浓郁的地方风情。沈从文作品中的湘西世界通常将主人公的家设置在山水之间与溪流之旁，颇有小桥流水人家、鸟语花香鱼鸭的意味，犹如一幅信手涂绘而成的画卷。例如，《边城》中的至美至善的人性就是在优美的自然景观中体现出来的。《边城》中茶峒所在地优美的自然风光与茶峒人身上可贵的、至纯至美的人性融为一体。沈从文希望通过自然的美、人与人之间的爱等美好的情感，达到人与人之间的心灵沟通以及人与自然的和谐相处，并使人的生命通过爱与美的桥梁通向神性的天堂。

（二）沈从文作品中的神性建立在挖掘美好人性的基础之上

沈从文作品中的神性是以自然人性为基础的，是人的内在情感与外在生命的和谐统一。其中，典型的表现是沈从文对纯洁的、不受约束的爱情的展现。例如，在《雨后》中，二姐与其他采蕨人一起进山采蕨时遇到了降雨，在此期间，采蕨人四散躲雨。雨后，二姐遇到了自己的爱人四狗。二姐与四狗之间大胆地用语言表达相思和爱意，四狗则用粗野的歌声表达欲望。这种既不掩饰又不伪装的生命冲动正表现了生命中最本真的状态，达到了内在情感与外在生命的和谐统一。

沈从文笔下对美好人性的挖掘还包括独立与自由的意志。例如，《旅店》中老板娘黑猫在丈夫死后凭借泼辣的性格和爱说爱笑、勤劳坚韧的品质独自将旅店支撑了下来。在这三年中，她一心只顾着独立地活下去，因此无暇关注自己的情感。有一天，她喜欢上店里的一位客人。在客人突然死去后，黑猫又回到了之前勤劳、坚韧的独立生活中，生下女儿后，黑猫并没有从富商、英俊的青年中选择一位作为丈夫，而是选择了店里的帮佣——又老、又穷的驼子。无论是生存方式，还是在爱人的选择上，黑猫始终是自由的、独立的，而这种自由和独立源于黑猫人格的自由和独立。

沈从文所倡导的神性不仅闪现着神性之光，还体现着美好人性中的健康、美丽和庄严，以及普通人身上积极、向上、坚韧和顽强的性格。例如，《菜园》中的女主人是坚强独立的女性的代表，她在乱世之中凭借一己之力存活了下来，还将菜园经营成全城有口皆碑的品牌。她十分勤劳，不仅亲自下地指导工人、定菜价、选菜种，还特别勤俭持家，将白菜的各个部分按照不同的制作方法制作成不同口味的美食。同时，她还是一位有文化的女性，能够与儿子谈论时局，忍痛将儿子送回不愿面对的北京，并阅读儿子寄回的书籍，和儿子的思想与情感保持一致。除此之外，当儿子带女朋友回来后，她充分尊重儿子的选择，为了满足儿媳的意愿，栽种了许多菊花秧苗。儿子和儿媳死后，这位坚强独立的母亲病倒了，然而不久后，她又重新站了起来。做母亲的不能替儿子和儿媳完成拯救国家的心愿，只能满足他们看菊花的心愿。于是，她开始在菜园中栽种各种各样的菊花，用菊花高洁的品性默默地表达她对孩子们的思念。三年后，玉家菜园改成了

玉家花园，母亲再一次用她的勤劳和坚韧将菊花打理得非常好，以至于吸引了全城的新旧绅士前来宴饮。在宴席上，人们夸赞了主人儿子的英勇，从侧面反映出儿子的理想已初步得到理解与认可，儿子拯救国家的心愿也即将完成。母亲已了无遗憾，于是在儿子的生日落雪后平静地离世。在这篇故事中，女主人所表现出的积极、健康、坚韧和顽强的性格，即在人性中闪耀着神性。

综上所述，沈从文作品中的人性与神性是不可分割的，自然人性是神性的基础，而神性是自然人性之上更高的追求。沈从文作品中所反映的自然人性和神性通常都充满了诗性色彩。

第三节　沈从文作品中的诗性主体与救赎

一、沈从文作品中的诗性主体

（一）主体和诗性主体的概念

“主体”是哲学上的一个概念，早在古希腊时期，亚里士多德就用“主体”这一词汇表示某些属性、状态和作用的承担者。之后，西方现代哲学家提出了主体—客体论，将主体与客体作为两个相互对应的词组，并对主体的本质进行了详细研究。主体是一个指向人的自我存在、自由存在的生命状态，这是它的最基本的规定性。① 人与动物最显著的区别在于人具有主体性。从本质上讲，人的主体性问题是一个有关整个人类生存处境和发展前景的重大问题，是一个需要整个人类从理论与实践的结合上不断妥善处理的重大问题。②

诗性主体是一个美学概念，不同学者从不同角度对此进行了解读。学者颜翔林曾指出：“诗性主体是以虚无为前提，以想象为动力，以审美活动

① 仇敏．论诗性主体[D]. 长沙：湖南师范大学，2011：22.

② 段德智．西方主体性思想的历史演进与发展前景：兼评“主体死亡”观点[J]. 武汉大学学报（人文社会科学版），2000（5）：650-654.

为中心的具有无限可能性的精神形式。"[①] 由此可见，诗性主体以审美作为自己的核心结构，具有精神的自主性、自由性和独立性的特点。诗性主体是人的主体性中最重要的因素。诗性主体这一概念的提出是学者们在现代社会中对人类如何生存，以及人应该成为怎样的人问题的反思与回答。

自"五四"新文学运动以来，人的主体性问题成为我国现代文学作家关注的重点。"五四"运动前后，中国社会发生了巨大变化。在这一时期，我国传统的伦理型主体结构遭到了学者的普遍质疑，主体性问题面临着前所未有的危机。于是，我国各学派的文学家纷纷从不同角度出发，创作出了大量不同题材的作品，以对中国社会中的现代主体性进行重构。这一时期主体性重构的本质目的在于"立人"，即通过对传统伦理道德型主体结构的否定和现代主体性的重构，唤醒我国百姓麻木的精神状态，主张个性解放，强调感性要求的满足，从而重新树立起具有现代性的人的主体意识。在这一创作宗旨下，我国现代文学家创作了一系列形形色色的人物形象。然而，受社会形势和各种文学主张的影响，当时大部分文学家走上了救国图存的创作道路，而未能对人的命运与生存状态进行思考和解读。沈从文身处当时的特殊时代，不赞同将文学与政治或商业等因素相结合，而是主张保持文学的纯粹性的特点。沈从文在此基础上对人的生存与生命进行了思考，并着重分析人性内涵，致力于构建"人性的小庙"。从这一角度出发，沈从文在对人的主体性进行关注的同时，发现了都市人与湘西"乡下人"生存状态的不同，并在文学作品中塑造了"乡下人"的文学形象，与都市人的主体性相比，乡下人表现出强烈的原始、自在、个体自为和群体有为的生命形态。

"五四"运动后，中国知识分子已经普遍意识到中国正处于内忧外患之际，然而大多数人仍然处于思想上的蒙昧状态。中国现代作家中的佼佼者纷纷用文学进行呐喊，试图唤醒当时处于蒙昧状态的中国人。为此，鲁迅等中国现代作家开始将视角对准麻木愚昧的农民、底层知识分子、小店主或无业游民，并通过塑造一系列典型形象，企图唤醒国人的灵魂。在创作中，沈从文也将视角对准都市中或农村的底层人民，揭示了他们不知为何

① 颜翔林．美学新概念：诗性主体[J]．社会科学辑刊，2013（5）：159-165.

生，也不知为何死的悲凉而不自知的处境。

沈从文的文学作品涉及两类群体：一类是生活在都市中的人；另一类则是生活在湘西的“乡下人”。“乡下人”在中国现代文学史上是一个十分特殊的群体。中国现代作家在创作中塑造了许多“乡下人”的形象，然而沈从文笔下的“乡下人”具有与众不同的特点。对沈从文来说，“乡下人”是一个具有特殊意义的词汇，它具有两种含义：一是“乡下人”是沈从文的自称；二是“乡下人”是沈从文在湘西系列小说中塑造的人物群像。沈从文年轻时来到北京后，由于口音、文字、生活方式等均与这里的人不同，经常被一些自诩为都市人的知识分子嘲笑，之后沈从文便自称为“乡下人”。沈从文的这一自称反映出他离开故乡后对家乡的深深的牵挂与思念，以及对湘西人民的深沉的热爱。出于对故乡人民的热爱，沈从文除将自己称为“乡下人”以示与都市人的区别外，还在其作品中塑造了一系列湘西“乡下人”的主体形象。沈从文笔下的“乡下人”主体形象具有两个主要特点：一方面，“乡下人”代表着至善至美的乡村人物形象；另一方面，“乡下人”的主体形象具有一定的蒙昧状态。本节主要对沈从文笔下“乡下人”的蒙昧状态进行分析。

（二）沈从文笔下“乡下人”蒙昧状态的主要表现

其一，湘西世界中的“乡下人”对生命不自知的蒙昧状态。

沈从文的湘西世界塑造了丰富的人物形象，其中包括生活在社会底层的农民、水手、妓女，湘西世界中随处可见的湘军、山匪，以及湘西世界中从事各种工作的普通人，如老船夫、油坊主、磨坊主人、小商贩等。除此之外，他笔下还有纯洁无瑕的青春少女以及勤劳而任劳任怨的母亲等。这些“乡下人”灵魂尚未或者没有完全被现代文明污染，仍然信守做人的传统美德。沈从文赋予了这些“乡下人”淳朴、善良、勤劳、单纯等至善至美的人性，同时对他们所表现出的蒙昧状态进行了揭示。

乡下底层人物常常承担着繁重的劳动，然而这种劳动并没有改变他们的生活状况。例如，水手的生活状态——沈从文曾在《柏子》中描绘了柏子作为一个水手的工作和生活场景，这些水手们虽然从事繁重而危险的工作，但并不认为自己生活艰难，而是爬桅杆唱歌，有了钱之后，他们并不考虑攒钱、置产以改变当前的生活，而是将一两个月从水上辛苦挣来的钱全部花到妓女的身上。一条辰河上有十万名如同柏子那样的水手，就有十万人选择这样的生活，他们的结局往往十分悲惨。他们活得辛苦，死得又无声无息。又如，妓女依靠商人生活，却和水手或采药人等恋爱，把希望寄托在他们身上，期待着他们将来有能力发财，为她们赎身、替她们养老。然而，水手尚不知自己何时生何时死，又何况她们呢？于是，大部分妓女年老后就会住到船上，等待默默死去。再如，《会明》中的会明年轻时加入北伐军，跟随蔡锷将军反对袁世凯，他对于为什么打仗、打仗的目的是什么、为谁而打仗等问题是懵懂的。蔡锷将军在一次训话中曾告诉他们，军队是用来保家卫国的，为了完成这一伟大的事业，军队要驻营，一边垦荒种田，一边生产粮食。这使会明建立了朦胧的希望，并一直梦想着保家卫国。之后北伐战败，战争的性质由正义的战争变成了军阀混战。然而，会明并不知情，他天真驯良地如同动物一样，一直在部队中从事着最低级伙夫的工作，数十年如一日，他不明白为什么打仗是断断续续的，却仍然将当兵作为自己的责任，冲锋、流汗、挨饿、流血。虽然身处残酷的战场，但他十分乐观，可是这种乐观只是一种盲目的乐观，他渴望能够养一群小鸡，做一个知足的鸡公，然而这一愿望的主动权并不在他手里。他仍然改变不了自己被他人摆布的命运。

学者李美容针对沈从文所描绘的底层人物的蒙昧状态曾称："现代社会结构迫使乡下人置身于社会底层，诸如雇工制、佃农制、童养媳制、卖淫制，直接造成了乡下人悲剧性人生处境……然而，由于乡下人的理性世界还处于蒙昧状况，虽身处悲凉的人生境地，却不觉其悲凉。对自身悲剧命运的浑然不觉与毫不关心，构成乡下人的主要精神特征。"[①] 这些底层人物麻木而不自知，其自我满足的生存状态导致他们对世界缺乏理性认识。

湘西上层人物较底层人物物质生活较为丰裕，也相对有权势，他们在乡村中往往因恪守平易近人、仗义疏财、勤劳俭朴而赢得乡民的尊重，获得较高的声誉。然而，这些美德之下潜藏着一些恶习，如抽大烟、吸鸦片

① 李美容．浪漫的救赎：沈从文小说的诗性研究[D].长沙：湖南师范大学，2016：90.

或者好赌博等。在都市文明的影响下，这些人不学无术，养成了浮华的享乐习气，成为追风赶时髦的没有理想、没有追求也没有信仰的寄生虫。

其二，乡村封建社会和宗法制度的存在使“乡下人”形成了麻木的生活状态。

乡村是封建宗法制度或伦理观念较为严格的地区，而封建宗法制度的束缚使乡下人成为愚昧、呆滞、麻木的任人宰割而不知反抗的、病态的主体。例如，《巧秀和冬生》中，巧秀妈妈因为丈夫过世后与他人相恋而被族人抓起来，她表示愿意放弃田产，和女儿跟随情人一起生活。然而，族中的人们出于封建宗法制度的限制，拒绝了巧秀妈妈的请求，尤其是族长，他在恼羞成怒之下，竟然要求将巧秀妈妈沉潭。同族的许多人虽然觉得这一惩罚太过严厉，但是没有人替巧秀妈妈求情，而是人人都兴奋地围观巧秀妈妈的裸体。这种在封建伦理和封建宗法制度下的心理的扭曲、变态以及人性的丑陋显示出湘西乡下人自然人性的消解。又如，《夫妇》中一对过路的夫妇在优美的风光中不自觉地陶醉，在他们做出亲密举动并被村里人抓住后，却得到了“应该用石头打死他们”的惩罚。这种在封建伦理的影响下产生的人性的扭曲使乡村人成为一群面目丑陋而又愚昧的看客。

（三）沈从文诗性主体的形成

沈从文作为一个从湘西世界中走出来的“乡下人”，对“乡下人”的蒙昧状态进行了反思。沈从文 14 岁参加湘军后即在军阀部队中生活，开始时他虽然对湘军随意杀人的行为十分不习惯，但也同他们一起做了许多蠢事。之后，沈从文在一些知识分子的影响下，开始关注人文知识，并阅读了众多“五四”运动后的新报刊。中华民族传统文化、西方新文化思想和湘西本土文化开始在沈从文身上产生交融与碰撞，促使他开始反思自己所处的生存环境。这时，沈从文开始具备了理性主体性，并决定从那种混沌的生活状态中挣脱出来，走出湘西，为自己的人生负责。因此，走进北京、接受新知识后的沈从文完成了理性主体的自我启蒙。来到都市后，通过对比都市文明与湘西世界，沈从文感受到了都市文明对人性的异化，以及湘西世界中自然人性的美好。尤其是在城市中取得了一定成功后，沈从文越发感受到现代都市人的主体性的丧失以及精神上无根的漂泊状态。因此，他站在更高的立场上对都市文明进行了评判，并在这种评判中确立了自己的精神归属，即理想化的湘西桃源般的世界。然而，沈从文所自称的“乡下人”的精神依托是一个与现代文明保持一定距离，同时被理想化了的充满诗性的湘西世界。

沈从文作为一个诗性主体，在作品中塑造的“乡下人”的形象也具有一系列诗性特征，具体表现在“乡下人”健全的生命本能、真实的存在方式、独具地域特色的审美三个方面。首先，“乡下人”健全的生命本能。这一点主要包括健康自然有爱欲、充满力量与野蛮气息的生命活力两个方面。其次，“乡下人”真实的存在方式。沈从文的湘西系列作品是一首田园牧歌般的浪漫的抒情诗，在这些作品中，每一位湘西“乡下人”身上都存在美好的自然人性，然而湘西世界中并非只有欢歌笑语而没有疾风骤雨；相反，湘西的“乡下人”身上都存在或多或少的隐痛，他们命运的底色是悲凉而孤独的。例如，沈从文塑造的象征美好人性的湘西少女们虽然至纯至善至美，但每一个人的命运中均充满了悲凉的底色：翠翠从小失去亲生父母，跟随祖父长大；萧萧从小失去父母，跟随祖父母和伯父长大；三三的父亲在她年幼时去世，她和母亲相依为命；阿黑的母亲也早早地去世；等等。沈从文笔下“乡下人”直面死亡、苦难、贫困与孤独，然而这些正是人生本来的状态。在沈从文生活的年代，现实中的湘西世界是兵匪横行的，湘西仅存大量的孤儿老弱。因此，沈从文作品中“乡下人”的悲凉的底色体现出“乡下人”最本真的状态，也为作品增添了一种苍凉的诗意。最后，“乡下人”独具地域特色的审美。沈从文作品中的“乡下人”具有独特的、体现地域特色的审美，而这种审美形成了独具地域特色的人文环境。例如，《边城》中渡口的白塔屹立在青山、翠竹与清澈的溪水旁边，形成了一幅色彩和谐的优美画卷;《三三》中三三家所在的杨家磨坊建于深潭和溪水旁边，磨坊的墙上爬满了青藤，房前屋后种植了葵花与枣树，幽深的泉水中养了几只雪白鸭子，与溪边的水车共同构成了一幅宁静的田园牧歌图景。“乡下人”的这种极具诗意的审美画面使沈从文作品的诗性体现得更加明显。

二、沈从文作品中的诗性救赎

在沈从文所生活的时代，身处其中的文学作家一方面对封建社会中束缚人性的制度进行批判，另一方面因感受到现代文明对人性的异化而对现代性进行批判与质疑。沈从文来到北京后，发现都市中信仰缺失、压抑人性和本能、精神空虚、资产阶级庸俗趣味和习性得到张扬，而至纯至美的人性却消失不见。因此，沈从文将这一时代称为“神之解体”的时代、“堕落”的时代、“人性丧失净尽”的时代。在对现代化都市进行无情批判的同时，沈从文决定“在‘神’之解体的时代，重新给神作一种赞颂，在充满古典庄严与雅致的诗歌失去光辉和意义时，来谨谨慎慎写最后一首抒情诗”[①]。沈从文决定用最后的抒情诗对现代文明进行诗性的救赎与重构。具体来说，沈从文作品中的诗性救赎主要体现在以下三方面。

（一）人生的诗意化

沈从文作品中构建了一个充满理想的“湘西世界”，这一世外桃源般的理想国中富含审美救赎意义。在这个理想化的湘西世界中，沈从文用充满诗意的人生和至纯至美的人性来拯救城市中盛行的唯利庸俗的人生观，以及道德堕落、人性异化的人生。具体来说，沈从文作品中人生的诗意化又可分为三个方面。

首先，沈从文作品中人生的诗意化表现为人的诗意化。沈从文作品中的每一个人物几乎都具有鲜明的诗意化色彩。例如，《边城》中，翠翠生长在满眼翠绿、青山、溪水的环境中，这样的环境养成了翠翠极富诗意的性情。她会将岸边的翠竹削成竹笛，放在嘴边呜呜地吹着，为爷爷在溪中船上的哑哑的声音伴奏。翠翠还会在美丽的月夜中伴着二老的歌声，飞到对面平时够不到的高高的山坡上采一把虎耳草。《三三》中，三三与母亲一起住在堡子外的溪边，这里葵花枣树绕屋，青藤遍布，潭水悠悠，水车吱吱作响，因此三三即使在碾坊的糠灰中长大，也养成了极具诗意的性情，颇具浪漫情怀。三三和妈妈在路边看到天边有一片美丽的云，便请妈妈陪她

① 李美容．浪漫的救赎：沈从文小说的诗性研究［D］．长沙：湖南师范大学，2016：146.

在路边坐着，送走那片云再继续走。三三喜欢热闹，听到堡子里有敲锣打鼓的声音，常常求妈妈带她去看，然后在夜晚伴着月光回家；如果没有月光，她就燃起一把油柴，一路伴着毕毕剥剥的响声走回家；或者在雨天打着小红纸灯笼顺着小溪慢慢地走回家。三三妈妈也颇具诗意，她平时除了在磨坊工作，还会将三三打扮得漂漂亮亮的，并在三三穿的衣服上绣上美丽的花朵，使三三在一众女孩中显得十分出众。从这些充满诗性的人物身上可以看出，沈从文在努力通过诗意化的人物形象唤起人们心中的自然人性，以实现对现代文明的诗意救赎。

其次，沈从文作品中人生的诗意化还体现在人与人之间关系的诗意化上。沈从文的作品中描绘了一幅湘西世界的理想图景，这里的人们纯朴善良、互敬互爱、重义轻利、没有贫富等级之分，构建了人与人之间和谐美好的关系。例如，《三三》中，三三和母亲相依为命，然而在当地并不受人欺负，三三母亲在家门前的潭水中下了鱼苗，养成的鱼数不胜数，每当有人到潭水边钓鱼时，心直口快的三三总是阻拦，妈妈却总是和气地让人钓鱼。于是三三边与对方聊天，边看对方钓的鱼，而人们钓上鱼后，常常将大鱼分给三三家一半；三三和妈妈在堡子里玩耍时，遇到下雨天，总爷就遣长工打了灯笼将三三和妈妈一直送到家里；三三和妈妈到总爷家给城里客人送鸡蛋时，总会得到对方的尊重与优待；城里来的少爷和护士小姐虽然只见过三三两次，也从心底里拿三三当朋友。又如，《边城》中，过渡人额外给了老船夫钱后，老船夫总是想把钱全部送还给客人；老船夫买肉买菜时，对方也总是挑最好的部分切给他，并再三强调不收钱，而老船夫总是将钱准确地投到对方收钱的匣子里。再如，沈从文笔下的妓女在与客人做生意时，也绝不多贪客人一文钱。这种人与人之间简单淳朴的关系与现代都市人重利轻义的行为截然相反，作者通过这种人与人之间关系的诗意化实现了对现代文明的诗意救赎。

最后，沈从文作品中人生的诗意化还体现在至纯至美的爱情上。沈从文在湘西世界中构建了一种超越功利的爱情观。在湘西世界中，青年男女不看重彩礼，也不看重权势，而是看重彼此之间的情谊。例如，《边城》中，船总顺顺家的二老并不看重中寨王团总家丰厚的陪嫁，宁愿选择生活

贫困且没有陪嫁的翠翠。又如，《阿黑小史》中的五明是油坊主的儿子，将来可以继承一座油坊，而阿黑是油坊工人的女儿，常常生病且年龄又较五明大出好几岁，然而五明与阿黑真心相爱，双方家长便尊重孩子的心意给他们定亲。再如，《龙朱》中，龙朱虽然相貌俊美、家世显赫，但没有女子愿意同他恋爱，因为女孩子认为爱情中最重要的是心意，而不是金钱、权势或相貌。这种极为纯洁的恋爱观与当时都市人注重钱财、相貌和权势的恋爱观正好相反，沈从文便是用它实现理想的诗意的救赎。

（二）人的情感的纯化

沈从文作品中人的情感的纯化主要表现在以下三个方面。

首先，通过对人的原始情感的赞扬来实现人的情感纯化。沈从文作品中对湘西人充满生机的、原始的野蛮状态进行了赞扬，这一点在生命本能的爱情冲动中表现得最为明显。例如，《采蕨》中相爱的阿黑和五明在草坪上尽情地表达爱意。沈从文作品中表现出湘西世界浪漫、天真的情欲世界，这种情欲的放纵是在真心相爱的基础之上的真情流露，也是湘西人雄强生命和率真天性的流露。

其次，通过强调湘西世界的野蛮气质来实现人的情感纯化。沈从文在作品中表现出了湘西青年的健康的活力和现代都市文明无法驯化的野蛮特质。沈从文在都市生活中发现都市人与湘西“乡下人”相比普遍较为瘦弱、胆小、疲乏，所以在作品中注入了“野蛮人的血液”。例如，《虎雏》讲述了六弟带着小勤务兵虎雏到上海公干，主人公“我”十分喜欢这个只有十几岁的勤务兵，忽然想把这名小勤务兵教导为一个掌握现代人文知识的文明人，使他不再过打打杀杀的生活。起初，虎雏答应了“我”的要求，并表示他愿意放弃将来成为将军的梦想，而成为一个平凡的有学识的人。“我”听了十分高兴，不顾六弟的反对，将虎雏留下。最初，“我”的改造看起来似乎十分成功。虎雏已从言行举止上越来越接近都市人。然而，正当“我”以为现代文明将要征服虎雏野蛮的灵魂时，虎雏长期压抑的野性在见到一个同乡后瞬间被激发。最后，虎雏在打架并杀害一个人后逃出了都市，又回到了湘西，回到湘西后的虎雏恢复了之前生命力充沛的样子。

这也意味着“我”的改造彻底失败。在这篇小说的最后，作者感慨道：“幸好我那荒唐打算有了岔儿，既不曾把他的身体用学校锢定，也不曾把他的性灵用书本锢定。这人一定要这样发展才像个人。”[①] 从这里可以看出作者对湘西世界中富有野蛮力量的生命力的肯定，沈从文将这种野蛮精神用于对现代人因文明和理性压抑造成的生命的委顿的救赎。

最后，通过湘西世界的边缘人的强悍行径实现人的情感纯化。沈从文构建的湘西世界理想国中塑造了形形色色湘西人的群像，如塑造了一批土匪、山大王、赌徒等离经叛道的社会边缘者形象。这些边缘人性格往往十分粗俗、野蛮，他们酗酒、斗殴、寻衅闹事，然而从中也体现出湘西人骨子里的血性，使人们可以从中发掘出他们原始和野蛮的外表下所潜藏的生命的力与美、善良和淳朴的人性。沈从文的许多作品涉及湘西土匪的形象，如《一个大王》《喽啰》等。其中，《一个大王》讲述了一位名叫刘云亭的土匪曾经亲手枪毙过两百个敌人，在做山大王之前，刘云亭是一个种田的良民，他素来胆小怕事，却被外来的军人当作土匪抓了起来，在执行枪决前侥幸逃脱，之后上山成为土匪。刘云亭做山大王后十分骁勇，为了报答张司令的救命之恩，他下山做了张司令身边的一个小头目，专门护卫张司令的安全。刘云亭和部队中被抓的女匪首恋爱，还想与女匪首一起逃走，离开部队，重新占山为王。女匪首被处决后，刘云亭在床上不吃不喝躺了七天，近乎虚脱。之后，刘云亭又与当地一位姨太太相爱，最终被处死。沈从文在文章中展现了土匪形象的多面性，他们不仅是充满原始野蛮生命力的土匪，还表现出为朋友和爱人两肋插刀、有情有义的一面，这种对比突出了湘西世界野蛮生命力之下人性的淳朴与善良，实现了对现代都市文明的救赎。

（三）人与自然的和谐同化

沈从文十分热爱自然，也善于从自然中寻找理想人性，主张回归自然。沈从文的这一主张具有两方面原因。

一方面，现代文明注重物质和财富，强调对外部世界的攫取，而这一

① 赵园．沈从文名作欣赏[M]．北京：中国和平出版社，2001：264.

点正是导致现代社会道德沦丧、人性异化的重要原因。沈从文为现代社会开出的治疗药方即是回归自然。他希望通过回归自然的倡议，使现代人从对物质和财富的迷恋中解脱出来，将向外部的探索和攫取转为向内在的、心灵的思索，以达到治疗现代社会中病态人格的良效。沈从文作品中常涉及一个情节，即现代都市中生活的人因为生病而到自然风景优美的地方养病。例如，《三三》中的白面少爷来到三三所生活的堡子的目的就是养病，他还随身带着护士，医生也会定期为其诊断。三三家的杨家磨坊所在的地方风光甚好，于是总爷的管家经常带着白面少爷到那里玩耍。白面少爷虽然做出钓鱼的动作，但并不是真在钓鱼。护士小姐曾透露，如果白面少爷的病迟迟不好，八月份就会离开三三所生活的堡子，而到更靠近海边的城市。又如，《夫妇》中的城里人也是由于厌恶了都市中人的虚伪、狡诈与无情，而到美丽、宁静的乡村来养病，却在无意间发现了乡村人在封建伦理道德的束缚下产生的麻木、残忍等极为邪恶的观念以及异化的人性。最后，在外乡夫妇离开后，城里人也决定离开。他认为，在这个自然风景优美的乡村中的人与人性已与城里人无异，因此即便看到农村优秀的自然风光和田园牧歌式的风光也觉得索然无味。沈从文《八骏图》中所描写的文章的叙述者也是到青岛的海边去养病的。从这里可以看出，作者对自然寄予十分浓厚的希望，将其作为人类对都市文化进行救赎的最后的希望之地。为了达到这一目的，沈从文在小说中塑造了三三等充满生命灵气的少女形象，并以此作为对乡村和自然的美好特质的歌颂和对城市的救赎。

另一方面，沈从文主张回归自然，目的是帮助那些在城市的工业化文明中信仰缺失且精神极度贫乏的人们找到精神寄托和诗意的栖居地。现代文明影响下的都市中，人们的精神变得极为丑陋、荒诞、空虚、冷漠无情，沈从文认为人们只有回归自然，在自然的纯净与明媚中，在人与自然的和谐与交融中，在如诗如画的自然境界里，才能重新感受安静与祥和，才能感受美的世界，并重新找回至纯至善的爱与温暖，从而培养人们至纯至善的自然人性。

综上所述，沈从文在感受到湘西乡民的蒙昧和不自知后，为了寻找自己未来人生的方向，怀揣着希望来到现代都市。然而，在现代都市中，沈从文发现了现代工业文明所造成的人性的堕落与道德败坏，这使沈从文在较长一段时间内以湘西纯美与至善的、世外桃源般的生活来对抗现代文明的缺陷。沈从文希望用诗意化的人生、纯净的自然情感流露以及人与自然的和谐发展，实现对都市文化的救赎。沈从文的这一思想和创作实践，无论在当时还是在当下，均有一定的借鉴意义。

第四章　沈从文作品中的诗性艺术表现

沈从文是中国现代诗化小说代表作家之一，他曾将自己称为 20 世纪最后一个浪漫派，其浪漫主义情怀反映在作品中即体现为鲜明的诗化风格。本章主要对沈从文代表作品《边城》的诗性艺术进行分析，并对沈从文作品中诗性的语言和独特的意境创造进行解析。

第一节　沈从文作品中的诗性语言与意境创造

语言是心灵的艺术，一位优秀的文学作家的语言往往具有一定的标志性特点。沈从文作为一个浪漫主义诗化小说家，其作品中的语言具有极为浓烈的抒情意味，极具艺术性。本节即对沈从文作品中的诗性语言与意境创造进行分析。

一、沈从文作品中的诗性语言

“诗化小说”构建了一种本体论意义上的符号系统，其内在的价值规约在于诗性的人生意义，形态上则表现为歌唱性的语言节奏、意象性的空间想象、超越性的隐喻意义等多元旨向。沈从文曾将自己的创作语言形容为“诗歌化”的语言，即用独具诗性的语言描绘了一个又一个场景，叙述出一个又一个感人至深的故事，增强了作品的艺术性。沈从文的研究者凌宇教授曾评价《边城》的语言特点：“《边城》提供了广阔的审美天地，沈从文笔下的湘西世界美极了，它如同一颗晶莹剔透的珠玉，将读者引入清、雅、秀的意境。小说情节起伏，结尾设置悬疑，扩大了读者的想象空间。”沈从文作品中的诗性语言主要反映在以下几个方面。

（一）沈从文作品中典雅、简约的语言具有诗性特点

沈从文作品中的语言用词十分典雅、简约，常常使用文白相杂的语言，具有“格调古朴、形式简峭，主干突出，少夸饰，不铺张，单纯而又厚实，朴讷却又传神”的特点。例如，《沅陵的人》中有这样的描述：“山后较远处，群峰罗列，如屏如障，烟云变幻，颜色积翠堆蓝……其中最令人感动处，是小船半渡，游目四瞩，俨然四周是山，山外重山，一切如画，水深流速，弄船女子，腰腿劲健，胆大心平，危立船头，视若无事。”[①] 在这段文字中，沈从文大量运用了四字词语。文言文具有凝练、传神、寓意深刻的特点，而白话文在阅读时十分流畅，这种文言与白话相结合的特色使句式整齐中富于变化，阅读起来节奏明快。这些文白相间的四字词语较自然状态的口语更加简洁和传神。另外，沈从文在作品中大量使用的四字词语，有的属于约定俗成的，然而大部分属于沈从文自造的，这些词语的组合给人们带来了一定的陌生感，生动传神。四字词语的连用还可省略句与句之间的介词、连词等连接性或修饰性词语，使全文显现出一种简洁、明快、流畅的节奏。

沈从文的作品中还使用了大量具有文言色彩的词语，这些词语的运用使语言的典雅性特点更加明显。例如，《边城》中：“那人一看是守渡船的，且看到了翠翠，就笑了。”“住临河吊脚楼对远方人有所等待有所盼望的，也莫不因鼓声想到远人。”“小饭店门前长案上，常有煎得焦黄的鲤鱼豆腐，身上装饰了红辣椒丝，卧在浅口钵头里，钵旁大竹筒中插着大把红筷子，

① 沈从文．沈从文全集：散文：11 [M]．太原：北岳文艺出版社，2009：348.

不拘谁个愿意花点钱，这人就可以傍了门前长案坐下来，抽出一双筷子到手上，那边一个眉毛扯得极细脸上擦了白粉的妇人就走过来问：‘大哥，副爷，要甜酒？要烧酒？’”这些例子中的“且”“莫”“扯”等字的应用就表现出典雅、凝练的特点，体现出浓浓的诗意。沈从文作品中这种典雅、简约的语言还常以短句的形式出现，如《菜园》中：“大雪刚过，园中一片白，已经摘下的还未落窖的白菜，全成堆的在花园中……天色将暮，园中静静的，雪已不落了，也没有风。”① 在这段话中，沈从文所用的句子几乎均为短句，这些短句文白相杂，既表现出隆冬大雪天的寒气逼人，又表现出母子两人之间的温馨互动，透出别样的亲情和朴素的氛围。

（二）沈从文作品中含蓄清新的语言具有诗性特点

沈从文作品中虽然常用文白相杂的语言对自然景物进行白描式的描写，但所用词汇并不艰涩，而是常用朴素的语言，这种语言反而体现出别样的含蓄清新的特点。沈从文的作品中为了表现自然人性，常常对男女之间的爱情和欲望进行大胆描写。然而，沈从文的用语却十分含蓄、清新，因此使读者在阅读时并不因此而感到肮脏或污秽，而是别有一种清新的感受，体现出人与人之间原始的冲动，在大自然中展现出和谐的氛围。在沈从文的眼中，湘西男女之间的爱欲是一种遵循自然法则的神圣的、纯洁的、美好的欲望，作者将这种爱欲描写得十分符合劳动人民的身份与特色。

综观沈从文作品中使用的含蓄清新的语言可以看出，沈从文作品的含蓄描写主要体现在对人体的生理特点和生理变化的含蓄描写。例如，《边城》中对翠翠青春期到后来生理发育的描写：“这女孩子身体既发育得很完全，在本身上因年龄自然而来的‘奇事’，到月就来，也使她多了些思索，多了些梦。”② 在这段文字中，作者对翠翠身上发生的变化进行了十分含蓄的描写，而且将重点放在了生理变化所引发的翠翠的心理变化方面，暗示着翠翠对异性和爱情的向往。《萧萧》中萧萧怀孕时，“喜欢吃生李子”“尽

---

① 沈从文．沈从文全集小说：8 [M]. 太原：北岳文艺出版社，2009：282.

② 沈从文．沈从文全集小说：8 [M]. 太原：北岳文艺出版社，2009：90.

做怪梦”“极恨毛毛虫，见了那小虫就想用脚去踹”。[①] 在这段描写中，沈从文采用了含蓄和高度概括的手法，维持了萧萧的少女形象。这种描写体现出沈从文对笔下人物的爱护和尊重。

（三）沈从文作品中常运用修辞手法表现出诗性特点

沈从文在作品中常使用比喻等修辞手法，表现出作者对事物形态的描摹和对顽强生命力的赞美。例如，《边城》中运用了大量修辞手法："地方不出坏人出好人，如伯伯那么样子，人虽老了，还硬朗得同棵楠木树一样，稳稳当当地活到这块地面，又正经，又大方，难得的咧！……这地方配受人称赞的只有你，人家都说你好看。'八面山的豹子，地地溪的锦鸡，全是特为颂扬你这个人好处的警句。"在这里，沈从文用"楠木树"比喻老船夫，凸显出老船夫的稳健，用"八面山的豹子，地地溪的锦鸡"比喻二老，凸显出二老的好相貌。沈从文作品中常用的修辞手法主要有以下两种。

其一，比喻。沈从文在作品中常常使用比喻来展现湘西人民充满生气的特点，体现出独特的人生体验和审美趣味。具体来说，沈从文作品中的比喻修辞方法常将人比作动物，以体现湘西人独特的野性。例如，"（虎雏）走路昂昂作态，仿佛家养的公鸡""这孩子原来像一只猫，欢喜时就得捣乱""柏子如同妇人所说，粗鲁得同一只小公牛一样""（翠翠）人又那么乖，如山头黄麂一样，从不想到残忍事情，从不发愁，从不动气""在那边，大路上，矮奴却像一只海豹匍匐气喘走来了"等。这样的比喻体现出极具湘西山野气息的审美，在人与动物间建立起某种和谐的关系，刻画出一个个性格迥异、特点鲜明的人物形象。除了将人比喻成动物，沈从文还常在作品中将人比作植物，如《萧萧》中，作者形容萧萧"风雨里过日子，像一株长在园角落不为人注意的蓖麻，大叶大枝，日增茂盛"[②]。在这个比喻中，蓖麻是乡下常见的农作物，不用费心管理就能良好，在这里形象地比喻萧萧进入青春期后身体抽条长开，而萧萧的迅速生长又与丈夫的年龄小形成鲜明对比。又如，《三三》中，三三在见到城里来的白面少爷之后，心中称

① 沈从文．沈从文全集：小说：8［M］．太原：北岳文艺出版社，2009：260-263.
② 沈从文．沈从文全集：小说：8［M］．太原：北岳文艺出版社，2009：253.

奇，当妈妈跟她说话时，她并没有注意听，而心中暗暗纳罕“为什么有许多人的脸，白得像茶花”[①]。这个比喻一方面表明三三对城里少爷和护士小姐的好奇，另一方面从侧面反映出三三的肤色和当地所有的劳动者一样，晒得有些黑，而并非城里人那种像山茶花一样雪白或苍白。除了将人比作动物和植物外，沈从文在作品中还常将人比作器物，这种比喻使语言更加生动、有趣，充满了田园牧歌式的诗意色彩。例如，《萧萧》中“婆婆虽生来像一把剪，把凡是给萧萧暴长的机会都剪去了，但乡下的日头同空气都帮助人长大，却不是折磨可以阻拦得住”[②]。在这一比喻手法中，作者将婆婆比作一把剪刀，一方面突出婆婆的爽利与严厉，另一方面表明萧萧在婆家的日子备受折磨。

其二，排比。排比是指用三个或三个以上的字数大体相等、结构相似、语气一致的短语或句子表达相关的意义，以增强语言气势等表达效果。沈从文常在作品中使用排比。例如，《龙朱》中形容苗族男女青年之间的爱情歌谣时称：“这歌是用顶精粹的言语，自顶纯洁的一颗心中摇着，从一个顶甜蜜的口中喊出，成为顶热情的音调。”

（四）沈从文作品中语言的音乐性特点表现出作品的诗性特点

不同作家的语言可以体现出作家独特的个性和作品的魅力。沈从文的作品具有音乐性的特点，音乐性的语言表现出作品的诗性特点。沈从文作品中的音乐性特点主要表现在以下两个方面。

其一，在作品中大量使用方言，体现出语言的音乐性。沈从文的创作中充满了沈从文所生活的沅河及其支流流域的湘西方言。例如，“八宝精”“刺条子”“扯谎”“顾自”“几多”“灯笼子”“小报应”“猫儿尿”“三脚猫”等方言词语读来十分活泼、押韵，体现出沈从文作品的音乐性特点。

其二，沈从文作品中大量运用的湘西民歌体现出语言的音乐性。沈从文在湘西系列作品中展现了大量的苗族和汉族人的生活场景，其中涉及大量的民歌，这些民歌在文中或者作为男女青年之间表达爱意的载体，或者

① 沈从文．沈从文全集：小说：9 [M]．太原：北岳文艺出版社，2009：27.
② 沈从文．沈从文全集：小说：8 [M]．太原：北岳文艺出版社，2009：259.

表现人与人之间和谐、淳朴的关系。湘西苗族民歌有着悠久的历史，在歌词、旋律、曲调等方面灵活多变。沈从文的许多作品中用湘西民歌表达隐秘的心理活动。例如，《萧萧》中花狗勾引萧萧时故意唱民歌："天上起云云起花，包谷林里种豆荚，豆荚缠坏包谷树，娇妹缠坏后生家。"在这首民歌中，沈从文用双关的修辞方法，表达男女青年对爱情的向往。除了情歌之外，湘西地区的民歌还可分为巫歌、山歌、小调、劳动歌曲以及婚俗歌曲等，这些在沈从文的作品中也多有体现。例如，《边城》中的翠翠口中唱的"白鸡关出老虎咬人，不咬别人，团总的小姐排第一。大姐戴副金簪子，二姐戴副银钏子，只有我三妹没得什么戴，耳朵上长年戴条豆芽菜"。此外，翠翠在船上还曾哼唱巫师迎神的歌。这些都使沈从文作品的语言极具音乐的节奏美。

二、沈从文作品中的意境

文学作家在创作作品时常常会经历复杂的心理过程。为了表情达意，作家常常利用大自然或作家自身及其所处的人类社会环境等的特点。沈从文的家乡湘西位于三省交界之地，这里有奇丽秀美的自然风光。这种自然风光被沈从文作为情感寄托之所，沈从文赋予其丰富的情感联想，从中创造出了独特的意境。沈从文的作品中常常呈现出优美的湘西自然山水画或民俗风情画，画面感十分突出。

（一）沈从文作品中意境美的表现

沈从文作品中湘西世界的意境之美主要表现在风景美、风俗美以及人性美三个方面。其中，风景美是指沈从文笔下的湘西世界中的自然环境十分美丽。沈从文会在作品中毫不吝啬地展现出湘西的美。例如，《边城》中的竹篱茅舍、菜畦山林、小桥流水、鱼欢花语、春雨暮霭、芳草泊船、月色弥漫边城古镇，这种美景如美画出轴般令人心生向往。沈从文作品的自然美与人文美结合在一起，构成了一幅幅美丽的田园牧歌式的画卷。例如，《三三》中："杨家碾坊在堡子外一里路的山嘴路旁。堡子位置在山弯里，溪水沿到山脚流过去，平平的流到山嘴折弯处忽然转急，因此很早就

有人利用到它，在急流处筑了一座石头碾坊，这碾坊，不知从什么时候起，就叫杨家碾坊了。从碾坊往上看，看到堡子里比屋连墙，嘉树成荫，正是十分兴旺的样子。往下看，夹溪有无数山田，如堆积蒸糕，因此种田人借用水力，用大竹扎了无数水车，用椿木做成横轴同撑柱，圆圆的如一面锣，大小不等竖立在水边。这一群水车，就同一群游手好闲的人一样，成日成夜不知疲倦的咿咿呀呀唱着意义含糊的歌。”在这里，乡村的生活场景与自然美景共同构成美丽的乡村场景。

湘西不仅有纯美的自然风光与人文景观，还拥有令人心动的风俗美。湘西地处三省交界之处，这里到处崇山峻岭，特殊的地理环境诞生了独特的地域文化。除此之外，这里的节日盛况也非其他地区可比拟，形成了原生态的、生机勃勃的文化。楚人信巫鬼，湘西人在数千年文化传统下形成了独特的信仰。沈从文在《神巫之爱》《凤子》《月下小景》中均曾对酬神的场面进行了描绘。“松明，火把，大牛油烛，依秩序一一燃点起来，照得全坪明如白昼。那个野猪皮鼓，在五羊手中一个皮槌重击下，蓬蓬作响声闻远近时，神巫戎装披挂上场了。他头缠红巾，双眉向上直竖。脸颊眉心擦了一点鸡血，红缎绣花衣服上加有朱绘龙虎黄纸符。手执铜刀和镂银牛角，一上场便在场坪中央有节拍地跳舞，还用呜咽的调子念着娱神歌曲。他双脚不鞋不袜，预备回头赤足踩上烧得通红的钢犁。那健全的脚，那结实的腿，那活泼的又显露完美的腰身旋折的姿势，使一切男人羡慕、一切女子倾倒。那在鼓声蓬蓬下拍动的铜叉上圈儿的声音，与牛角呜呜喇喇的声音，使人相信神巫的周围和本身，全是精灵所在。”① 在这段叙述中，沈从文从一个参与者的视角，对这场仪式进行了身临其境的、生动的阐释，而由此形成的审美感受可谓难与他人言。湘西人民自然的婚恋观是构成湘西世界意境之美的重要因素。沈从文在作品中大量描绘了苗族人民独特的婚恋观。此外，沈从文的作品中还对节日盛况进行了浓墨重彩的描绘，展现了节日里令人振奋的热闹场面，展现出湘西人民旺盛的生命活力。

除了自然美与民俗美之外，人性美也是沈从文作品重点表现的湘西世界的意境之美。湘西世界中的人性美主要表现在三个方面，即真、善、坚

① 沈从文．沈从文全集：小说：9 [M]. 太原：北岳文艺出版社，2009：377.

韧。“真”是指湘西人健康的身体和真诚的灵魂。例如，湘西吊脚楼中的妓女也有一种别样的、令人赞扬和哀叹的真诚，她们与水手的爱情是灵魂与灵魂之间的自然的慰藉。湘西少女更是至真至纯的象征，她们敢爱敢恨，流露出自然真实的情感。“善”是指沈从文笔下湘西乡下人保持着淳朴的民风，他们有诚实善良的道德观念。例如，《三三》中三三和母亲相依为命，过着自给自足的生活。她们的生活不富裕，但三三并不气馁，也不羡慕别人。在梦中，三三果断拒绝了白面少爷拿出的金子，表明自己和母亲不接受别人的恐吓，金钱不能使她们弯腰。除此之外，虽然三三和母亲清贫，但当有人到家中做客时，三三和母亲真诚地对待别人，展现出善良淳朴的一面。沈从文的《边城》更是对湘西民众的善良和淳朴进行了不遗余力的讴歌。《边城》中的老船夫虽然清贫，但不接受客人为了感激而额外丢下的钱财；天气热起来后，老船夫还会自制一些草药以备过渡的客人使用；等等。这些都体现出湘西民众善良的道德品质。“坚韧”是沈从文笔下人性之美的另一个表现。沈从文的创作，将视角对准湘西底层人民，面对生活的困难和磨难，这些人依然会鼓起勇气活下去。例如，沈从文的《边城》中，老船夫在女儿去世后独自养活孙女，怀着无限悲痛坚韧地活了下来。又如，大老死后，船总顺顺一家在悲痛中坚韧地生活。

（二）沈从文作品中的意境创造

首先，利用梦境创造意境。沈从文经常使用梦境创造独特的意境。例如，在《边城》中，沈从文描写了不同类型的人的梦境。例如，翠翠的梦：翠翠在二老的歌声中浮了起来，并飞到悬崖的半腰上采了一把平时采不到的虎耳草。这一梦境体现了翠翠对爱情的渴望和向往。然而现实却意外悲怆和苍凉，翠翠期盼的爱情似乎马上就会到来，又似乎永远不会到来。老船夫的梦是睁着眼睛做的梦，是为了给翠翠安排一个她喜欢同时也喜欢她的人，这个睁着眼睛做的白日梦最终却因各方面造成的误会而成了悲剧。

沈从文的《三三》描绘了三三和妈妈做的梦，并用这些不同的梦创造了不同的意境。三三做的第一个梦是城里来的白面少爷和船总管家一起宣称要用金子买三三家鸡蛋。在梦中，三三打断了白面少爷，称不羡慕别人的金子宝贝，并对有人用金子恐吓她们十分不满，于是梦见一只恶狗将恐吓他们的城里少爷和总爷管家一起赶下了水。这个梦境体现了三三一方面渴望爱情，另一方面又不愿离开母亲的矛盾心理，表达了她对金钱和物质的轻视。文中，三三和妈妈做的梦是走出堡子，走进城市。三三和妈妈梦到的城市不一样。三三梦到的城市是“有200个护士小姐的城市”，而三三的妈妈梦到的城市是比堡子大一点的城市。这两个梦境营造的意境体现出三三和妈妈对城市生活的向往。三三也做好了走出堡子、走进城市的准备。然而，三三的这一理想却被白面少爷的死打破了。三三和妈妈又回到了堡子，并声称要守着妈妈，永远不到城市中去。从中可以看出，湘西年轻一代在受到现代社会的影响后，开始思考自我的发展方向，并展开了对自我的追寻。

其次，利用古典诗词创造意境。沈从文的作品中流露出淡淡的诗情画意，体现了中国诗词艺术和国画艺术之美。沈从文的作品常通过古典诗词营造意境。例如，《边城》中，“深潭为白日所映照，河底小小白石子，有花纹的玛瑙石子，全看得明明白白。水中游鱼来去，全如浮在空气里”。“近水人家多在桃杏花里，春天时只需注意，凡有桃花处必有人家，凡有人家处必可沽酒”。“住临河吊脚楼对远方人有所等待有所盼望的也莫不因鼓声想到远人。在这个节日里，必然有许多船只可以赶回，也有许多船只只合在半路过节，这之间，便有些眼目所难见的人事哀乐，在这小山城河街间，让一些人开心，也让一些人皱眉”。[①] 上述句子分别对应了柳宗元的《小石潭记》、杜牧的《清明》、陶渊明的《桃花源记》以及柳永的《八声甘州》等诗词的意境，为湘西世界平添了诗词的美妙意蕴。

最后，使用意象创造意境。沈从文的作品中常使用水、野花、山洞以及橘树等常见的意象创造意境。“水”的意象在沈从文作品中所营造的意境在其他章节中已有较详细的分析，这里不再赘述。下面主要对沈从文作品中的野花、山洞以及橘树等意象所创造的意境进行分析。

野花是沈从文作品中经常出现的意象，也是沈从文笔下一种理想的诗意的化身。在沈从文的作品中，野花常常与女性和爱情联系在一起。例如，

① 沈从文．沈从文全集：小说：8 [M]．太原：北岳文艺出版社，2009：67.

在《雨后》《阿黑小史》《媚金·豹子·与那羊》等中均可发现野花的踪影。野花是烂漫的、美好的，然而花期却是十分短暂的，当花期结束后，野花不可避免地会面临凋零的命运。而花朵常常象征女性，花朵凋零也寓意着女性的命运如同花一样，无法避免地走向凋零和衰败。例如，《月下小景》中女孩为了和爱人永不分离，不惜做出自杀的举动。又如，《三个男人和一个女人》中，美丽温柔的女孩最终选择吞金自杀来拒绝令自己不满的婚姻。再如，《阿黑小史》中的阿黑最终在新婚不久即死去。在这里，野花作为一种意象营造了悲凉的氛围。除此之外，野花作为意象还创造了诗意的爱情意境。《神巫之爱》中，年轻的巫师得到了喜爱的白衣女子佩戴过的蓝色的野菊花，并从这朵野菊花中生发出丰富的爱情联想。《三个男人和一个女人》的结尾，人们在山洞中找到那个女孩时，她的身上和地上撒满了漂亮的花朵。在这里野花作为意象，象征着纯洁的爱情，营造出一种纯美的意境。

山洞作为意象，常常出现在沈从文的作品中。在湘西世界中，山洞作为意象可以营造出丰富的意境。山洞作为落洞少女的居所，象征着神圣不可侵犯的理想之地。少女走进山洞，即意味着从此与世隔绝，在山洞中死去。因此，山洞作为意象，可以创造归宿之地的意境。山洞作为意象还可以创造桃源之地的意境。例如，在《七个野人与最后一个迎春节》中，在现代文明的入侵下，七个野人退守到山洞中，过上了理想的桃源生活。然而，与现代文明相对抗的湘西乡下文明的最终结局是走向没落。山洞中的七个野人被杀害了，山洞作为世外桃源的梦想也因此而破灭。山洞在苗族文化中还象征着爱情之地。例如，《三个男人和一个女人》《阿黑小史》《媚金·豹子·与那羊》等均与山洞有关。当地年轻人在爱情到来时，常常相约到山洞中去，因此山洞也可营造爱情之地的意境。

橘树作为湘西常见的果树，在沈从文的作品中具有丰富的象征意蕴。沈从文在《长河》中以橘树为线索来反映湘西的“常”与“变”，营造了湘西富有异域情调的田园乌托邦意境。

综上所述，沈从文作品的语言和意境的营造均具有强烈的诗意色彩，体现了沈从文作品的诗性。

第二节　《边城》中的诗性艺术表现

《边城》是沈从文最重要的作品之一，也是沈从文诗化文学的代表作。在《边城》中，诗性艺术的特点十分明显。本节主要从语言的诗性、景物和风俗描写的诗性、修辞手法等方面分析《边城》中的诗性艺术表现。

一、语言的诗性

《边城》是沈从文创作并于1934年发表的作品，也是沈从文小说进入成熟期的标志性作品。在《边城》中，语言的诗性主要体现在以下几个方面。

（一）独特的梦幻色彩

《边城》中用词凝练，其语言并非传统文言文，也不是完全意义上的白话文，而是具有一种文白相间的特点，这使《边城》的语言具有一种独特的梦幻色彩。例如，“人若过溪越小山走去，则只一里路就到了茶峒城边”“老船夫不论晴雨，必守在船头”“莫不设有吊脚楼”“我们这次若去，又得打火把回家”“祖父有点愀然不乐了”，这些文白相间的语言使《边城》中描写的人和事缥缈悠远却又近在眼前，营造了一种跨越时间的、独特的梦幻色彩。

《边城》中还存在大量的对称语言，韵律和谐、优美，富有诗意。例如，“凡有桃花处必有人家，凡有人家处必可沽酒”“溪流如弓背，山路如弓弦”“三斗米，七百钱”“这好的，这妙的，味道蛮好，送人也合适”“从不想到残忍事情，从不发愁，从不动气”“无人过渡，镇日长闲”“独自低低地学小羊叫着，学母牛叫着，或采一把野花缚在头上，独自装扮新娘子”“大把的粉条，大缸的白糖，有炮仗，有红蜡烛”“也爱利，也仗义”“黄泥的墙，乌黑的瓦”“孵一窠小鸡，养两只猪”“船与船的竞赛，人与鸭子的竞赛”“守在船头的祖父睡着了，躺在岸上的翠翠同黄狗也睡着了”“对付仇敌必须用刀，联结朋友也必须用刀”“火是各处可烧的，水是各处可流的，日月是各处可照的，爱情是各处可到的”等。这些语言虽然没有严格的对称性，但是在字里行间有一种韵律感，这种颇具韵律感的语言营造了一种独特的意境，具有梦幻般的诗意。

另外，《边城》语言中长短句夹杂使用，充满诗化的韵味。例如，“秋冬来时，房屋在悬崖上的，滨水的，无不朗然入目”“我是老骨头了，还说什么。日头，雨水，走长路，挑分量沉重的担子，大吃大喝，挨饿受寒，自己分上的都拿过了，不久就会躺到这冰凉土地上喂蛆吃的”“天气好时就在碾坊前后隙地里种些萝卜、青菜、大蒜、四季葱。水沟坏了，就把裤子脱去，到河里去堆砌石头修理泄水处”“两个年轻人皆结实如小公牛，能驾船，能泅水，能走长路”“荡桨时选最重的一把，背纤时拉头纤二纤，吃的是干鱼、辣子、臭酸菜，睡的是硬邦邦的舱板”“边城所在一年中最热闹的日子，是端午、中秋和过年”“凡把船划到前面一点的，必可在税关前领赏，一匹红布，一块小银牌，不拘缠挂到船上某一个人头上去，皆显出这一船合作的光荣”。这种长句和短句相结合的创作手法不显得沉闷，使行文显得活泼。

《边城》中还大量使用了多种形式的叠音词与拟声词，具有一种独具特色的和谐韵律。例如，“蓬蓬”“唢呐呜呜喇喇吹起来”“静静地把船拉动起来”“明明白白”“从从容容”“清清楚楚”“懒懒的”“缓缓的”“低低的”“慢慢的”等，这些叠音词和拟声词具有独特的抑扬顿挫和铿锵和谐的节奏美与音乐美，增强了全文的韵律性。

总体上看，《边城》的语言没有大段的华丽辞藻，相反，其语言十分质朴，然而正是这样的语言风格营造了一种独具特色的自然美和世外桃源般的梦幻美。

（二）地域特色

《边城》的语言根植于沈从文的故乡湘西，其中有大量的具有湘西地域特色的语言，具体表现在以下几个方面。

其一，《边城》语言中包含湘西独特的山歌文化。例如，“天上起云云起花，包谷林里种豆荚，豆荚缠坏包谷树，姑娘缠坏后生家”。又如，翠

翠在船上轻轻哼唱的当地请神还愿的歌:“你大仙，你大神，睁眼看看我们这里人！他们既诚实，又年轻，又身无疾病。他们大人会喝酒，会做事，会睡觉；他们孩子能长大，能耐饥，能耐冷；他们牯牛肯耕田，山羊肯生仔，鸡鸭肯孵卵；他们女人会养儿子，会唱歌，会找她心中欢喜的情人！”

其二,《边城》语言中包含大量的湘西本地方言。例如，“大老”“二老”“傩送”“岳云”等均为当地独特的称呼。“你个悖时砍脑壳的”，这句话是当地骂人的语言。“车是车路，马是马路，各有走法。大老走的是车路，应当由大老爹爹作主，请了媒人来正正经经同我说。若走的是马路，应当自己作主，站在渡口对溪高崖上，为翠翠唱三年六个月的歌。”这句话中的“车路”“马路”均为当地方言。“牛肉炒韭菜，各人心里爱”“不要碾坊，要渡船”等，这些语言中既含有大量的方言，也含有大量的隐喻，使小说的语言别具特色，具有独特的韵味。“时间还早，到收场时，至少还得三个时刻。溪边的那个朋友，也应当来看看年轻人的热闹，回去一趟，换换地位还赶得及。”其中的“赶得及”的意思是时间来得及。“嗨，你还不明白，那乡绅想同顺顺打亲家呢”，其中的“打亲家”意为“联姻”。

其三,《边城》语言中有大量的本色对话，生动有趣。例如，“‘是谁？’‘是翠翠！’‘翠翠又是谁？’‘是碧溪岨撑渡船的孙女。’‘你在这儿做什么？’‘我等我爷爷，我等他来好回家去。’‘等他来他可不会来，你爷爷一定到城里军营里喝了酒，醉倒后被人抬回去了！’‘他不会。他答应来，就一定会来的。’‘这里等也不成，到我家里去，到那边点了灯的楼上去，等爷爷来找你好不好？’”“‘我人老了，记性也坏透了。翠翠，现在你人长大了，一个人一定敢上城看船，不怕鱼吃掉你了。’‘人大了就应当守船哩。’‘人老了才当守船。’‘人老了应当歇憩！’”“‘爷爷，我决定不去，要去让船去，我替船陪你！’‘好，翠翠，你不去我去，我还得戴了朵红花，装刘老老进城去见世面。’”这些本色对话彰显了人物的性格特点，使《边城》具有一种天然的诗化色彩。

二、景物和风俗描写的诗性

沈从文在《边城》中对周围的景物和风俗进行了大量的描写。这些描写要么作为人物的成长背景，要么作为人物情感的衬托，为全书增添了诗化色彩。

（一）景物描写的诗性

《边城》开头即进行了大量的景物描写，对人物生长的环境进行了详细描写。例如，《边城》中对河流的描写："那条河水便是历史上知名的酉水，新名字叫作白河。白河到辰州与沅水汇流后，便略显浑浊，有出山泉水的意思。若溯流而上，则三丈五丈的深潭皆清澈见底。深潭为白日所映照，河底小小白石子，有花纹的玛瑙石子，全看得明明白白。水中游鱼来去，皆如浮在空气里。两岸多高山，山中多可以造纸的细竹，长年作深翠颜色，迫人眼目。近水人家多在桃杏花里，春天时只需注意，凡有桃花处必有人家，凡有人家处必可沽酒。夏天则晒晾在日光下耀目的紫花布衣裤，可以作为人家所在的旗帜。秋冬来时，人家房屋在悬崖上的，滨水的，无不朗然入目。黄泥的墙，乌黑的瓦，位置却永远那么妥帖，且与四围环境极其调和，使人迎面得到的印象，实在非常愉快。一个对于诗歌图画稍有兴味的旅客，在这小河中，蜷伏于一只小船上，做三十天的旅行，必不至于感到厌烦正因为处处有奇迹可以发现，自然的大胆处与精巧处，无一地无一时不使人神往倾心。"

又如，"天快夜了，别的雀子似乎都在休息了，只杜鹃叫个不息。石头泥土为白日晒了一整天，草木为白日晒了一整天，到这时节皆放散一种热气"。"天夜了，有一匹大萤火虫尾上闪着蓝光，很迅速地从翠翠身旁飞过去"，"月光如银子，无处不可照及，山上篁竹在月光下皆成为黑色。身边草丛中虫声繁密如落雨。间或不知道从什么地方，忽然会有一只草莺'落落落落嘘！'啭着它的喉咙，不久之间，这小鸟儿又好像明白这是半夜，不应当那么吵闹，便仍然闭着那小小眼儿安睡了"。"月光极其柔和，溪面浮着一层薄薄白雾，这时节对溪若有人唱歌，隔溪应和，实在太美丽了。翠翠还记着先前祖父说的笑话。耳朵又不聋，祖父的话说得极分明，一个兄弟走马路，唱歌来打发这样的晚上，算是怎么回事？她似乎为了等着这样的歌声，沉默了许久"。"黄昏时天气十分郁闷，溪面各处飞着红蜻蜓。

天上已起了云，热风把两山竹篁吹得声音极大，看样子到晚上必落大雨。翠翠守在渡船上，看着那些溪面飞来飞去的蜻蜓，心也极乱”。这些景物描写主要衬托了人物的心情，也为文章增添了诗意。

另外，《边城》中的语言融情于景，化静为动，具有散文诗倾向。散文和诗歌通常以融情于景、情景交融为一大特色。《边城》中的语言也注重情景交融。例如，“雨后放晴的天气，日头炙到人肩上背上已有了点儿力量。溪边芦苇水杨柳，菜园中菜蔬，莫不繁荣滋茂，带着一分有野性的生气。草丛里绿色蚱蜢各处飞着，翅膀搏动空气时窸窸作声。枝头新蝉声音已渐渐洪大。两山深翠逼人竹篁中，有黄鸟与竹雀杜鹃鸣叫。翠翠感觉着，望着，听着，同时也思索着”，“空气中有泥土气味，有草木气味，且有甲虫类气味。翠翠看着天上的红云，听着渡口飘来乡生意人的杂乱声音，心中有些儿薄薄的凄凉”。这些语言如同散文诗一样浪漫，诗意中充斥着种种情思，成为《边城》中独特语言魅力的表现。

（二）风俗描写的诗性

《边城》根植于独特的湘西世界，其中包含大量独特的湘西风俗传统。例如，端午节独特的风俗。“端午日，当地妇女、小孩子，莫不穿了新衣，额角上用雄黄蘸酒画了个‘王’字。任何人家到了这天必可以吃鱼吃肉。大约上午十一点钟左右，全茶峒人就吃了午饭，把饭吃过后，在城里住家的，莫不倒锁了门，全家出城到河边看划船。河街有熟人的，可到河街吊脚楼门口边看，不然就站在税关门口与各个码头上看。河中龙船以长潭某处作起点，税关前作终点，作比赛竞争。”“赛船过后，城中的戍军长官，为了与民同乐，增加这节日的愉快起见，便派兵士把三十只绿头长颈大雄鸭，颈脖上缚了红布条子，放入河中，尽善于泅水的军民人等，自由下水追赶鸭子。不拘谁把鸭子捉到，谁就成为这鸭子的主人。于是长潭换了新的花样，水面各处是鸭子，同时各处有追赶鸭子的人。船与船的竞赛，人与鸭子的竞赛，直到天晚方能完事。”这种独特的端午节风俗描写展现了一幅独具特色的美丽风俗画，体现了小说独特的诗性特点。

除了端午节的风俗以外，《边城》中还有当地独特的婚俗描写。描写，当地的婚俗包括两种：一种是车路，一种是马路。其中的“车路”是指托媒人说媒。例如，小说中的大老一开始向翠翠求婚时，即遣媒人带着礼物向老船夫求亲；中寨王团总家修了一座崭新的碾坊作为女儿的陪嫁，向二老求婚。“马路”这种求婚风俗是年轻男女相中对方时，即可趁着夜晚到对方家门外唱歌，如果歌声能够打动对方的心，那么两人不必父母同意即可结为夫妻。《边城》中曾不止一次提及这样的独特风俗。第一次是翠翠的父亲和杨马兵一起为翠翠的母亲唱歌，向其求婚，翠翠的母亲最终选择了翠翠的父亲，并且与其生死相随，谱写了一段动人的爱情故事。第二次是老船夫在与二老谈话时提及，二老乘船下白鸡关时，从急浪中援救了三个人，在滩上过夜时，当地村庄的女子看到二老后，在他的棚子边唱了一整夜情歌。第三次是二老为与大老竞争翠翠，在翠翠家的对岸唱了一夜山歌，而睡梦中翠翠在山歌中浮到了半山腰，摘了一把虎耳草。这三个唱歌求婚的故事均体现出当地求婚风俗独特的诗性浪漫，展现了湘西人自由、原始的生命活力。

除了节日风俗和婚俗以外，《边城》中还展现出当地独特的水手风俗以及培养下一代的风俗。大老和二老作为当地名人船总顺顺家的孩子，从小没有娇生惯养，而是被送到船上进行锻炼和学习，“两兄弟既年已长大，必需在各种生活上来训练他们的人格，作父亲的就轮流派遣两个小孩子各处旅行；向下行船时，多随了自己的船只充伙计，甘苦与人相共。荡桨时选最重的一把，背纤时拉头纤二纤，吃的是干鱼，辣子，臭酸菜，睡的是硬帮帮的舱板。向上行从旱路走去，则跟了川东客货，过秀山龙潭酉阳作生意，不论寒暑雨雪，必穿了草鞋按站赶路。且佩了短刀，遇不得已必需动手，便霍的把刀抽出，站到空阔处去，等候对面的一个，接着就同这个人用肉搏来解决”。他们从小学习贸易和应酬，学习到一个新地方生活，学习人情世故，成长为具有当地独特的价值观和人生观的湘西汉子。这些也体现出湘西人独特的生活习俗。

三、修辞手法

除了语言、景物和风俗描写之外，《边城》中的诗性还体现在文章中应

用了大量的修辞手法方面。《边城》中的修辞手法丰富多样，具体表现在以下几个方面。

（一）比喻

《边城》中使用了大量的比喻，这些比喻句一方面能够推动小说情节的发展，另一方面能够体现出人物的特点，使行文更加活泼有趣。例如，"翠翠在风日里长养着，把皮肤变得黑黑的，触目为青山绿水，一对眸子清明如水晶。自然既长养她且教育她，为人天真活泼，处处俨然如一只小兽物。人又那么乖，如山头黄麂一样，从不想到残忍事情，从不发愁，从不动气"。这段话将翠翠比喻为山头黄麂，生动形象地表现了翠翠的天真乖巧。"两个年轻人皆结实如小公牛"将大老和二老比喻为小公牛，突出了二人强健的体魄。"那个人去年送我回家，他拿了火把走路时，真像个喽啰。""你这个人！要你到我家喝一杯也不成，还怕酒里有毒，把你这个真命天子毒死。"这两句话中分别将船总顺顺家送翠翠回家的长工比喻成喽啰和真命天子，增添了作品的趣味性。"八面山的豹子，地地溪的锦鸡"这句话将二老比作豹子和锦鸡这两种难得一见的动物，比喻新奇贴切。"伯伯，你说得好，我也是那么想。地方不出坏人出好人，如伯伯那么样子，人虽老了，还硬朗得同棵楠木树一样，稳稳当当地活到这块地面，又正经，又大方，难得的咧。"这句话将老船夫比喻为结实的楠木，表现出老船夫身体之硬朗。

（二）排比

《边城》中使用了灵活多样的排比修辞，这不仅能够使文章表意更加精准，也使句子长短错落有致，体现出别具一格的诗化色彩。例如，"白日里无事，就坐在门口做鞋子，在鞋尖上用红绿丝线挑绣双凤，或为情人水手挑绣花抱兜，一面看过往行人，消磨长日。或靠在临河窗口上看水手铺货，听水手爬桅子唱歌"。《边城》中的排比句不严格地遵守排比句的规矩，相比于其他同时代作家文学作品中的排比句更加灵活多样。

（三）反复

《边城》中典型的修辞手法还包括反复，一方面增强语段的衔接性，使情节更加连贯，另一方面突出人物的情感。除此之外，使用反复修辞的句子也具有韵律性，表现出独具特色的诗化色彩。例如：“翠翠就说：‘我走了，谁陪你？’祖父说：‘你走了，船陪我。’翠翠把眉毛皱拢去苦笑着：‘船陪你，嗨，嗨，船陪你。爷爷，你真是……’”这段话表现出翠翠和祖父相依为命的深厚情感，以及祖父既渴望翠翠独立，又害怕翠翠独立后离自己而去的矛盾心理。“‘人大了就应当守船哩。’‘人老了才当守船。’‘人老了应当歇憩！’‘你爷爷还可以打老虎，人不老！’”这段话表现翠翠希望祖父到城里去，自己来守船，然而祖父却希望翠翠一个人到二老家看赛龙舟，自己留下来看守渡船的相互体贴和祖孙二人相依为命的深厚情感。“不是翠翠，不是翠翠，翠翠早被大河里鲤鱼吃去了。”这句话表现出翠翠在久等祖父不归后，对祖父的小小埋怨与可爱的撒娇情态。“万一有这种事，爷爷你怎么样？”“万一有这种事，我就驾了这只渡船去找你。”这段话强调了翠翠的担忧，以及害怕离开祖父，同时强调了如果祖父离开，翠翠会不顾一切地寻找祖父。“翠翠，我不是那么说，我不是那么说。爷爷老了，糊涂了，笑话多咧。”这段话表现出祖父急切地希望得到翠翠的原谅的心理。

第五章　沈从文作品中的人性理念的光辉

沈从文被我国学者称为“自然人性的歌者”。在沈从文的作品中，人性是其表现的主题之一。沈从文既立足于现实，反映现代都市中自然人性的没落与消失，又用诗意的语言与真切的情感在湘西世界中表达对美好人性的追求。自20世纪80年代以来，国内外学者纷纷从人性的角度对沈从文的作品进行了较为深入的分析。本章主要从沈从文人性文学观的形成原因、内涵以及对沈从文人性文学观的反思三个方面对沈从文作品的人性理念光辉进行解读。

第一节　沈从文人性文学观的形成原因

沈从文人性文学观的形成并非偶然，而是与沈从文的个人成长经历、时代背景、湘西独具特色的地域文化等有直接的关系。

一、成长经历与沈从文人性文学观的形成

每一个伟大的作家的创作都与其自身的成长经历有关，成长经历是个体获得生命体验的最直接的方式，而写作必然是建立在作家个人的生命体验之上的创作。如果没有个体的生命体验，文学创作就如同空中楼阁，不可实现。沈从文的成长经历对沈从文人性文学观的形成具有重要影响。

沈从文童年时期家中尚属于凤凰城中的士绅之家。沈从文的祖父在凤凰城中曾是大名鼎鼎的人物。虽然祖父不幸英年早逝，但是家人依靠祖父挣下的丰厚家业，仍属于凤凰城的殷实人家，除了在凤凰城中有着偌大的宅院外，在乡下还有大片土地。沈从文的父亲沈宗嗣在沈从文祖母承继家门荣光的期盼下长大，从小树立了当将军的梦想。然而长大参军后，他却一直在小校的职位徘徊不前，并且在参加大沽口战役时，由于抵抗八国联军失败，主将自杀，沈宗嗣在仓皇出逃时不幸将沈从文祖父的一部分财宝丢失在战场。然而此时沈从文的家境仍然较好，沈从文从小就到私塾学习。童年时期的沈从文十分调皮，常常找各种借口逃学。然而，这种经历却使沈从文得以全面、深入地了解了自己的家乡凤凰城。

沈从文出生于将军之家，父亲又对参军有着狂热的追求，加之当地尚武的风气，使沈从文从小也树立了当将军的梦想，然而 5 岁时一场大病使沈从文变得瘦弱，这使他的将军梦成为泡影。而弟弟虽然与他同时生病，后来身体却逐渐健壮，因此被全家人寄予厚望。沈从文为了逃学养成了随意撒谎的坏习惯。这一习惯使沈从文成为家人眼中的坏孩子，经常被父亲责罚，他从之前备受家人呵护的宠儿变成被家人训斥和责罚的对象。而与家人的对抗从另一个方面也培养了沈从文独立思考的能力。正如沈从文在《从文自传》中所写的那样，逃学培养了沈从文对大自然的热爱以及对事物敏锐的观察力，培养了沈从文对自然生命的丰富的想象力。这种对大自然的热爱与观察不仅使沈从文逐渐认识了大自然的美，还使他逐渐将人性之美与自然之美融合在一起，对其人性文学观的形成产生了不小的影响。

在沈从文 9 岁时，凤凰城发生了一件令他印象深刻的事，使刚刚开始了解人生的他见到了人生中最残酷的一面。武昌起义后，革命党人暗中联络湘西各反清帮会组织，分头发动武装起义，进攻凤凰城。在这次起义中，

沈从文没有跟随沈家母亲和其他沈家孩子一起到乡下躲避，而是出于看热闹的想法，跟随父亲留在了凤凰。清军将抓到的革命党人押到天王庙大殿前的院坪里，通过犯人掷筊来决定生死。沈从文见到了让他终生难忘的杀人场景。这对他的心灵产生了强烈的震撼，让他看到自己成长的凤凰城的另一面。正如沈从文在自传中所写的，这件事发生在他“开始了解人生之际”，使身处无忧无虑的童年生活中的沈从文第一次感受到人性的复杂。

辛亥革命后不久，沈从文的父亲出走。后来为了接回父亲，母亲不得已卖掉了乡下的土地。家道中落后，在沈从文高小毕业升初中时，母亲出于种种考虑将他送进了军队开办的技术学校。在这里，沈从文度过了一段快乐时光，离开学校后恰好有参军的机会，母亲便将他送到了部队。从此，沈从文跟随部队生活。部队给了沈从文增长知识和经验的机会。身处部队中，沈从文得以仔细观察湘西部队中的各种人，为其后来创作军人题材的作品提供了素材。此外，沈从文在空闲之余上山游玩，游览了沅水两岸的许多名胜古迹。沈从文还喜欢走到哪里，都到当地的码头与河街上游玩，这使他有机会听闻许多故事，并近距离观察船上的水手，感受湘西的风土人情。尤其是长期在部队，孤独的军旅生活使沈从文分外想念家庭的温暖，渴求他人的陪伴，在他偶然间走进乡村人家，感受到当地人淳朴平凡生活中的温暖后，沈从文对人性的温暖有了更加深刻的理解，这也奠定了沈从文文学创作的基调。

在部队中，沈从文受到兵士身份的束缚，还必须做他不愿做的事，即跟随部队一起进山剿匪，残杀人民。部队之所以在当地大开杀戒，是因为上面的命令，而杀谁不杀谁则由部队的首领说了算。部队首领凭借这一点，开始大肆收受贿赂。有的村民虽然被抓了，但是只要交足够的金钱，就可以释放；有的人虽然不在名单上，但是仇家交了足够的金钱后，也会被抓枪毙。这又进一步使沈从文真切地感受到人性的复杂。沈从文参军驻守阮陵时，曾亲眼见到身边的一个个熟悉的或不熟悉的人突遭劫难而死去，死去的人不知道为什么死去，杀人的人也不知道为什么杀人，这使沈从文对人生前路产生了迷茫。同时，部队中各级军官的各种有违人性的做法使沈从文逐渐对湘军军官和士兵等所表现出来的人性有了更加深刻的认识。沈从文在《从文自传》中回忆道："我在那地方约一年零四个月，大致眼看杀过七百人。一些人在什么情形下被拷打，在什么状态下把头砍下，我皆懂透了。又看到许多所谓人类做出的蠢事，简直无从说起。这一份经验在我心上有了一个分量，使我活下来永远不能同城市中人爱憎感觉一致了。"① 沈从文的这些独特的成长经历使他有了独特的生命体验，并由此形成了他独特的人性观。而在湘军中看到的、听到的种种"蠢事"促使沈从文最终决定离开湘军，走到外面更加广阔的环境中去。

沈从文离开家乡来到北京后，一切并不像他所预料的那样顺利。当时上大学要进入预科班学习，进入预科班需要参加一个考试，然而沈从文只有高小水平，无法通过考试。之前答应给他资助的某位军官的资助款也迟迟不到，当时房东经常来催要房款，这种吃了上顿没有下顿的经历使沈从文感受到了贫困的窘迫的滋味。沈从文在湘西时，虽然家道中落，小小年纪进入部队讨生活，但是由于年龄小，人又机灵，常常受到同在部队的亲戚的照顾，也常常得到部队中意气相投的朋友的关心，所以沈从文从小并未吃过苦。来到北京后，沈从文在语言、生活习惯、行为举止等各方面都与其他人不同，这使沈从文陷入深深的自卑中。沈从文是高小毕业，在学习时使用的文字为繁体汉字，来到都市后，他重新学习简体字，并自学写作，开始从一个外来者、闯入者以及"乡下人"的视角来观察都市中的人性。他看到在商品经济的影响下，都市人摆脱了原始的蒙昧，徘徊在金钱、人性、文明以及欲望之间。这使沈从文进一步认识到现代文明影响下都市人性的复杂之处，为沈从文都市系列小说的创作以及对人性异化的讽刺奠定了基础。

二、时代背景与沈从文人性文学观的形成

沈从文生活在一个动乱的时代。自清朝末年至中华人民共和国成立前期，中国社会在外来压力下迅速从封建社会向现代社会发展，社会发展带来了思想和文化的大变革。纵观沈从文所处的时代，五四运动以及新文化运动对沈从文的思想产生了巨大的影响，从而也直接或间接地对沈从文人

① 沈从文.沈从文全集：传记：13［M］.太原：北岳文艺出版社，2009：54.

性理想的追求产生了重要影响。

沈从文的童年以及青少年时期均对自然环境产生了巨大兴趣，可以说，当时他的兴趣在自然山野之间，而不是人文知识。沈从文在军队时，一直与湘军的状态一样，以一种自在的生命形式活着。然而，忽然有一天，部队上来了一位穿着十分整齐的小军官，并为他介绍字典中蕴含的丰富的人文知识，激发起沈从文对人文知识的兴趣。之后，沈从文又遇到一位知识渊博、经验丰富的知识分子，这使他的思想得到了极大的启发。不久后，沈从文被调到湘军中新开办的印刷厂工作，在机缘巧合下，认识了一位来自长沙的、受五四运动影响的进步工人。通过这位工人，沈从文第一次接触到《新潮》《改造》等刊物。这些刊物体现出的思想与精神深深地震撼了沈从文，并促使沈从文对所处的不自知的生命状态进行了深刻的反思。他无法再继续这种自在无为的生命状态，而是对外界、对人类数千年来所构建的丰富的人文知识产生了浓厚的兴趣，迫切地想要走出去了解外面的世界，并在其中寻找广阔的精神天地。五四运动思想以及新刊物成为沈从文离开湘西、进入都市的直接原因之一。

沈从文来到都市之后，在忍受着贫困以及前路未明的晦暗中，孜孜不倦地学习着人类的新知识、新思想，并被作家们倡导的各种文学创作观影响。时代的巨变以及社会思想的大爆发使沈从文感到迷茫。他刚到都市时的理想是进入一所大学，在取得文凭后进入社会找到一份工作。然而，这一理想在当时的社会环境中十分幼稚。之后，沈从文开始学习写作，并从当时派别林立的文学创作观中汲取了丰富的营养，逐渐在创作中确立了属于自己的独特的文学创作观。当时文学创作观对沈从文的影响主要体现在以下几个方面。

首先，对自然人性的追求。沈从文指出：“一个人不应仅仅能平安生存即已足，尚必须在生存愿望中，有些超越普通动物肉体基本的欲望，比饱食暖衣、保全首领以终老更多一点的贪心或幻想，方能把生命引导向一个更崇高的理想上去发展。这种激发生命离开一个动物人生观，向抽象发展与追求的欲望或意志，恰恰是人类一切进步的象征，这工作自然也就是人类最艰难伟大的工作。我认为推动或执行这个工作，文学作品实在比较别的东西更其相宜。”[①] 在其前期的作品中随处可以看到沈从文对自然人性的张扬。沈从文构建的湘西世界中，少女与少男的对歌以及相恋，甚至一个老船夫的生命状态等均是沈从文所赞美的，他们的纯朴与善良以及对爱情的执着等均是沈从文对自然人性进行张扬的表现。与此同时，沈从文不满足于仅从人的动物状态看待人的发展，而是倡导用理性的、发展的眼光看待，以弥补自然人性的不足，使其朝着理想人性的状态发展。这一点在沈从文后期的作品中有所体现。沈从文在后期的作品中不断对自然人性以及都市文化对人性的异化进行反思，并不断思考构建理想人性的方式，最终提出了将人性与神性结合的形式。沈从文认为人性与文学是一体的，文学在反映人性的同时，对人性进行了深刻的反思。这一点也是沈从文进行文学创作的主要目的。

其次，沈从文的作品致力于表现人类最真切的愿望。沈从文在创作中采取了下沉视角，他贴近生命，关注底层人民的生活与命运，在创作中对底层人民表达了最为深切的人文情怀。沈从文认为文学创作并非仅限于对自然人性的表现，而是要对当时社会的黑暗进行无情的揭露，对未来的光明进行讴歌。沈从文在表达其创作观时，总是强调自己的“乡下人”身份，从“乡下人”的视角衡量现代社会中的一切思想与事物，并对社会的发展与进步进行评价。沈从文坚持的对现代都市社会的评价标尺即一种健康的人性。沈从文在创作中通过对湘西世界与现代都市中的人性进行对比，从中发现了自然人性的缺陷以及都市人性的异化，因此确立了其文学观和文学理想，即寻找有益于人民、有益于社会、有益于中国未来发展的理想人性。在具体的创作方法上，与沈从文同时代的作家大多坚持现实主义创作，作品中充满了激动的呐喊和狂热的情绪。沈从文的创作却并没有采取这种形式，而是以一种隐忍的平淡口吻进行叙述，并在叙述中将自然人性的缺陷表现出来，揭示了世外桃源般的湘西世界中，隐藏在人们平和生活之下的一种无助与无奈。

最后，鲁迅的文学创作方法对沈从文文学观的影响。1922 年，沈从文来到都市后开始学习写作，在其学习过程中，他常常阅读当时社会上已成

---

① 沈从文．沈从文全集：散文：12 [M]. 太原：北岳文艺出版社，2019：53.

名作家的作品，将其作为学习材料。

鲁迅的文学创作为现实主义风格，沈从文的文学创作则为浪漫主义风格，二者的创作似乎具有较大的差异。然而，鲁迅在一定程度上影响了沈从文的文学观。具体来说，可从以下两个方面表现出来。一方面，从文学创作题材上看，鲁迅对故乡的书写对沈从文的文学创作产生了较大影响。鲁迅创作的《故乡》《社戏》等小说均以其故乡为着眼点，对故乡的人和事进行回忆和描写。沈从文受鲁迅等文学作家的影响，将其故乡湘西作为其小说中人物生长的环境，从而在此基础上构建了其文学创作的精神园地——一个犹如世外桃源般的湘西世界。另一方面，从文学创作主题上看，鲁迅对国民性和人性的关注对沈从文的创作也产生了一定的启发。鲁迅的文学创作风格与沈从文的文学创作风格截然不同，鲁迅的文学创作专注于描绘病态社会中的不幸民众，反映下层劳动者悲苦生活的同时，着重表现受封建思想毒害的人性的扭曲。沈从文与鲁迅的创作风格虽然不同，但在文学创作方法上，都着重对城市和乡村中的小人物进行描写和刻画，在对城市人物的扭曲人性进行反映的同时，通过乡下人的视角揭露人性之美。从这一角度看，沈从文对人性的揭露以及其创作中始终在寻找的人性的美与鲁迅对国民性的改造是一脉相通、殊途同归的。

三、湘西独具特色的地域文化与沈从文人性文学观的形成

人们生活在环境之中，在改变环境的同时，会被环境所改变。作者成长环境的地域文化以一种集体无意识的方式对其生活方式和思维方式产生影响，使其逐渐形成具有特定价值观念的文化心理结构，地域文化积淀以隐形传承的方式影响着作者的文化个性和审美创作。①

沈从文的故乡凤凰城属于湘西的一个小城，这里地理位置偏僻，山高水深且多险滩，生存条件十分恶劣，且属于汉、苗、土家等多民族混杂区，在历史上有着长达数百年的汉苗冲突。恶劣的自然环境和长期的民间纠纷使这里的人们将人生的一切变化归结为命运。此外，湘西地区远离中原，环山绕水，地理上的距离以及险恶的自然环境使湘西较少受到现代文明的

① 陈艳平．沈从文作品中的人性启蒙理想[D].成都：四川师范大学，2009：24.

影响，即使儒家文化对这里的影响也较小，这使湘西得以保留了较强的地方特色和原始色彩。

湘西地区虽然地理位置偏僻，但当地文化源远流长。我国学者凌宇在介绍沈从文的生长环境时，将湘楚文化的特点总结概括为“厚积的民族忧患意识、炙热的幻想情绪、对宇宙永恒的神秘感的把握”。湘西人民对自然的热爱和崇敬之情对沈从文产生了极大的影响，使沈从文从小痴迷于对自然知识的探索，直到后来，他才在他人的影响下，将对自然万物的浓厚兴趣转移到人文科学这一知识宝库之中。人与人之间朴素简单的人际关系的保存是沈从文形成自然人性的土壤。[①] 湘西是楚辞文化的发源地，这些独特的文化形成了湘西人民独特的生活习俗或人文景观。当地人由此形成的价值观以及当地人在这一价值观的指引下做出的种种言行均为沈从文的文学创作提供了丰富而独特的素材，增加了沈从文对自然人性和神性的理解。沈从文在创作中从不讳言湘楚文化带给他的灵感，并以20世纪的湘楚文化承继者自居。在沈从文的作品中，湘楚文化中落后和保守的方面以及由此而形成的当地社会不合理的现象被沈从文进行了淡化处理，从而突出了湘楚文化中美好人性的一面。然而，在研究湘楚文化对沈从文人性文学观形成过程的影响时，我们必须看到，湘楚文化所形成的民风习俗纵然有着人性美好的一面，但也具有湘西地区落后和保守的一些缺点。

湘西地处三省交界处，险山恶水遍布，而这也形成了当地劳动人民独特的审美文化。湘西人与恶劣的大自然搏斗，争得一片生存的天地。这里的男性大多孔武有力，粗犷豪放；女性大多勤劳能干，气质妩媚而性格泼辣。这种湘西独特的审美观形成了当地健康自然的文化和自然人性。因此，湘西人民大多具有较强的、积极的劳动意识，十几岁的少年即可承担起一家重担，而七十多岁的老人也毫不服老，积极劳动。除此之外，生活在湘西的苗族人通过对歌寻找意中人，在亲事上不受任何束缚，当地人这种极为独特的和谐的地域文化，对沈从文作品中自然人性的形成产生了重要影响。

综上所述，湘西独特的地域文化对沈从文的文学思想和文学创作产生

① 刘爽．论沈从文的人性论文学观[D]．济南：山东师范大学，2015：27.

了重要影响，促成沈从文将书写生命、张扬人性、构建人性的自然小庙作为建筑人性的基础以及最终目标。

第二节　沈从文人性文学观的内涵

沈从文在谈到其创作时宣称，“我只想造希腊小庙。……这庙里供奉的是‘人性’。”由此可见，在沈从文的作品中，人性是其文学追求的核心。沈从文正是从人性角度出发，关注现实，关注社会现实中各个阶层的人，并对他们施予人性的关怀，同时关注人类未来的发展，追求完美的生命形式。本节主要对沈从文作品中的自然人性、异化人性、理想人性的内涵进行说明。

一、沈从文笔下的自然人性

所谓自然人性是指天然不做作的旺盛生命力。自然人性一词来源于欧洲文艺复兴时期，主张以人性本善的一元论为基础，强调摧毁压抑自然人性的意识形态，从而肯定人的自然本性的合理之处。[①]自然人性是沈从文作品所表现的重点，也是沈从文人性文学观的主要内涵之一。

沈从文在湘西特有的自然环境与人文环境中长大，他崇尚自然，欣赏土生土长的湘西人们在这种生活习俗中形成的自然而然的生活状态，以及人们不受年龄、性别、民族的限制，可自主选择的生存和生活方式。沈从文曾说：“我崇拜朝气，欢喜自由，赞美胆量大的，精力强的。一个人行为或精神上有朝气……我爱这种人也尊敬这种人。这种人也许野一点，粗一点，但一切伟大事业伟大作品就只这类人有份。”[②]

在沈从文构建的湘西世界中，无论是谁，只要为了生存与生活努力劳作，沈从文都给予赞美。因此，我们从沈从文的作品中可以看出：对水手的赞美，他们生活在社会的底层，每天吃着酸菜和臭牛肉，却凭借一双手，凭借高超的技艺在沅水上生存，与沅水上无数暗礁和险滩进行斗争；对湘

① 刘爽．论沈从文的人性论文学观[D].济南：山东师范大学，2015：10.

② 沈从文．沈从文全集：散文：12 [M].太原：北岳文艺出版社，2009：59.

西少女的赞美，她们在自然中成长，拥有纯洁无瑕的心；对湘西老兵的赞美，他们凭借着血性和胆气在部队中生活，仍然保持着对人性美好的向往；对乐观坚强的老船夫的赞美，他从事渡船职业长达五十多年，以70岁的高龄，仍然坚持劳作；等等。沈从文所赞美的自然人性是至美、至纯的人性，他要表现的是一种优美的、健康的、自然的又不悖乎人性的人生形式，而自然人性也是沈从文在都市生活中备受打击之后，在湘西自然之子身上的一种寄托。具体来看，沈从文所赞美的自然人性主要表现在以下几个方面。

（一）纯真的自然之子身上的自然人性

沈从文所赞美的自然人性是湘西世界中的特有人性，它形成于自然，体现在湘西这片土地上自由长大的、纯真的自然之子身上。湘西人在湘西特有的自然环境中长大，险峻的高山与蜿蜒的河水塑造了他们的灵魂，他们坚强而善良、健壮而柔情、刚烈而不服输，他们的爱与憎、生存与死亡都呈现出一种极其自然的状态。

例如，《边城》中谈到翠翠的成长环境时，写道："在风日里长养着，把皮肤变得黑黑的，触目为青山绿水，一对眸子清明如水晶。自然既长养她且教育她，为人天真活泼，处处俨然如一只小兽物。人又那么乖，如山头黄麂一样，从不想到残忍事情，从不发愁，从不动气。"① 翠翠作为沈从文塑造的湘西少女的典型形象，具有一切自然之子的气质。她成长于自然，触目所及都是自然的美好事物，因此养成了翠翠纯真的性格。每当有迎亲的花轿渡船时，翠翠总是在祖父之前下水摆渡，在船上她用好奇的目光观察一切，当船靠岸后，翠翠又独自学着各种小动物的叫声，用野花把自己打扮成新娘子。然而，翠翠虽然纯真，却并非不知生活疾苦，相反，她小小年纪就帮祖父打理家务、过渡和守船。当祖父意外去世后，翠翠虽然伤心，但并没有沉浸其中，而是忍着眼泪和伤心为前来给祖父发丧的人置办吃食，将祖父的丧事办得妥帖。同样是湘西少女，《三三》中从小丧父的三三和母亲相依为命："热天坐到有风凉处吹风，用包谷秆子作小笼，捉蝈蝈、纺织娘玩。冬天则伴同猫儿蹲在火桶里，拨灰煨栗子吃。或者有时候

① 沈从文．沈从文全集：小说：8［M］．太原：北岳文艺出版社，2009：64.

从碾米人手上得到一个芦管做成的唢呐，就学着打大傩的法师神气，屋前屋后吹着，半天还玩不厌倦。”[①] 这些少年目睹父母勤劳的身影，在大自然中无忧无虑地长大，湘西的自然山水滋润了他们的生命，也启迪着他们的灵魂，成就了他们不为世俗所破坏的纯朴，他们仿佛未经雕琢的璞玉，充满了自然的气息。

（二）善良淳朴、乐于助人的民风滋养下至善至美的自然人性

湘西由于地处偏远，交通不便，处于三省交界之处，因此远离了正统的社会政治中心，保留了自古以来的原始特质。湘西又是汉、苗、土家等多民族杂居区，各种民族文化长期以来相互影响、相互融合，使这里形成了独特的地域文化和风俗文化。这种独特的地域文化与传统的汉文化不同，较少受到礼仪规矩的束缚，而带有更多的原始文化气质。这种地域文化滋养了善良淳朴的民风，使这里的人们等级观念较弱，不慕富贵，不图享受，以天真无邪的眼光看待世事万物，真诚无私地待人，形成了至美至美的自然人性。这一点从《边城》中就可体现出来。船总顺顺凭借勤劳积累了偌大的家产，成为小城中极有权势之人。然而，顺顺一家人在小城中的威望并非依靠钱财和权势建立的，而是由于顺顺喜好结交四方朋友，又为人豁达、善良，能够理解劳动人民的苦处，并在人们需要的时候伸出援手，因此他赢得了小城百姓的喜爱。“这个大方洒脱的人，事业虽十分顺手，却因欢喜交朋结友，慷慨而又能济人之急，便不能同贩油商人一样大大发作起来。自己既在粮子里混过日子，明白出门人的甘苦，理解失意人的心情，故凡因船只失事破产的船家，过路的退伍士兵，游学文墨人，凡到了这个地方闻名求助的，莫不尽力帮助。一面从水上赚来钱，一面就这样洒脱散去。这人虽然脚上有点小毛病，还能泅水；走路难得其平，为人却那么公正无私。水面上各事原本极其简单，一切皆为一个习惯所支配，谁个船碰了头，谁个船妨害了别一个人别一只船的利益，皆照例有习惯方法来解决。惟运用这种习惯规矩排调一切的，必需一个高年硕德的中心人物。某年秋天，那原来执事人死去了，顺顺作了这样一个代替者。那时他还只五十岁，

① 沈从文．沈从文全集：小说：9 [M]．太原：北岳文艺出版社，2009：12.

为人既明事明理，正直和平又不爱财，故无人对他年龄怀疑。”[①] 顺顺的儿子也并非借助顺顺的权势在城中立足，而是从小与水手一起在船上充伙计，与他人同甘共苦，在朴素的劳动中学得了一身本事，也养成了父亲一样慷慨的性格，扶危济困，“又和气亲人，不矫情，不浮华，不依势凌人”，因此赢得了小城中人的尊重。

《边城》中的船总顺顺和老船夫两家的家境相去甚远，然而船总顺顺的两个儿子却同时爱上了老船夫的孙女翠翠，二人心中明白，如果娶了翠翠，将来就要代替老船夫守船，过清贫的日子，但他们都义无反顾。当中寨王团总以一座新碾坊作为陪嫁向二老求亲时，二老则明确提出要渡船而不要碾坊。这种不以富贵和清贫作为衡量婚姻标准的做法深刻地体现出湘西人的平等意识和尊重他人的理念。

在沈从文的笔下，即使是深山中迫不得已落草为寇的土匪，他们的身上也存在着至善至美的人性。沈从文的《在别一个国度里》中一个山大王为了求娶心爱的女子，先以打家劫舍相威胁，又以钱财引诱，最后不惜向官兵妥协，被朝廷招安。山大王求亲时礼数周到，女子本来抱着万死的决心嫁给山大王，然而婚后发现山大王对她十分忠诚又温柔。《喽啰》中的山大王和喽啰都十分和气，抢来的财物总是公平分配，反而比当地的官兵更加仁义。这种至善至美的人性的描写在沈从文的湘西系列小说中几乎处处存在，成为沈从文作品中张扬自然人性的重要表现形式。

（三）崇尚个性自由和独立的自然人性

湘西远离历朝历代的政治文化中心，这使湘西人养成了不受传统道德伦常束缚，也不受世俗眼光干扰的价值观。湘西人做事的喜好完全符合人的自然天性，他们形成了崇尚个性自由和独立的自然人性。这一点在湘西人的爱情选择上表现得尤其明显。

《边城》中大老和二老同时爱上翠翠后，两人不吵不闹，而是尊重彼此的恋爱自由，采用公平竞争的方式竞争爱人。

---

① 沈从文．沈从文全集：小说：8［M］．太原：北岳文艺出版社，2009：71.

二、沈从文笔下的异化人性

沈从文在张扬自然人性的同时，对当时都市人异化的人性进行了无情的批判与嘲讽。沈从文认为都市是一个由金钱主宰的世界，在这样的世界中，自然人性迅速被扭曲和畸变，人的灵魂与身体均被都市所侵蚀。都市是一个充满了金钱、权势和情欲的围城堡垒，受商品经济的影响，人类的物质欲望被无限放大，而被这种欲望控制的都市人找不到摆脱的出口，只能被欲望推向堕落的深渊。人类的自然人性在各种膨胀欲望的挤压下走向异化，成为一种异化的人性。都市中的异化人性主要表现在以下两个方面。

（一）人性扭曲

沈从文笔下的都市人沉沦在都市的各种欲望之中，变得世俗、圆滑，使自然人性被扭曲。沈从文的都市系列作品《八骏图》《都市一妇人》《第二个狒狒》《泥涂》《好管闲事的人》《焕乎先生》《岚生同岚生太太》《某夫妇》《绅士的太太》《烟斗》《一个体面的军人》等均表现了这种观点。

《某夫妇》讲述了一对夫妇为了金钱，一起设局骗人的故事，妻子用色相引诱他人，等对方上钩后，丈夫则跳出来敲诈。然而，两人却发生了争执，妻子出于报复心理，故意出轨让丈夫难堪。在这一故事中，沈从文用讽刺的笔触描绘出这对夫妇道德沦丧、唯利是图的丑态。《大小阮》中塑造了两个鲜明的人物形象，大阮是一个极其自私而无聊，只顾自己享乐的利欲熏心之人，精神上十分贫乏。然而，这样的一个小人却爬到了社会的上层。小阮则是一个有着崇高信仰、待人真诚的进步人士，他投身北伐革命，参与南昌起义和广州起义，并主导唐山工人罢工，他虽然在现实中为了革命理想受到多次挫折，但是从不放弃，最终为了革命而牺牲。小阮牺牲后并没有得到人们的赞颂，反而被骂“糊涂”。利欲熏心的大阮则趁机将小阮寄存在他手中的一笔革命经费私吞了。从这个故事中我们可以看出当时都市中真正为人民谋取利益的人不受赞扬，而自私、虚伪的人成为社会上流的异化的人性。

《道德与智慧》讲述了一群留学归来，在大学很受尊重的教授，对国家动乱持事不关己高高挂起的态度。他们对社会上的一切事物指手画脚，却不做出一点对社会真正有用的事。他们在教室中空谈教育与救国，将道理讲得头头是道，却对士兵十分鄙视，将他们的牺牲视为理所当然；在家中谈到士兵时，将他们称为叫花子，并不让儿子接近他们，对儿子长大后当督军的理想嗤之以鼻。与之相反，在某教授家中做女仆的娘姨由于自己的儿子参了军，因此对士兵充满了同情与关心，不仅常常拉着士兵询问他们在部队的日常，了解士兵面临的每一个困境，看到救火的士兵受伤后，还急忙将自己用微薄的薪水养大的公鸡送给陌生的受伤士兵。然而，这一举动成为教授们谈天时集体嘲笑的愚蠢行为。在这篇作品中，沈从文隐喻地指出知识与道德并不等同，教授们拥有丰富的知识，但道德沦丧，对社会失去了热情，极为冷漠、自私。他们的人性与乡下的娘姨相比，明显发生了扭曲和异变。

《一个体面的军人》讲述了一位下级军官，每天打扮得十分体面，看到海报上的新广告后，总是购买一些时髦货物。他虽然官职不大，但派头十足，穿着打扮像都市中人一样入时。一次，他到省城制作了一套华丽的军服与精致的长筒皮鞋，然而由于他的官职太低，与这套精致的军服不相匹配，因此他不敢穿出来。之后，为了虚荣，他还是选择了穿着这套军服到处走动，受到他人的暗中鄙视。在这篇文章中，下级军官对虚名的变态追求的背后隐藏着一个扭曲的人物灵魂。

除了以上作品以外，沈从文的其他作品也对都市中的异化人性进行了突出说明与表现，此处不再一一赘述。

（二）人性堕落

在都市中，除了人的人性扭曲以外，其社会道德观念也逐渐被欲望所吞噬，从而造成人性的堕落。

在《都市一妇人》中，妇人出身高贵，年少时不谙世事，被一个青年科长英俊的外表所欺骗，不顾一切反对与他相爱。然而，青年科长对妇人的爱既不纯粹又不坚定。面对贫困的生活，他毅然找借口离妇人而去。虽然妇人的爱情黯然收场，但她仍然对爱情抱有幻想，受到了养父朋友某总长的引诱，只是这位总长在与妇人发生暧昧关系的同时，却与他人定了亲，

由于妇人与青年科长的荒唐事在前，在一番质询后，养父同意了她嫁给这位总长做姨太太，而妇人一面为了富裕的物质生活，一面又为了自己的爱情心甘情愿地嫁给了这位总长。总长不久后即死去，妇人为了金钱与享乐而成为一名有名的交际花，在此期间，生活毫无节制，因此生了一场大病，她在病好后，就来到一个有名的商镇上，继续之前风流快活的生活。然而，她又牵扯进一件命案，所幸得到审理此案的老上校的同情和保护，做了老上校的外室。老上校为人十分正直、节制，妇人的心也平静下来。在老上校死后妇人即将死去的心在遇到了青年上尉后又迸发出热情。为了青年上尉不再离自己而去，妇人狠心将他的眼睛毒瞎，使青年看不见她老去的容颜。在这个故事中，妇人最初对纯洁爱情的投入显示出她的自然天性，但她慢慢在都市的物质和欲望中沉沦，成为一名交际花，最终又不惜为了自己的欲望而毒害爱人，亲手毁掉爱人的前程。由此可见，都市欲望造成了人性的堕落。

《绅士的太太》中，绅士与绅士太太在空虚的生活中进行着所谓的爱情游戏，然而这种所谓的爱情实质上是出轨的遮羞布。同样是爱情，湘西少男少女选择爱人时，以情歌对唱的方式，注重心灵和志趣的和谐，进而实现灵肉和谐。他们之间的感情是自由的。自由不仅指心灵上的自由，还指身份上的自由，少男少女大多处于青春妙龄，他们之前并没有爱人，因此与人相爱并不损害他人利益。与湘西人的自由恋爱相比，《绅士的太太》中所谓的爱情显得十分虚伪，这反映出都市绅士和绅士太太人性堕落的一面。

三、沈从文笔下的理想人性

沈从文在赞美自然人性的同时，逐渐发现了自然人性自身所存在的一定的局限性，为此沈从文在创作中，开始朝着追求理想人性的目标努力。沈从文认为的理想人性包括两个方面，即有德行的自然人和有德行的社会人。

（一）有德行的自然人

沈从文认为理想人性都是在优美的自然环境中形成的，具有顽强和旺盛的生命力。大自然随着四季变化形成了一幅不朽的生命图景，而在这种伟大的生命图景中成长的自然人会在潜移默化中，成为有德行的自然人。沈从文的创作中体现出许多有德行的自然人。爱情是沈从文作品中的最重要的主题之一。沈从文在湘西系列作品中，通过描写爱情追求自然人性，塑造了一批有德行的自然人的形象。例如，对苗族青年男女的爱情的书写。《媚金·豹子·与那羊》《阿黑小史》《雨后》《夫妇》等这些文章中对健康的自然人性的追求。

例如，《媚金·豹子·与那羊》中，媚金与豹子两人的爱情最终因为误会走向悲剧，但产生悲剧的原因是双方对纯洁爱情的执着。豹子曾向媚金承诺要带着一头纯白色的小山羊到宝石洞中与媚金相会，他认为用一只纯白色的、没有一根杂毛的小山羊换取一个姑娘纯洁的爱情是值得的。当他看到地保家中的小山羊要么太大，要么在白色的毛中夹杂着其他颜色时，认为配不上他和媚金之间纯洁的爱情，所以他跑遍了整个寨子，只为寻找一只适合的、媚金喜欢的小山羊。当他终于找到时，因为小山羊受了伤，只好又返回地保家中寻求医治，最终在地保的再三催促下才匆匆赶到宝石洞。这只小山羊的确赢得了媚金的喜爱，然而媚金却已因伤重濒临死亡。豹子最终没有遵从媚金的离开山洞从此过着隐姓埋名的生活的建议，而是与媚金一起为了纯洁无瑕的爱情而死。这一故事之所以令人唏嘘，是因为男女主人公之间有情有义，在追求爱情的同时，体现出强烈的道德感。沈从文作为作者，他认为的有德行的自然人性可能与现代人不尽相同，但是值得尊重，不能因为个人偏见而否定作者。

除了爱情之外，沈从文笔下有德行的自然人还表现在为人忠厚、重义轻利等方面。例如，《边城》中的老船夫，每当过渡人给钱时，总是生气地追上去还给人家；船总顺顺总是扶危济困，虽然家中钱财不如桐油商赚得多，却在本地树立起极高的威望。又如，《会明》中的老兵会明在部队中当了三十年兵，始终是一个身份卑微的伙夫。他参加过大大小小无数次战争，见惯了血肉横飞的战场，却始终保持着平和的心态。当部队暂时休整时，会明从村中讨得了老母鸡，并费尽心思孵化出一只又一只可爱的小鸡。然而，当别人向他讨要时，他却十分慷慨地送给别人，表现出重义轻利的

美好德行。《参军》描写了一个老参军几次三番前去催促青年士兵出发的场景，老参军的几进几出可以看出他对青年后辈的关心。

（二）有德行的社会人

沈从文在倡导做一个有德行的自然人、提倡自然人性的同时，认为人不能仅满足于活着，还要追求更高的理想，这样才能实现生命的价值和意义。沈从文构建的湘西世界充分张扬着自然人性。然而，沈从文在成长中发现，湘西人在追求自然人性的同时，缺乏对命运的反抗意识。他们默然接受上天强加到自己身上的命运，安于现状，对自己所处的生存状态和生活状态无力改变，而他们自己也不想改变，不需要别人怜悯，更不自怜。

沈从文在参军时亲眼见到身边人死去，他们死时大多没有埋怨、痛苦和不甘，而是平静地接受了这一结果，将生死归结为命运的安排，没有意识到自己才是人生的主宰。沈从文意识到湘西人虽然纯朴善良、自由自在，但是对自己的生命处于一种不自知的状态，没有意识到人生的价值，这一点正是造成湘西世界种种悲剧的根源。沈从文认为自然人性在充分肯定人的自然存在、体现人的个人本性的同时，具有一定的局限性。因此，沈从文提出了以发展的眼光看待自然人性，实现自然人性的升华，从而达到人性与神性的和谐统一的愿望。

沈从文认为这种人性才是完美的理想人性，而对完美的理想人性的追求其实是对人性复归的呐喊。这里的复归不是单纯地回归自然人性，因为沈从文发现自然人性存在自身的缺陷，即缺少理性的自主，所以这种复归是人性的进一步完善，即在保持自然人性的同时促使人性理性觉醒，是对有德行的社会人的追求。[①] 沈从文曾说："应当为现在的别人去设想，为未来的人类去设想，应当如何去思索生活……不能随便马虎过日子，不能委曲过日子了。"[②] 由此可见，有德行的社会人是指在实现自己理想的同时，尽自己最大的力量为社会和人类作贡献。

沈从文在作品《大小阮》《道德与智慧》等文章中，批判都市人性异化

---

① 刘爽．论沈从文的人性论文学观[D].济南：山东师范大学，2015：29.

② 沈从文．沈从文全集：传记：13[M].太原：北岳文艺出版社，2009：241.

的同时，赞美了朝着理想人性努力的人们。《大小阮》中的小阮在上学读书时是一个热血青年，当其他人面对军阀走马灯似的轮换而只能发出感慨和议论时，小阮则决定投身革命，用实际行动推翻军阀统治。小阮经过革命的洗礼后，更加坚定了革命之路，他对大阮每天穿着整齐地出入戏院之类的地方的行为十分不屑，认为这于国于民无益。文中小阮在与大阮的争论中指出："先生，要世界好一点，就得有人跳火坑。"[①] 这句话指出了小阮的理想是让世界变得更好一点，让小阮心中的世界更好一点，就像他对大阮所说的："革命成功后，你就会知道对你是什么意义了。第一件事是没收你名下那三千亩土地，不让你再拿佃户的血汗在都市上胡花，第二件事是要你们这种人去抬轿子，去抹地板，改造你，完全改造你，到那时节看看你还合宜不合宜。这一天就要来的，一定会来的！"[②] 由此可见，小阮的理想是废除特权，建立一个人人依靠劳动平等生活的时代。小阮的这种革命理想就是一种理想人性的体现。《道德与智慧》中来自乡下的娘姨，一边在教授家中做工，一边时刻关注街上的兵士，关心他们，同时帮助他们，这种做法较教授空谈爱国而不付出任何行动的做法高尚数倍，是底层民众在苦难的生活中朝着理想人性努力的结果。

沈从文倡导人们做有德性的社会人，实现生命中人性和神性的统一。他认为，一个人只有爱一切时，才能在生活中发现美。沈从文从理想人性的角度出发，在自己的创作中除了展现生活和生命中真实的美感外，还形成了一种引人向善的力量，以便读者从中看到并理解另一种人生形式的存在，从而对生命产生新的感悟和理解。

第三节　对沈从文人性文学观的反思

沈从文的人性论具有一定的现代特性，既包括其对现代文明的理性反思又带有一定的局限性。本节主要从沈从文作品中对自然人性的反思以及沈从文人性论积极性与局限性两个方面，对沈从文的人性文学观进行反思。

① 沈从文．沈从文全集：小说：8 [M]．太原：北岳文艺出版社，2009：402.

② 沈从文．沈从文全集：小说：8 [M]．太原：北岳文艺出版社，2009：402.

一、对沈从文笔下自然人性的反思

沈从文的湘西系列作品充分体现了沈从文对自然人性的张扬。然而，结合真实的历史看，沈从文作品中反映出来的自然人性具有一定的消极特点。

（一）湘西社会中的宗法制度对人性的摧残

湘西作为三省交界、多民族混杂的地区，清朝时期曾长期爆发各种族群冲突，自清政府在这里推行“改土归流”政策以来，湘西地区，尤其是少数民族地区的宗法关系逐渐被封建宗法制度所取代。封建宗法制度是由政权、族权、神权、夫权组成的。这种封建宗法制度对湘西地区人性的摧残主要表现在以下三个方面。

首先，封建宗法制度是造成湘西童养媳制度的罪魁祸首。童养媳制度是中国封建宗法制度中一种独特的有损人性的制度。这种制度造成了湘西社会家庭关系的畸形。例如，《萧萧》中的萧萧就是一个童养媳，萧萧从小没有父母，跟随伯父长大，12 岁时伯父将她嫁给一户人家做童养媳。此时萧萧的丈夫只有 3 岁，还是一个“拳头大的孩子”。萧萧每天除了帮助婆婆打理家务，还要照看丈夫，萧萧与丈夫之间相差 9 岁，这种结合本身就是不合理的，是与自然人性相冲突的。但在湘西，为儿子找一个大几岁的童养媳以帮助家中做家务是当地人的普遍认知，因此他们并不认为萧萧的婚姻是不合理的。萧萧 15 岁情窦初开之时，她的丈夫还只是一个 6 岁的小孩子。丈夫与妻子之间的年龄不相称引起了家中长工花狗的注意。花狗开始故意对着情窦初开的萧萧唱情歌，引诱萧萧。而萧萧被花狗趁机欺负并怀有身孕后，又惨遭抛弃，从而造成了萧萧的生命悲剧。因为伯父不忍心以及萧萧生下了儿子，萧萧的命运并没有受到太大的影响。但更加可悲的是，萧萧自己是童养媳制度的受害者，她的儿子长大后，萧萧却依然按照当地的习俗，为儿子娶了一个大他许多岁的姑娘，又开始上演新一轮的家庭悲剧。这种愚昧而不自知的行为，为湘西人的自然天性蒙上了一层浓厚的阴影。

又如，《一个女人》中的三翠也是湘西的一个童养媳，从小在打骂中长大，与牲畜住在一起，每天从事繁重的家务，伺候公爹和丈夫吃完饭后，自己才能吃饭。然而，人人都夸她有个好丈夫。她 13 岁嫁给丈夫，比丈夫小 5 岁，15 岁圆房后的第二年就生下了儿子，18 岁时公爹死了，丈夫当兵走了，三翠只好带着儿子一起照顾养母。三翠的命运十分坎坷，直到她的儿子娶了媳妇，丈夫也没有回来。然而，三翠却并不埋怨命运，而是以一种逆来顺受的态度接受命运的安排，从未想过反抗，活在他人的交口称赞之中。三翠的一生可怜可悲不自知，张扬自然天性，同时被自然天性所束缚。

其次，封建宗法制度是造成湘西畸形夫妻关系的罪魁祸首。正常的家庭模式是一夫一妻制，从夫妻关系上看，两者属于一种平等关系，他们共同建设家庭。然而，在湘西一些地区，因为生活贫困，为了生存，在结婚后、没有生孩子之前，丈夫就把妻子送到城里的花船上，让妻子补贴家用。《丈夫》就讲述了这样一个故事："一个不亟亟于生养孩子的妇人，到了城市，能够每月把从城市里两个晚上所得的钱，送给那留在乡下诚实耐劳种田为生的丈夫处去，在那方面就可以过了好日子，名分不失，利益存在，所以许多年青的丈夫，在娶妻以后，把妻送出来，自己留在家中耕田种地安分过日子，也竟是极其平常的事。"[①] 由此可见，在湘西，为了钱财把妻子送到城里花船上的事情是十分常见的。这种事情对女性身心的损害十分严重，但女性所遭遇的身心摧残被人们有意识地忽视了。

这类行为由于太多，逐渐演变成了一门生意。谁家刚娶的媳妇到城里赚钱时，就跟随家中的一个亲戚一起，而丈夫逢年过节时即可到花船上见妻子，就像出远门看望妻子一样，丝毫不以为耻。妻子虽然在花船上却时刻关心着家中一切，如钱有没有得到，小猪养得好不好，由此可见她对家中的挂念。丈夫初始见到妇人的穿着打扮时，吃惊得像看到城里的奶奶，听到妻子问家中的一切后，知道妻子心中仍然记挂着家里，丈夫仍然是家里的男主人，于是才放下心来，胆子变大，摆起丈夫的架子，还准备让妻子尽夫妻之间的义务。然而，在一次次看到妻子的无奈、被欺辱，以及自己作为丈夫的权利被侵犯后，丈夫终于忍无可忍带妻子回到了乡下。从

① 沈从文．沈从文全集：小说：9 [M]．太原：北岳文艺出版社，2009：48.

《丈夫》中可以看出，将妻子送到花船上是丈夫的主意，而从未问过妻子是否愿意，妻子时刻惦记着家里的行为表明妻子是不愿意的。然而，迫于无奈，妻子必须硬着头皮做下去。丈夫刚开始看到妻子挣钱时，居然升起一种欢喜的心情。丈夫只想妻子在外几年挣了钱，家里的日子好过了，妻子再给他生个儿子，丝毫没考虑这件事给妻子带来的伤害。沈从文在文章中明确指出了这件事带给妻子的伤害："她们从乡下来，从那些种田挖园的人家，离了乡村，离了石磨同小牛，离了那年青而强健的丈夫，跟随到一个熟人，就来到这船上做生意了。做了生意，慢慢地变成为城市里人，慢慢地与乡村离远，慢慢地学会了一些只有城市里才需要的恶德，于是这妇人就毁了。但那毁，是慢慢的，因为需要一些日子，所以谁也不去注意了。"① 这种夫妻关系是一种畸形的关系。

最后，封建宗法制度是造成湘西迫害生命或损害尊严的罪魁祸首。封建宗法礼教对自然人性的忽视与违背导致一些家庭悲剧的发生。然而，这种悲剧发生后，封建宗法制度又擎起道德的大旗，大肆迫害生命。例如，《萧萧》中萧萧作为一个童养媳，被花狗欺骗又抛弃后，由于肚子大起来，被发现了，于是萧萧面临着两个选择：要么被沉潭，要么被发卖。萧萧的伯父不忍心将萧萧沉潭，所以萧萧丈夫的家中想将萧萧发卖以得一笔钱财作为补偿。萧萧是幸运的，因为一时没有人买，也因为她生下了儿子，于是就不再被发卖，日子又回到了以前的轨道里。

《巧秀和冬生》中巧秀妈在巧秀不及两岁大时，丈夫就死了，那时巧秀妈才 23 岁，正是青春健康之时，不仅要守护巧秀，守护丈夫留下来的七亩山田，还要应对道貌岸然的族长的骚扰。然而，年轻的巧秀妈终归不甘心就此度过一生，于是悄悄和一个黄罗寨打虎匠相好。这件事被族中人知道后，有人为了谋夺巧秀家的那片田产，有人出于嫉妒，将他们捉起来公开审判。众人原本只打算将他们二人打一顿，再将巧秀妈远远地发卖。然而，族长狠心地提出将打虎匠的双脚捶断，再将他送回黄罗寨中。巧秀妈却提出她愿意放弃田产和女儿，一起跟到黄罗寨。这下子惹怒了族长。族长因为曾经多次调戏巧秀妈而被巧秀妈拒绝和大骂，怀恨在心，既嫉妒，又害

① 沈从文．沈从文全集：小说：9 [M]．太原：北岳文艺出版社，2009：48.

怕巧秀妈揭发他的罪行，因此建议将巧秀妈沉潭。巧秀妈被剥光了衣服绑在小石磨上沉了潭。这种残忍的制度不仅严重侵犯了巧秀妈的尊严，还践踏了巧秀妈的人性。从这些作品看，封建宗法制度是残害身心、扭曲人性以及败坏道德的罪恶之源。

（二）湘西社会中的封建文化对人性的摧残

封建文化是湘西社会中摧残人性的另一主要因素，湘西社会受封建礼教的束缚主要表现在三个方面。

首先，封建文化充当了湘西地区杀人越货的工具。湘西地处多民族混杂居住区，历史上苗族曾多次起义，而每当苗族起义被镇压后，清政府在封建统治制度下必杀一批乡民。沈从文所在的凤凰小城中即有一个刑场。沈从文童年逃学时常常到刑场上看头一天杀完人后留下来的尸体，9 岁时也曾目睹清政府疯狂地砍杀革命者。后来，沈从文到部队后，经常跟随湘军外出剿匪，因此他十分熟悉湘西地区的杀人者将人命当儿戏的行为。在沈从文的文章中，湘西的杀人者将杀人视为一种趣味游戏，每当无事可做时，他们就会到乡下随便抓人，并胡乱拷问，逼迫他们承认莫须有的罪名后，就将人杀掉。而在地方上，一些当地有势力的人嫉恨某些乡民时，也可借助湘军之手，随便给乡民安上一个土匪的罪名，将其杀掉。沈从文在文中曾记载，在湘西的街上常常可以看到几个湘军走过，后面跟着一个小孩，用筐挑着被砍杀的父兄的头。

沈从文在《哨兵》《新与旧》等作品中均对这一事实进行了说明。《新与旧》中的主人公杨金标曾是前清刽子手。他幻想自己可以因为杀人得到更高职位。杨金标在封建统治者的眼中是一位忠实执行命令的、听话的刽子手。在杨金标看来，杀人等同于官府办案，而官府办案按照规矩是不能发问的，因此他虽然奉命杀了一个又一个犯人，但仍然对于杀人含含糊糊、稀里糊涂。每次杀人后，他都会虔诚地跪在神佛像前祈祷，却又不知为何祈祷。数十年来，杨金标就站在刑场上，用他的独门绝技在看客的叫好声中砍头杀人。或许他的身上仍有湘西人质朴的人性。然而，这种质朴的人性和满身绝技没有用来为社会服务，而是充当了封建统治者杀人越货的工

具。辛亥革命后，杨金标被发配去看大门，忽然有一天新政府让杨金标去杀人，杨金标到了法场后问都不问就将两个犯人砍了头，然后照规矩前往城隍庙给神佛磕头。然而，他因为手持血淋淋的大砍刀而被误认为疯子，被抓起来枪毙。最后杀了一辈子人的杨金标就这么死去了。而他到死仍然不明白为什么杀人。这一切均是封建文化的束缚所造成的。

其次，封建文化使众人充当了麻木不仁的看客。封建文化将人变成麻木的看客这一现象曾被多位作家描写过。例如，鲁迅曾在《狂人日记》《记念刘和珍君》等文章中对中国人在封建文化的影响下变成麻木看客的现象进行了深刻的讽刺。沈从文在文章中将这一现象作为湘西自然人性被摧残的重要原因。沈从文在《黄昏》和《巧秀和冬生》中都对封建文化造成的麻木不仁的看客现象进行了深刻揭露。《黄昏》讲述了湘西一座监狱的故事，这座监狱旁边住了许多穷人，大人们每天忙于生活，每次处决犯人时，附近的小孩子都会跑去看杀人。沈从文在文中这样描述杀人的场景："大伙儿到了应当到的地点，展开了一个圈子，留出必需够用的一点空地，兵士们把枪从肩上取下，装上了一排子弹，假作向外预备放的姿势，以为因此一来就不会使犯人逃掉，也不至于为人劫法场，看的人就在较远处围成了一个大圈儿。一切布置妥当后，刽子手从人丛中走出，把刀藏在身背后，走近犯人身边去，很友谊似的拍拍那乡下人的颈项，故意装成从容不迫的神气，同那业已半死的人嘱咐了几句话，口中一面说'不忙，不忙'，随即嚓地一下，那个无辜的头颅，就远远地飞去，发出沉闷而钝重的声音坠到地下了，颈部的血就同小喷泉一样射了出来，身子随即也软软地倒下去，呐喊声起于四隅，犯人同刽子手同样地被人当作英雄看待了。"①

除了《黄昏》外，《巧秀和冬生》在揭示封建宗法制度的罪恶时，在围观的人群中，有个大婶同情巧秀与巧秀妈，想让孩子最后吃一口母亲的奶，也让做母亲的好好与孩子作别。然而，族长看到后，立刻将大婶骂退。围观的人们面对族长这种毫不讲人伦道德的行为，谁都不愿或不敢出声，只做一个沉默的看客。最终，巧秀妈沉潭前只有一个人问她还有没有愿望，其他人大多躲得远远的。这种封建文化笼罩下的阴影，宗族之中的封建大

① 沈从文．沈从文全集：小说：7 [M]．太原：北岳文艺出版社，2009：423.

家长形成的威望，既是造成当地悲剧的根本原因，又是无视他人苦难，造成人性悲剧和泯灭人性的根本原因。《巧秀和冬生》中的普通大众，他们生活麻木，对巧秀妈的处境不仅没有同情，还加以指责，他们将自己的快乐建立在他人的痛苦上，对与自身不相关的事情，全部采取不管不问、高高挂起的方式，明知巧秀妈的迫不得已与无辜，却集体以一种围观的方式参与了杀人。

最后，封建文化使人们对生命处于一种无意识的状态。湘西的人们长期生活在封建文化的束缚下，这使他们相信命运，他们仿佛与自然融合在一起，像湘西境内的山水树木等不可挪动的事物一样，从容地接受命运的馈赠。例如，在沈从文的作品中，许多被官兵或土匪抓住的人们，面对最终走向死亡的命运，他们却无一反抗，坦然接受既定的命运。他们把自己的命运交给他人主宰，有权处置他们的湘军、官府、衙门或宗族族长等则将他们的命运视为游戏。官府或湘军经常随意抓人，在审判时施以刑罚，逼乡民承认并不存在的罪行，然后将乡民拖出去斩首或枪毙，又或是通过占卜决定罪犯的命运归属，将湘西乡民的命运视为儿戏一般。《巧秀和冬生》中，巧秀妈追求自己的幸福被族人发现后，族人出于各种企图，决定将巧秀妈沉潭。然而，巧秀妈对自己的命运是一种全然接受的状态，她手握族长调戏自己的证据，随时都可抛出去，但她并没有拿这些证据为自己和巧秀争取一个好的结局，而是任由族长将自己置于死地，临死前还嘱咐巧秀长大后不要记仇。《萧萧》中萧萧成长的年代是一个女学生纷纷参加学生运动的时代。女学生通过自己的行动，为自己和中国人争取更好的未来。萧萧既看过女学生，又多次听他人讲过学生的故事。萧萧因与花狗偷情而怀孕后，曾约花狗一起逃走，然而花狗独自逃走后，萧萧却迟迟不肯动身，而是任由别人发现后，随意支配自己的命运。而她自己在儿子长大后，仍然给儿子娶了大几岁的童养媳，继续着像她一样的悲凉的人生。这些均是在封建文化的长期影响下，人们形成的盲从与敬畏心理所造成的。这一点也造成了湘西自然人性的蒙昧。

二、沈从文人性论的积极意义

沈从文人性论具有一定的积极意义。沈从文的创作开始于其来到北京时，从湘西乡下走进都市后，沈从文凭借敏锐的观察力，发现都市中的人性与湘西乡下人的人性之间的巨大差异。他创作湘西系列作品，既是对湘西美的纪念，又是对都市文明对人性的异化的一种积极反思。沈从文的这种反思带有极强的对现代文明的理性反思的特质。

（一）沈从文人性论对现代文明的理性反思

现代文明与传统文明相比，不但创造了丰富的物质财富，而且其所带来的精神文明将人们从传统的束缚中解脱出来，社会进步让人们生活更加便利，对未来充满了无限遐想和美好期待。然而，商品经济的发展在为社会创造了丰富的物质财富的同时，在一定程度上瓦解着人们的精神意志。中国在强大的外来压力下迅速从封建社会进入现代文明社会，现代文明作为一种全新的社会生活方式，需要打破旧有的社会秩序，并在其上建立全新的社会秩序。而在中国，旧有的道德体系被打破后，适应现代文明的新的道德体系并没有被迅速建立起来，由此导致现代文明出现了种种弊端。

在中国现代文学史上，沈从文是较早对现代文明进行反思的作家之一。沈从文一生创作了八十多部文学作品。20 世纪 20 年代，沈从文出版了《鸭子》《蜜柑》《入伍后》《好管闲事的人》《老实人》《阿丽思中国游记》《篁君日记》《山鬼》《雨后及其他》《长夏》《不死日记》《呆官日记》《男子须知》《十四夜间》《神巫之爱》等小说、戏剧合集。在这些作品集中，沈从文在对湘西的自然人性进行张扬的同时，着重对都市现代文明的发展进行了反思。沈从文对现代文明的反思大体可以分为两个阶段。

第一个阶段以乡村自然人性为参照，对现代都市人性的异化进行反思，以此揭露现代文明的弊端。这一时期的作品主要为沈从文在 20 世纪 20 年代创作的都市生活作品，从内容上看又可分为两大类型。一种类型是带有明显自传色彩的作品。沈从文 1922 年来到北京之后，发现了自己无论是在人文知识方面，还是在精神思想方面，抑或物质方面都与都市人有较大的差距。沈从文离开湘西北上时，是怀着寻找人生的新活法的理想，怀抱着无数对未来的期待而来的。然而，来到北京这一文化古都后，沈从文一方面感受到了北京这座拥有着丰富人文古迹的文明之都的厚重，另一方面则是无比自卑。沈从文离开湘西来北京时并非没有做准备，而是有备而来。他起初的想法是在北京读几年书，离开湘军时，沈从文向其上司说了自己的打算，得到了上司的肯定与支持，并承诺会供给沈从文在北京的学费。然而，沈从文来到北京后却一直没有得到他的资助。于是，沈从文身无分文地在北京城住了下来。沈从文在湘西时幻想的来到北京后的生活被全盘打乱。他并没有像预期的那样，进入大学进行深造，实际上，沈从文只有高小文化水平，他连大学预科的入门考试都没有通过。沈从文因此备受打击。另外，由于预期的资助迟迟不到，沈从文在北京的生活变得举步维艰。他住到了北京专门为湘西人修建的会馆里，住宿费可以省下，但吃饭、取暖等都成了问题。迫于生活压力以及理想不能实现，沈从文开始自学写作。在此期间，沈从文像那个时代的所有怀揣理想的青年一样，给当时社会上的成名作家写求助信。郁达夫作为当时社会上广受青年人喜爱的作家，收到了沈从文的求助信。之后，郁达夫便来到沈从文的住所看望他，而在沈从文和郁达夫的自传或文章中都提到了这次重要会面。从后来他们的描述中均可看出沈从文当时的窘迫境况。这一时期，沈从文创作的《棉鞋》《绝食以后》《用A字记录下来的事》《篁君日记》《生存》等作品大多属于缺少人间温暖的孤独者的人生感慨。另一种类型则是对都市的异化现象进行揭露和讽刺的作品。沈从文来到都市后，由于立场不同，观察视角不同，因此从许多都市人司空见惯的现象中发现了都市人自私、虚伪、做作等人性的异化的一面。例如，《第二个狒狒》《岚生同岚生太太》《或人的家庭》《十四夜间》等作品。20世纪20年代末期，沈从文又创作了《烟斗》《焕乎先生》《某夫妇》等具有深刻讽刺特点的都市小说。这一时期，沈从文还创作了一系列张扬湘西世界自然人性的作品。

从总体上看，这一时期沈从文对湘西和北京、上海等大都市的文化进行对比后，从中感受到了现代文明强大的破坏性和摧毁性，因此对现代文明中出现的人性异化等现象进行了理性的批判。

第二阶段是进入20世纪三四十年代后，沈从文的创作进入成熟期。这

一时期沈从文陆续创作了《虎雏》《都市一妇人》《八骏图》《一个女剧员的生活》《来客》《如蕤》《生》《失业》《顾问官》《王谢子弟》《大小阮》，以及《边城》《萧萧》《长河》《凤子》等代表作品。沈从文开始从单纯地批判现代文明的角度，对中华民族的未来发展趋势进行审视，从其独有的文化视角剖析了都市文化，在指出都市文化对人性进行异化的同时，指出都市文化的进步性，在复杂的现实世界试图建立一种完善的人生价值体系。从沈从文的作品所表现的主题审视，无论是沈从文对现代文明导致的人性异化现象的讽刺与批判主题，还是从社会现代文明的发展对现代文明进行更加深刻的反思主题，沈从文的作品中均表现出浓厚的现代文明的理性色彩。

（二）沈从文作品中对人道主义关怀的张扬

人道主义原指人道精神，其内容包括关怀人的精神世界、宽容人的发展，以及对那些纯粹属于人和人性品质的发展，人的生存尊严、个性发展，人性自由的重视。人道主义产生于现代社会。

沈从文文学作品中体现出来的人性论从某种意义上看是一种具有现代特色的人道主义关怀。沈从文作品中体现出来的人性论并不是针对某一类特定的人群，而是针对全中国，甚至全人类。从倡导方式上看，沈从文作品中的人性论不是居高临下的施舍和同情，而是倡导人人自爱、人人拥有独立的人格。沈从文的作品不同于同时代其他作家的作品，他的作品与人们的生活很近，不是以高高在上的视角审视生活在人世间的芸芸众生，而是仿佛身临其境地描绘他们的生活。沈从文将每个人都作为独立存在的个体，这个人无论是都市中的上流绅士，还是湘西沅水上一条小船上的水手；无论是高级知识分子与大学教授，还是家里做饭打扫的娘姨；无论是拥有神一样的完美性格的白耳族王子，还是战场上一个不起眼的老兵……沈从文都与他们一起经历生活中的痛苦与欢乐，分享他们的情感，在体现他们善良纯朴的自然天性的同时，呈现他们在生活中愚昧的一面，却并不对此进行表态，只是让读者自己去理解。沈从文理性地对待作品中的每一个人物，充分表现出他的人道主义关怀。

另外，沈从文在作品中对生活中所发生的一切事件均表现出明确的爱憎态度，以此显示其对生命的尊重和真诚，而这一点是以个人主义的完善和人道主义情怀为基础的。沈从文的作品常常在平实的语言中表现出其鲜明的爱憎观点。例如，沈从文在《边城》中处处体现其观点：“一个对于诗歌图画稍有兴味的旅客，在这小河中，蜷伏于一只小船上，作三十天的旅行，必不至于感到厌烦，正因为处处有奇迹，自然的大胆处与精巧处，无一处不使人神往倾心。”“这些人既重义轻利，又能守信自约，即便是娼妓，也常常较之讲道德知羞耻的城市中人还更可信任。”“凡帮助人远离患难，便是入火，人到八十岁，也还是成为这个人一种不可逃避的责任！”[①] 从这些语言中可以看出，沈从文对湘西人生活中所表现出的自然天性的不吝赞美之情。又如，沈从文在《会明》中塑造了一个数十年来在伙夫位置上工作的老兵，别人在他这个年纪已取得了不小的军功，然而伙夫却没有远大的理想，又没有远大的抱负，甚至在战火纷飞的战争中活下来或者死去都不去多想。只要活着就平和地做好每一顿饭。他的理想十分简单，也十分单纯，就是当战争结束后，自由自在地养一群小鸡。这个愿望是简单的，也是似乎触手可及的，从中可以看出伙夫平和的心境和心态。作者并没有嘲笑这一理想，而是对这一简单的理想进行了张扬，在一种充满了诗意的氛围中，让人们感受到生活的不易和艰辛，并尊重每一个个体在大时代背景下自主选择自己的生活方式。这一点正体现出人道主义精神。

除了以上几点外，沈从文作品中的人性论还强调人性包括自然和社会两种特质，与其相对应的情感则包括情感和理性双重内容。沈从文在作品中既追求人的自然人性，即人的自然欲求和生理本能的合理性存在，又强调注重人的社会人性。自然人性强调遵从人出于各种生理或心理的自然追求，或自然欲望，不对这些追求和欲望进行压制，而是肯定和张扬这种欲求。然而，如果只一味追求人的自然欲望，而不注重人的社会性特点，则将人等同于动物，从而易使人的心灵产生扭曲，使人异化为都市中道貌岸然的伪君子。人的社会性则是指有德行的社会人。沈从文在作品中大量描写民俗风情，大量记叙平凡的人和事，并希望通过这些文章记录下湘西世界的浪漫，实现文学载道的重要功能，使文学的独立价值和审美地位得以

① 沈从文．沈从文全集：小说：8［M］．太原：北岳文艺出版社，2009：67，70，75.

彰显。

综上所述，沈从文作品中的人性观体现出人道主义精神，并对现代都市文明进行了深刻反思，具有深刻的现代性特征和意义。

三、沈从文人性论的局限性

任何事物都不是绝对的，而是呈现出两面性。我们在肯定沈从文作品中的人性论的同时应看出，沈从文的人性论在具有一定积极意义的同时，存在一定的局限性。

沈从文作品中人性论的局限性主要表现在以下三个方面。

首先，沈从文对文学独立性的过于坚持。沈从文创作高峰时期，中国社会正处于动乱时期，中国现代作家群体由于政治主张不同，文学创作观念不同，因此被划分为不同派别。尤其是 20 世纪 30 年代，中国现代文学领域爆发了多次文学和思想争鸣。沈从文强调文学的个性独立性，认为文学不能与任何政治或商业因素联系在一起，因此他拒绝加入任何一个流派。这种在文学主张上的坚持最终导致沈从文与其最好的朋友胡也频和丁玲的分道扬镳。在那个混乱的年代，沈从文的这种坚持导致其后期陷入对抽象生命的追求状态中，其文学创作与社会现实和时代要求脱节，削弱了文学的真实性。另外，沈从文拒绝加入任何文学团体，并坚持反对将文学与政治或商业联系起来的做法，这使沈从文陷入自己的世界中，无法认识到政治革命发生的历史原因，也无法理解政治革命的发展方向。因而，沈从文错误地将文艺使命与政治使命对立起来，单纯地追求一种纯粹的艺术美，而忽略了文学的社会价值和现实意义。沈从文这种对文学独立性的坚持导致其后期创作中人性论也朝着虚无的理想状态发展。

其次，沈从文在文学创作方面对经验主义过分看重。沈从文的创作，无论是都市系列作品，还是湘西系列作品，均是建立在沈从文个体生命体验的基础之上的。沈从文这种文学创作的方式决定了其对人性的分析过于依赖其个体经验。无论是对都市人性的异化的分析与揭露，还是对湘西自然人性的张扬，以及对理想人性的追求均是如此。然而，人性的复杂程度远远超出单一的个体经验的范围。这就决定了沈从文不能从宏观角度把握复杂的人性论内容。沈从文热爱自己的故乡，热爱故乡的山水与草木，热爱他走过的每一个地方。也正是由于这份热爱，沈从文在创作中构建了湘西世界理想国。他的作品几乎都围绕湘西世界展开，即使是都市系列作品，也与湘西世界相对照而产生。对沈从文来说，湘西是人性存在的一种特殊形式，沈从文这种将眼光局限于湘西世界的行为使他免不了陷入一种深深的偏执之中，而无法跳出湘西世界到更广阔的空间中对人性的复杂性进行观察。

最后，沈从文的人性论带有浓厚的理想主义色彩。受湘西世界的影响，沈从文所持有的人性论带有浓厚的理想主义色彩。五四运动时期，我国作家倡导人道主义和个性主义思想，在进行具体的文学创作实践中，出现了个性主义与人道主义激烈的思想斗争。沈从文从具有独特地域文化的湘西世界来到崇尚商品经济的现代都市，处于湘西地域文化与都市文化的相互影响中，这两种不同文化相互冲突，使沈从文不可避免地陷入这种矛盾的旋涡中。沈从文向往独立和自由的个性，在坚持人道主义立场或原则中，如果任何一方发挥到极致，都会形成一种偏执。而沈从文过于坚持理想的人性论，这使其人性论朝着抽象以及虚无的方向发展。

综上所述，沈从文作品中的人性论带有一定的局限性，但这种局限性不足以否认或抹杀沈从文作品中人性论的积极方面。因此，我们在对沈从文的人性论进行分析时，应从正、反两方面展开。

第六章　沈从文作品中的人物形象及其人性表达

沈从文的作品以湘西世界为原型，构建了一系列人物形象，这些人物形象寄托了沈从文的人性表达和人性态度。本章主要从沈从文作品的人性表现、女性形象及其人性表达、男性形象及其人性表达对其作品中的人物形象以及人性表达进行详细分析。

第一节　沈从文作品中的人性表现

沈从文是乡村世界的主要表现者和反思者。沈从文文学成就中最高的当属以湘西为题材的诗化小说，这些作品以平淡恬静的风格、清新幽默的笔调、富有象征性的意象与内涵，描绘了荒僻而富有传奇色彩的湘西边城，反映了以自然和谐为底蕴而不悖乎人性的人生形式。沈从文在一系列湘西小说中为读者建造了一个自然、优美、健康、艺术的湘西世界，这个世界充满了和平、静谧，使人深深地感受到自然美、风俗美和人性美。

与废名以风景为叙事中心流露出孤芳自赏、不食人间烟火的隐逸抒情诗化小说相比，沈从文的抒情诗化小说不仅执着于造化和生命，将人事很好地结合起来，保持着叙事的完整性，还在抒情内涵上体现出情系乡下人的创作理念。不同的抒情内涵形成了不同的抒情形式。废名小说主要使用接近律诗的方法写小说，沈从文则注重以诗抒情形成自由体诗化小说。本节主要从对自然人性的礼赞、对完美人性的追求和对底层人民的悲悯三个方面体现沈从文作品中的人性论。

一、沈从文作品中对自然人性的礼赞

沈从文一生都致力弘扬人性的美好，鞭挞人性的异化，揭露人性的复杂性。其中，对自然人性的礼赞是沈从文作品中最重要的主题之一。

（一）沈从文作品中爱情抉择中的自然人性

在沈从文的作品中，湘西男女对爱情的追求是一种纯粹的自然天性，而这种自然天性在面临抉择或选择时，更能体现出湘西人对纯粹的爱情的渴求与向往，也更能反映湘西人自然、率真的天性。沈从文的作品中除了歌颂少男少女的爱情外，还描写了处于抉择与矛盾中的爱情。例如，《爱欲》《旅店》中年轻寡妇或有夫之妇的爱情抉择。

沈从文的作品《爱欲》讲述了三位女性的爱情抉择故事，其中“被刖刑者的爱”“弹筝者的爱”两个故事中女性对爱情的抉择很能体现作者对自然人性的礼赞。“被刖刑者的爱”中的两位女性，一位女性为了能让自己的丈夫顺利走出沙漠，情愿自尽。而活下来的女性当初之所以不愿去死，是因为深爱着自己的丈夫，并声称如果丈夫死去，那么她绝不独活。这位女性对爱情的忠贞在她与丈夫遇见一位被刖刑者之后发生了改变。虽然这位女性深爱着自己的丈夫，但是丈夫只关心国家大事，从不关注她的感情，使她受到了冷落。他们遇到被刖刑者之后，由于每天推着被刖刑者赶路，免不了与之交谈，久而久之，那个深爱丈夫、愿意与丈夫一同赴死的女性最终抛弃了自己的丈夫，与被刖刑者一同开始了流浪的生活。然而，被女子弃去的丈夫并没有死，之后又在一座颇为文明的城市中做了总督。不久，

这位异常美丽的女子推着被刖刑者来到了这座城市，并过着四处乞讨的生活。总督将两人捉来，并让自己曾经的妻子再次在自己和被刖刑者之间作出选择。然而，这位女子宁愿跟随既丢失了双脚，又丢失了一只手的丑陋的男人乞讨为生，也不愿回到总督身边。沈从文通过一个带有奇幻色彩的故事，用女子不同寻常的对爱情的抉择对女子的自然人性进行了礼赞。沈从文在文中指出女子这样做的原因："她能选择，按照'自然'法则的意见去选择，毫不含糊，毫不畏缩。她像一个真正的人，因为她有'人的本性'。"① 这里所说的人的本性即女子遵从内心深处对爱情的追求进行抉择，面对已成为总督，既有权势、地位又有金钱的丈夫，女子仍然选择相貌丑陋的乞丐，而并非见钱眼开，为了钱财、地位舍弃爱情，由此可以看出湘西女性的至善至美的自然人性。

《巧秀和冬生》中巧秀的母亲在巧秀父亲死后艰难地养育着巧秀。在此期间，族人要么打巧秀母亲的主意，想要趁机骚扰巧秀母亲，如族长；要么打巧秀家田产的主意。从这里可以看出湘西一些宗族中各人心思之坏，而这些全都与自然人性相违背。巧秀的母亲与打兽匠相恋，是她自己发自内心深处的选择，也是遵从自然人性的选择。后来，当他们被族人抓住，打兽匠被折断双脚后，巧秀母亲对打兽匠的爱情仍然不变，甚至愿意放弃田产和巧秀，跟随打兽匠到黄罗寨生活。当巧秀母亲最终因此被处死时，她也绝口不提一句放弃爱情的话，情愿为了自己的爱情而被羞辱、被沉潭。正因为巧秀母亲的这种对爱情的执着，打动了围观的人们，也使执意处死巧秀母亲的族长为此而心怀愧疚，并终于在巧秀母亲死后三年在祠堂中自尽而亡。巧秀母亲这种对自然天性的追求与封建礼教、封建宗族对自然人性的压制形成对比，更突出了作者对自然人性的礼赞。

（二）沈从文作品中对自然人性的挽留

沈从文笔下无论是湘西人，还是故事中的其他异乡人，无论是妻子还是寡妇都能勇敢地跟随自己的心，甚至以生命为代价追求自己的幸福。她们活得真诚而纯粹，自然而真实。这种展现自然天性的爱情与都市中人的

① 沈从文．沈从文全集：小说：9［M］．太原：北岳文艺出版社，2009：277.

遮遮掩掩或游戏人生的爱情形成了鲜明对比。都市文明对乡下纯朴而又义无反顾的爱进行了异化，并失去了对自然人生的热情。

在沈从文的笔下，外界都市的文明逐渐随着社会变化而渗透到湘西这片土地里。而在都市文明的侵蚀下，湘西世界中原有的、至善至美的自然人性也出现了消解的迹象，沈从文意识到了这一点后，对自然人性的消解进行了挽留。例如，《三三》中，三三与母亲生活在乡下，靠一座碾坊生活，虽然三三的父亲早早死去，但两人的生活还过得去，乡下的日子宁静而又有规律，三三仿佛会一直这样过下去，长大后用碾坊作为陪嫁，招上门女婿，然后像母亲一样，一辈子守着碾坊把日子过下去。可是，这样宁静的日子被城里来养病的少爷打破了。因为城里少爷的到来，三三开始对城市生活展开想象，并对城市的一切进行讨论，又常常做关于进城的梦。两人开始想象可以在城里找到属于自己的幸福，并对城里的生活充满了无限的憧憬与希望。在三三和母亲的心中，城里的生活无限美好，这美好超越了乡间的一切。她们对待来到家里的城里的客人极尽热情。而三三在母亲喊她回家时，也开始将“三三不回来了，三三永不回来了”的话当作口头语。从这里可以看出，城里人的到来打破了乡下人宁静的生活。他们开始向往外面的世界，想走进城里过好日子。虽然故事的结局是因为城里少爷的意外去世，三三和母亲进城的愿望被打破，两人匆匆忙忙回到碾坊，开始照以往的习惯过日子，但是这件事在三三的心中势必会留下深刻的印象，而进城的梦也许还会一直做下去。当进城的机会再次出现时，三三这样的乡下人还会再次面临进城还是留在乡下的选择。在这个故事中，母女俩对城里的事物、城里的梦以及为什么到城里等进行了讨论，当三三问母亲为什么她们要到城里去时，母亲急忙告诉三三：“你不去城里，我也不去城里。城里天生是为城里人预备的，我们有我们的碾坊，自然不会离开。”尽管如此，三三和母亲在同城里来的少爷和看护的交往中还是对城市产生了极为强烈的好奇，并屡次斩钉截铁地说一定要到城里去。从母女俩的对话中可以看出城市文明对湘西乡村所产生的影响。三三作为湘西青年的代表，她与母亲这样老一辈的乡村人不同，希望寻找到一种全新的、不一样的人生，不愿重复母亲走过的道路。而青年人的这种思想变化是无法阻止

的。文中三三和母亲以及所有纯朴的乡下人身上的自然人性仍然体现得十分明显。与此同时，作者看到并感受到了乡村人的自然人性在城市文明的渗透与影响下的变化，并在文中表现出对自然人性的挽留。

《虎雏》以第一人称讲述了“我”向六弟讨要一个名叫“虎雏”的勤务兵，并用现代科学知识培养他的故事。起初，“我”的教育的确取得了一些成果，然而最后虎雏还是逃离了文明的社会，杀了人，当了逃犯，重新回到“野蛮”的文明去了。在这个故事里，沈从文对人性观进行了反思，并开始意识到自然人性并不是完美的，而都市中的人性又存在着异化，文中充满了对自然人性的挽留以及对人性的未来发展的探索。

二、沈从文作品中对完美人性的追求

湘西世界中的人是至善至美的，是质朴无瑕的，但建立在此基础之上的自然人性并非完美的，而是充满缺憾的。

《边城》中翠翠与二老的爱情是纯粹的、无瑕的，如同小城的溪水一般清澈见底。然而，在翠翠与二老以及大老的爱情中，大老和二老一直在主动采取行动。大老爱上了翠翠后，先是亲自向老船夫探口风，见老船夫没有反对，就又委托媒人杨马兵向老船夫委婉地提亲，接着按照老船夫所提的两种方法选择了“走车路”，正式向老船夫提亲。之后，大老在与二老聊天谈心时，得知二老也喜欢上了翠翠后，兄弟俩相约一起向翠翠唱山歌，并在明白自己唱山歌不如二老，而正式下聘又迟迟得不到翠翠的回应后，大老做出了自己的选择，即退出这场爱情竞争，离开家乡。二老在爱上翠翠后，不仅向老船夫侧面表达对翠翠的喜欢，还到对岸向翠翠唱山歌，在家里逼婚后，又向家中明确表示“要渡船，不要碾坊”，并有意在搭船时与翠翠聊天、谈心，却总是得不到翠翠的回应，最后做出了离开家乡，搭船到辰州（今湖南怀化市北部地区）的决定。与大老和二老的行动相比，翠翠虽然明白自己心中的爱情所属，但始终没有采取行动，而是一味地被动等待。当翠翠在梦中听着美妙的歌声攀到高山上采了一把虎耳草后，她开始期待二老再来唱歌。可是等了一夜又一夜，二老却始终没有再来唱歌。故事的结尾是翠翠一直在溪边等待着二老，然而二老何时回来，她却不知道。由此可见，在翠翠与二老和大老的感情中，翠翠一直在被动等待。这种等待虽然体现了翠翠身上的美好的自然人性，但也反映出翠翠不知争取，而是将自己的未来完全寄托在对方身上，寄托在虚无缥缈的命运之上的可悲、可叹、可怜。

《萧萧》中的萧萧虽然是湘西世界纯朴、美丽、勤劳的少女的化身，但她也是童养媳制度的受害者。萧萧不能自主地决定自己的命运，由伯父和祖父母一起将她嫁给了才 3 岁的丈夫。萧萧长大后，受到花狗的引诱怀孕后仍然将希望寄托在花狗的身上，希望花狗带她到城里去。然而，花狗却自己逃跑了。萧萧被抓住后，面临两个选择，沉潭或者发卖，而这两个选择同样交由别人决定，要卖给什么人家也由别人决定。最后，生下儿子被留在家中，同样是别人的决定。萧萧不仅没有生活的自主权，还并不自知，而是悠闲地将生活过下去，还在儿子长大后，也为儿子娶了一个大很多岁的童养媳，继续让其他女性经历自己曾经经历过的痛苦。这种建立在自然人性之上的无知和蒙昧状态导致湘西世界的人处于纯朴与蒙昧相交织的生活中。

自然人性是第一位的，只有拥有了自然人性才能在此基础上追求理想的、健全的人性。而追求理想人性的第一步是唤醒自然人性。沈从文在《丈夫》中写出了湘西人的自然人性的觉醒过程。在这篇文章中，丈夫像所有的乡下丈夫一样，为了挣钱，把妻子送到城里的花船上，而他自己也按照乡下的规矩，在想念妻子时收拾整齐，像出远门看望亲戚一样到城里的花船上看望自己的妻子。刚看到妻子后，丈夫虽然因为妻子打扮的不同而稍稍不适应，然而听到妻子记挂着家里后，随即就适应了，并且当有人上船时表现得十分知趣。但在船上的两天中，丈夫看到妻子十分娴熟地对待前来的各色人等，遭受着水保以及士兵的嘲弄与侮辱，其人性渐渐觉醒。这一觉醒的过程是十分痛苦的，丈夫面对自己和妻子的处境，没有激烈反抗，而是被击垮了。之前，只要看到妻子赚钱，丈夫就会十分高兴，然而当他觉醒后，看到妻子塞过来的钱不但一点也不开心，反而十分气愤。他明白这钱来自对他和妻子的尊严的践踏以及人性的侮辱。最终，觉醒后的丈夫用乡下人特有的倔强开始了反抗，而这种反抗也是无声的。丈夫最终

把妻子带回了家，这一举动使读者看到湘西人在自然人性觉醒后，开始朝着理想人性发展。

《龙朱》是沈从文创作的一篇寻找理想人性的作品。龙朱作为白耳族的王子，身份高贵，相貌英俊，心地也极为善良，没有做过任何虐待他人的事情，无论对待长辈、幼儿，还是男性、女性都谦卑有礼，就像一个十全十美的神一样。龙朱在各寨中都是名人和榜样。父母希望得到像他一样的儿子，女人渴望得到像他一样的丈夫。然而，没有一个女人愿意让龙朱做自己的爱人。龙朱参加了无数次对歌，帮助无数小伙子赢得了心爱的姑娘，但他自己始终是寂寞的。小说中的龙朱高贵、有情、勇敢、诚实，强壮如狮子，温和如小羊，但正因为他完美得如同神一样，也失去了作为凡人的快乐。小说最后，龙朱爱上了黄牛寨寨主的女儿，并故意做出训斥矮奴的样子，以表现出自己的不完美，才最终赢得了黄牛寨寨主女儿的爱情。

沈从文意识到自然人性身上存在着种种缺陷，并主张寻求一种对自己的生命价值有深刻认知，同时保留自然天性的理想诉求，这也是沈从文理想人性追求的直接表现。

三、沈从文作品中对底层人民的悲悯

沈从文在其作品中还大量描绘了生活于社会底层的湘西人民，并对他们表现出一种人道主义关怀，对他们的处境抱以同情和悲悯，从而体现出沈从文倡导的理想人格中的人道主义思想。

沈从文构建的湘西世界理想国中，并没有一味表现湘西的美与善，而是真实地反映湘西世界人们的生存状态，用大量悲悯的笔触描写了底层人民的艰辛与心酸。由此可见，沈从文是在如实书写湘西世界的人性，并在此过程中一步步构建他的“人性小庙”。

沈从文对水手这一群体极为关注。水手是湘西世界中极为特殊的存在。湘西多山，且为三省交界之地，山路上匪患众多，而沅江及其支流众多，因此人们在出行或运货时多选择水路出行。尤其是在运输大宗货物时，水路成为最重要的运输通道。水路的繁盛使水手这一职业兴盛起来。水手极为辛苦，不但吃得差、挣得少、工作环境差，而且工作中面临的危险多。

水手中的许多人终其一生都无法挣到足够的钱娶媳妇，一生孤苦，最终孤独地死去。沈从文十分同情这一群体，并对他们的状态进行了形象的描绘："我在心中打了一下算盘，掌舵的八分钱一天，拦头的一角三分一天，小伙计一分二厘一天。在这个数目下，不问天气如何，这些人莫不皆得从天明起始到天黑为止，做他应分做的事情。遇应当下水时，便即刻跳下水中去。遇应当到滩石上爬行时，也毫不推辞即刻前去。在能用气力时，这些人就毫不吝惜气力打发了每个日子，人老了，或大六月发痧下痢，躺在空船里或太阳下死掉了，一生也就算完事了。这条河中至少有十万个这样过日子的人。"① 从这里可以看出，沈从文对身处社会最底层的水手的生活状态是同情的。在辰河上有十万水手，然而他们并没有想过生活的其他出路，明知水手这一职业的最终结局，仍然以此为生。

在《黄昏》中，沈从文着重对监狱旁居住的穷人的生活状态进行了描绘。这里的人们生活得凄惨无比，孩子生下来几乎在一种奇迹的状态下长大。大人们每天为了赚取一点口粮而挣扎，他们拼命工作，然而每天仍然生活在贫困之中，难得吃一顿饱饭。妇女们辛苦一天后，从菜市场经过时只能买些菜叶、下水和鱼的杂碎回去煮给孩子吃。孩子们每天则在垃圾堆里生活，以观看杀头作为娱乐。在这样的一幕幕场景形成的图画中，底层人民凄惨而毫无希望的生活场景一点点展开。尤其是儿童作为一个家庭的未来，在污秽和杀人的环境中度过，可以想象他们未来的生活与父辈相比也不会有本质上的改变。沈从文在这篇文章中并没有站在高高的道德立场上，对这些底层人物施以廉价的、无从轻重的眼泪或评判，而是通过努力还原生活的本真，在对底层人物体现人道主义关怀的同时，启迪人们对生活作出改变。

在《更夫阿韩》中，沈从文仿佛身临其境般地描绘了更夫阿韩的生活状态，在对其抱以人道主义同情的同时，努力挖掘其身上的人性之光。更夫阿韩50多岁，以打更为职业，晚上则住在土地庙里。他虽然生活在社会的最底层，平日里的吃喝全部依靠所在小城中人家的捐赠，但他十分乐观，

① 沈从文．中国20世纪名家散文经典丛书：沈从文散文集[M]．西安：太白文艺出版社，2016：30.

并凭借出众的德行受到了小城中人的尊重，赢得了一声“韩伯”的称号。更夫阿韩十分和气，每天到各家取点儿吃食度日，无论对方给多少钱或多少米，都会对人说“道谢，道谢”，而这声感谢也赢得了全城街坊的好感。更夫阿韩工作时十分尽责，对城中的街坊十分熟悉，谁家男人不在家、孩子又小，他必定留意，即使后半夜也提醒人家关门，以防贼人进去。更夫阿韩自己生活在社会的最底层，然而每当看到街上饿死的“叫花子”，总是一把鼻涕一把泪地到大户人家为“叫花子”募集棺木钱，即使被人嘲笑也不以为意。平日里，阿韩十分乐观，也十分满足。尤其是春节时，不拘到哪一家，都会送给他鱼、肉等吃食，让他过个丰足年。他永远为别人着想，打更街上发生的事，他都把责任归咎于自己。更夫阿韩虽然职业卑贱，但比卖水的老杨、做包工的老赵等人平和、慈善、富于同情心，且十分乐观，因此赢得了人们的尊重。从这篇文章中可以看出底层人民身上的人性之光。

《厨子》讲述了一群教授到长江边上的一座学校后，高教授先后请了多位厨师均不合意，请到一位曾在部队做伙夫的厨师时十分满意，于是请人来家中吃饭。新请的厨子说要出去买菜，结果却迟迟没有回来，一直到晚上掌灯时分才回来。高教授与客人十分生气，于是审问厨子，问他到底去做了什么，为何此时方才回来。原来，厨子去了一位熟识的妓女二圆家中，等了好久二圆才回家。之后，两人又遇到了邻居家的命案。二圆告诉厨子：“这个月弄子里死了四个妇人，全不是一块钱以上的事情。”[①] 由此可见，在湘西世界中，虽然民风淳朴，但身处社会最底层的百姓生活却十分艰难。厨子听闻此事后，为了安慰二圆，耽误了为新主人家买菜烧饭的事情。从中可以看出，身处底层的厨子拥有纯洁善良的心灵。故事的最后，两位教授听到厨子的讲述后，在震惊底层百姓悲惨的生活之余，被底层百姓之间炙热、真挚的感情感动，最终客人建议高教授不要辞退这位厨子。

除了湘西世界中的底层人民外，沈从文还对城市中的底层人民的生活状态进行了描写。沈从文在对底层人民的生活状态进行描写时，常常通过与被都市文化异化的文化相互映衬，以反映出社会底层小人物的人性道德

① 沈从文．沈从文全集：小说：7 [M]．太原：北岳文艺出版社，2009：216.

观。例如，《道德与智慧》中教授人性的异化与丑恶以及底层人物杨妈心地善良的美好等。

综上所述，虽然底层人民命运悲惨，但是他们在生活的泥潭中保持着人性的纯洁与美好。沈从文总是站在人道主义立场，用脉脉温情注视和关怀着底层人民，从中体现出沈从文对社会理想人性的追求。

第二节　沈从文作品中的女性形象及其人性表达

沈从文作品中的女性形象十分丰富，不但数量众多，而且涉及各个年龄阶段、不同生长环境。她们中既有象征着纯粹而美好自然的少女形象，又有为了爱情奋不顾身的世俗女性形象，还有勤劳的母亲、身处社会底层的妓女以及生活在都市中的新女性。她们是沈从文作品中最能体现作者人性观的系列形象。

一、沈从文笔下象征神圣自然的少女形象

神圣自然的少女形象是沈从文构建的湘西世界中最令人印象深刻的形象，也是沈从文着意塑造的人物形象。

（一）少女形象的特征

沈从文所塑造的少女形象在生长地域、外貌、性格、年龄以及亲属关系等方面均存在着较大的相似性。她们无一例外都生活在湘西地区，年龄为 15 ～ 18 岁，其形象和性格极为相似，均有着尖尖的下巴、黑而亮的像小动物一般的清澈眼睛，留着长长的大辫子，天真乖巧，同时聪明伶俐。而在家庭构成方面，她们大多为孤女，父母在她们的生活中处于缺位状态。这些神圣自然的少女形象包括《边城》中的翠翠、《长河》中的夭夭、《三三》中的三三、《萧萧》中的萧萧、《阿黑小史》中的阿黑、《阙名故事》中的阿巧以及《巧秀和冬生》中的巧秀等。这些少女的形象具有以下几个典型特点。

首先，这些少女均生活在湘西境内。沈从文在写作时，一般都会在文

章开始处点明文中故事的地点。例如，《边城》中指明了故事发生在湘西一个名叫茶峒的小山城中；《长河》中指明故事发生的地点是沅水的上游支流辰河；《阿黑小史》中用隐晦的地理位置标明了故事发生的地点位于湘西；《阙名故事》是发生在湘西辰州地区；《三三》中所涉及的自然和人文风景与沈从文《湘行散记》中的内容如出一辙，因此也属于湘西地区。

其次，这些少女的年龄界限十分集中，大都是 15 ～ 18 岁，因此这些少女大多处于朦胧的青春期，对于爱情充满了向往，随时准备投入一段纯美的爱情中。沈从文也正是通过这些少女体现了湘西世界中纯美无瑕的爱情。《边城》中翠翠与二老从相遇到相知，再到相互爱慕，经历了一系列的挫折后，两人仍然对纯真的爱情充满希望，成为沈从文湘西世界中纯美爱情的典范。

《萧萧》中萧萧 12 岁成为童养媳，然而在朦胧中对家里的长工花狗产生了爱情，虽然花狗是一个不负责任、勾引别人媳妇的负心男人，但是对于萧萧来说，这份在情窦初开时恰好到来的爱情并非她的过错，而萧萧也成为湘西世界中一个仍然在质朴的乡村中保持着纯洁心灵的少女。《阿黑小史》中，阿黑在十七八岁的年纪与五明产生了爱情，两人在落雨后的山坡上幽会，他们的相爱虽然大胆，但是始终抱持着一颗纯真的心灵。除此之外，《三三》中的三三在 15 岁遇到了生命中让其印象深刻的人；《巧秀和冬生》中的少女巧秀与冬生之间产生美好感情的时间是 17 岁；《长河》中的少女夭夭在故事发生时也处于 15 岁的花季。

最后，沈从文笔下少女的相貌和性格具有一定的相似性。沈从文在塑造湘西少女的形象时，赋予了她们相似的特征，都有着黑黑的皮肤、尖尖的下巴、清明如水晶的眼眸，而且都有着长长的黑发。除此之外，这些少女都具有青春期少女共同的特征，她们通常都机灵、善良，在面对陌生人或心爱的人时，却又表现得十分羞涩腼腆、沉默矜持，既纯真可爱又十分能干。以《边城》中的翠翠为例，翠翠平日里十分机灵、勤劳，每当有人过渡时，都会抢在爷爷前面去撑船，让年老的爷爷休息。当看到陌生人时，她则会露出小动物一样机警的眼神，明白来人无害后又会开心地玩耍。随着年龄越来越大，翠翠开始产生隐秘的心事。尤其是面对心爱的二老时，她会表现出羞涩的一面。同时，当听人谈论起二老的婚事以及碾坊陪嫁时，翠翠则会莫名地生气。这时的翠翠清晰地了解她与团总女儿之间的差距，作为撑渡船的孙女，她没有嫁妆，在物质条件上远远比不上王团总的女儿，出于自卑心理以及真心地爱着二老却不愿让二老觉得自己高攀对方，因此当面对二老时，翠翠又表现出要强的一面。

总而言之，沈从文作品中所塑造的湘西少女形象是沈从文构建的湘西世界中的美好人性的象征，也是沈从文构建的湘西世界中爱与美的象征。

（二）少女形象人性之美的体现

沈从文对中国社会的现实有着极为清醒的认识。沈从文年少时曾从军，对中国社会兵匪为患的事实有着极为深刻的了解。他曾跟随部队前去清剿乡民，亲眼见到兵匪们随意杀人、收受贿赂的情形，而当地的百姓只能亲眼看着自己身边的朋友一个个不幸身亡。这些最终促使沈从文走出湘西，希望到北京去寻找一条以文明解救野蛮现实的路径。来到北京后，沈从文在接触了“五四”新文学运动后，看到周围的作家用笔唤醒世界，也主张并坚信社会的改革与重造离不开文学。然而，沈从文在文明社会中目睹了许多人士（包括学界人士、官僚以及政要）的奢靡和虚无、享乐的人生，这使他不得不重新思考中国的出路。都市中的文明现代病让沈从文十分厌恶，他自嘲地称自己为“乡下人”，即不愿与都市中所谓的文明人为伍。这些都坚定了沈从文构建湘西世界理想王国以对抗现实中人们正在堕落的人性的初衷。

沈从文作品中的每一位湘西少女都正当妙龄，从人生经验来看，她们还未受到世俗的污染，做人、做事均从最本真的角度出发，其做事的目的也十分纯洁，还没有沾染这个世界上的恶习，更没有受到现代文明的浸染。除此之外，这些少女外表有着出于大自然的、健康的美感，性格则具有中国传统女性的温柔和善良，展现出一种纯粹的、自然而健康的人性。她们是湘西世界中自然传统人性的代表，总是秉持着美好的人性与真爱，接受命运所赠予的一切。这些少女散落在湘西世界的各个角落，在湘西世界中快乐而平凡地生活。这些少女身上的美好品质也寄托着沈从文改造社会和

美化人性的理想，带有极为深刻的现实寓意。沈从文笔下的少女形象是沈从文构建的湘西理想国中的最主要人物，她们身上凝聚着丰富的内涵，是沈从文笔下美好人性的主要体现。湘西少女形象的人性美、人情美、自然美主要通过以下几个方面表现出来。

首先，湘西少女是沈从文构建的湘西理想国中人性美的象征。湘西少女的人性美主要表现在少女的纯洁与天真方面。从年龄上看，这一阶段的少女在生活中因为有父辈或祖辈可依靠，对生活的压力没有太大的感触，还较为纯真，虽然即将体验爱情或迈入婚姻中，但是依然保持着少不更事的天真的孩童气质，还未形成像真正的成人一样对物质利害得失的关切与计较，任何喜好或厌恶均是出自天性。因此，这一时期，她们的心灵如同她们的眼睛一样清澈，也如同钻石一般晶莹剔透、纯洁无瑕，一切喜好均源于内心的单纯，而丝毫不掺杂任何私利，这使湘西少女的所作所为体现出一种天然的人性美。

其次，湘西少女是沈从文构建的湘西理想国中人情美的象征。湘西少女正处于渴望爱情以及渴望与异性接触的年龄。她们的爱情不是出于功利目的，而是出于一种纯粹的发自内心的喜欢，丝毫没有矫揉造作和虚伪，而且可以为了爱情忽视其他一切现实的、功利性的因素。例如，《边城》中，翠翠年少懵懂时，因为一次邂逅而对二老留下了深刻印象。之后，又因为二老主动向翠翠表达爱意，为翠翠唱情歌而让翠翠越发欢喜。因此，大老遣媒人来提亲时，翠翠刚开始十分羞涩与激动，然而当听清提亲的是大老而非二老后，顿时就不再欢喜。故事的结尾，在经历了无数起伏后，翠翠对二老的纯洁的爱情仍然没有改变，执着地在家乡等待二老的归来，成为湘西世界中象征人情美的典范。

最后，湘西少女是沈从文构建的湘西理想国中自然美的象征。湘西少女正值花季，她们生长于自然之间，未经现代文明的浸染，言行举止大多与其生长的自然环境相互映衬，这是湘西世界中人与自然的和谐美的象征。在湘西世界中，少女的名字与外貌即可反映出自然美。翠翠、夭夭、阿黑等名字并不出奇，却体现了一种自然之美。例如，翠翠的名字来源于其生长的两岸翠绿的树木和竹林，象征着翠翠身上蓬勃向上的生命活力；夭夭生长在辰河岸边的橘园中，与橘园的丰收景象相对，寓意属于夭夭的恋爱与丰收季节的到来；阿黑名字的来源则是她黝黑的皮肤，而这种皮肤也是湘西少女共同的肤色。沈从文不以女子的肤色白皙为美，反而认为在自然下晒着充足的阳光而长成的皮肤才是自然而健康的。

综上所述，湘西少女是沈从文作品中善与美的象征，是湘西世界人性美、人情美和自然美的集中体现。

二、沈从文笔下为了爱情奋不顾身的世俗女性形象

爱情是人类作品永恒的主题，也是沈从文作品中的主要主题之一。沈从文笔下的许多女性形象散发着原始的生命力，她们勇敢地追求爱情，为了爱情奋不顾身。这些女性形象不仅体现出人类的自然情欲，还体现出湘西女性为了爱情敢于付出一切的决心。

（一）为爱情奋不顾身的世俗女性形象

在沈从文所构建的湘西世界中，许多女性尤其是少数民族女性大多美丽、活泼，不受封建礼教的束缚，勇敢地追求爱情，并且愿意为了成全自己的爱情而付出巨大的代价。例如，《夫妇》讲述了一对新婚夫妇在前往妻子娘家时，途中路过某村，两人看到大自然美景后产生冲动，不顾白天，在外乡的野外自然宣泄情欲时被本村的人发现并抓住，最后城里人璜为其开脱，才使这对夫妇最终被村民释放的故事。在这一作品中，新婚夫妇中的妻子与丈夫做出这种在外人看来惊世骇俗的行为的原因是天气太好，空气中充满了自然的香气，鸟雀的叫声等来源于自然的声音令人心动，因此产生了生命的冲动。面对村人愤怒的诘问，这位新婚的妻子虽然感觉到害怕，但这种害怕是出于惶恐，并非对自己的行为产生歉疚的心理。由此可见，这位新婚的妻子没有受到传统封建礼教的深刻影响，而是充满了一种自然的野性。《媚金·豹子·与那羊》中，媚金与豹子相识于一场歌会，两人在对唱中结下了深深的情意，并约定当晚到宝石洞中成婚。媚金怀着激动的心情打扮自己，并精心地布置了宝石洞，在忐忑中等待爱人的到来。然而，等待的时间越久，她的心越凉，眼看东方即将发白，她却仍然没有

等来自己的爱人。媚金以为自己受骗了，自己纯洁的爱情遭到了背叛与戏耍，意识到这一点后，她拿起刀毅然决然地捅进了自己的胸膛。对于媚金来说，爱情意味着一切，失去了珍贵的、视为生命的爱情后，媚金选择结束自己的生命。后来，媚金的爱人豹子到来并看到媚金为爱殉情后的举动后也殉情自杀。在这篇文章中，沈从文以外人的口吻来讲述这件事情。媚金与豹子的爱情故事被人口口相传，反映了作者对媚金这种为了爱情奋不顾身的行为的肯定。《阿黑小史》中的少女阿黑爱上五明后，即与五明自然地相处，两人的相识、相恋与相爱汇聚了所有少年人恋爱时应当具备的所有想象。相恋中的两人就如同五明家的榨油坊与欣欣向荣的寨子一样美好。阿黑生病时，五明寸步不离地守候着她，这种守候和爱护使阿黑对自己的爱情更加坚定，愿意为了爱情付出任何努力。两人在爱情的欲望下，不顾一切地相爱，他们纯洁的爱情在当地人的眼中并不是秘密，但两人仍然享受着爱情带来的隐秘与期待。两人缔结婚约后，建立在美好爱情基础上的婚姻似乎唾手可得。然而，故事的结局是阿黑意外去世，五明在备受打击之下成了癫子，油坊破败不堪，就如同他们曾经的爱情一样。尽管结局凄凉而无奈，但是可以想象在此之前，阿黑为爱情付出了一切，也正因为曾得到过阿黑毫无保留的浓烈的爱，五明才在失去阿黑之后伤心地癫了。除了以上几部作品外，《雨后》中的女子在情欲的冲动下的所作所为都充满了原始野性的生命力，《神巫之爱》中的花帕族女性对神巫的爱恋之情表现了世俗女性对爱情的大胆与热情。

（二）世俗女性形象的人性表达

沈从文的作品中表现湘西女性大胆追求爱欲与爱情的数量并不少。这些作品中的女性大多年轻而性格奔放，她们不受传统儒家封建礼教的束缚，而是遵循自然的法则自由地相恋。这种自由不受拘束的做法正符合人性的自然规律，因此属于一种张扬人性的方式。

例如，《旅店》中沈从文塑造了一个鲜活的苗族女性形象黑猫。黑猫是一个 20 多岁的年轻妇女，她和丈夫合开了一家小小的旅店，由于皮肤略黑，为人豪爽大方，说话风趣逗人，因此被丈夫称为黑猫。然而，丈夫在为黑猫取了这个名字不久后就去世了。黑猫本是一个十分热情的妇人，同时自尊心强而精明。丈夫去世后，她并没有改嫁他人，而是选择自己一个人经营旅店。丈夫去世三年来，无论是相貌英俊的白耳族男子，还是擅长唱歌的布依族男子，抑或是富贵的土司或挥金如土的烟商都没能吸引黑猫。她辛勤且专心地打理着旅店，成为出了名的规矩妇人。黑猫虽然雇用了一个年老的驼子做帮手，但是仍然事事亲力亲为。每天天空发白，黑猫就起身去给客人烧热水，并给客人烫酒，然后去挑水，一直将水缸挑满，除此之外，还要算账等。总之，黑猫自从丈夫去世后，就无比勤劳地度过每一天。然而，一次当四个常住旅店的卖纸的客人到来时，平时矜持的黑猫被突然而至的情欲困扰，于是当四个客人中的大鼻子客人大着胆子摸了一把黑猫的腰时，黑猫没有作声。当黑猫外出到井边担水时，大鼻子客人也借故走了出去。小说中并没有对两人外出后的事情进行描述，而是以两人相继的迟归和黑猫突然为客人做了鸡蛋、蜂糖，以及客人走后黑猫没有像往常一样回去补觉，而是痴立在门边片刻等行为的暗示，表明在这个起雾的清晨两人做了一场露水夫妻。十月怀胎后，黑猫生下了一个女儿。在旁人的误会中，驼子真的做了小黑猫父亲，成为黑猫的丈夫。在这个故事中，黑猫作为一个寡妇勾引有妻室的大鼻子男人，这一点是为封建礼教所不容的。然而，黑猫是一个 20 多岁的年轻女性，她有着正常的欲望，因此与卖纸客人之间的性欲可以说是其冲破樊篱、寻回人性的象征。除了《旅店》外，《雨后》《采蕨》等小说中均展现出这种“不悖乎人性”的生命跃动的场景。在沈从文看来，情欲是人类的一种自然本真的情感，这种情感是神圣的，也是不可抑制的，这种自然人性的欲望具有神性的光辉。这种发生在湘西世界中的自然纯净的爱欲与都市中矫揉造作的、功利的、虚假无聊的两性关系相比，具有一种自然舒展、张扬人性的美。

三、沈从文笔下勤劳的母亲形象

沈从文在湘西世界中塑造了一系列勤劳的劳动妇女形象，她们生活在湘西世界的每一个角落，在青山绿水间做着养鸭喂猪、挑水种菜、推磨碾米、渍麻纺纱等工作，是湘西世界中勤劳的代表。

（一）勤劳的母亲形象

例如，《菜园》中玉家菜园女主人玉太太就是这样一位勤劳母亲的形象。作者在介绍菜园的主人玉太太时用了一段话说明玉太太的勤劳与聪明："主人玉太太，年纪五十岁，年青时节应当是美人，所以到老来还可以从余剩风姿想见一二。这太太有一个儿子是白脸长身的好少年，年纪二十一，在家中读过书，认字知礼，还有点世家风范。虽本地新兴绅士阶级，因切齿过去旗人的行为，极看不起旗人，如今又是卖菜佣儿子，很少同这家少主人来往。但这人家的儿子，总仍然有和平常菜贩儿子两样处。虽在当地得不到人亲近，却依然相当受人尊敬。玉家菜园园地发展后，母子俩双手已不大济事，因此另雇得有人。主人设计每到秋深便令长工在园中挖窖，冬天来雪后白菜全入窖。从此一年四季，城中人都有大白菜吃。菜园廿亩地，除了白菜也还种了不少其他菜蔬，善于经营的主人，使本城人一年任何时节都可得到极新鲜的蔬菜，特别是几种难得的蔬菜。也便因此，收入数目不小，十年来，渐渐成为小康之家了。"① 从这段描述中可以看出，玉家的老太爷是旗人，曾是本地小城的候补，辛亥革命爆发后，清王朝被推翻，旗人贵族也四处流落，且大部分贫穷窘迫。老太爷死了，玉太太的丈夫也消失不见，只留下玉太太和一个年仅4岁的儿子。然而，玉太太和儿子相依为命，孤苦无依，凭借本地少有的、稀奇的大白菜种子为生，靠着勤劳打造了本地小城中闻名的菜园。玉太太开始时和儿子一起动手种菜卖菜，小有所得后即雇人耕种，且因为勤劳以及保管得法，使全城人一年四季都吃上了新鲜蔬菜。除此之外，玉太太还擅长将白菜的各个部位做成不同风味的吃食，既能勤劳致富，又能勤俭持家，因此在短短十年内，玉家就成了当地小有名气的小康之家。

除了《菜园》外，《泥涂》《一个女人》等作品也塑造了令人印象极为深刻的母亲形象。《一个女人》中三翠的身世十分可怜，她是一个童养媳，从小学做事，家务活样样拿手。三翠的丈夫苗子则比她大5岁，一开始三翠的生活还算美满，15岁就生了儿子。作为家中唯一的女主人，三翠每天

① 沈从文．沈从文全集：小说：8［M］．太原：北岳文艺出版社，2009：279.

马不停蹄地辛勤工作，虽然辛苦，但十分快乐。然而，三翠18岁时，公公死了，丈夫当兵走了，之后，二爹死了，干妈瘫痪无人照顾，三翠就带着儿子与干妈住在一起，悉心照顾干妈。虽然生活的不幸带给了她打击，但是三翠依然乐观而又善良，她直面生活的苦痛，辛勤工作，并一人将儿子拉扯大，娶了媳妇。三翠30岁时，终于抱上了孙子。在这期间，她独自带着儿子生活了10多年，期间辛苦作者没有明说，而是以一个充满诗意的梦境来象征时光匆匆。在这一故事中，三翠作为一个平凡的乡村母亲的形象十分突出。

（二）勤劳的母亲形象的人性美体现

沈从文笔下勤劳的母亲形象表现出了湘西女性坚韧、坚强，面对生活的不幸和重压，勇敢地与命运进行斗争的精神。这些妇女在生活中是不幸的，她们要么家道中落，要么丧父，独自一人用自己的臂膀支撑着全家人的生活；要么童年时因家庭贫困而不得不到别人家做童养媳，一面从事着繁重的工作，一面长大。作者在描写这些母亲的遭遇时并没有一味地突出她们的苦难，而是从她们自身的处境去表现其身上顽强的生命力，并从不同角度体现出这些女性的人性美，欣赏这些女性的人性美，给予她们充分的尊重。例如，《萧萧》中的萧萧由于从小丧母，家庭贫困，不得不嫁给他人做童养媳。当地的女子结婚时，都要哭嫁，以示离开家庭，离开自己的母亲时不舍的心情，然而萧萧连哭嫁的机会都没有。到了婆家后，丈夫还只是一个穿开裆裤的小孩子，萧萧每天除了完成既定的家务之外，还要带着丈夫玩。然而，萧萧的身上具有一种反抗精神，当花狗对她唱情歌时，萧萧朦胧的性意识觉醒了。面对花狗的引诱，萧萧在朦胧的觉醒中，开始反抗自己的命运，并顺从了自己的欲望。当发现自己怀孕后，萧萧勇敢地邀约花狗一起出逃，她对出逃后的命运充满信心。然而，胆小的花狗得知此事后抛下萧萧独自一人逃跑了。萧萧眼见生活无望，就采取了各种堕胎的土办法，吃冷水、持续不停地跳动等。萧萧怀孕的事情被丈夫家发现后，面对即将走上被发卖的道路，萧萧依然平静。最终，萧萧生下儿子后，继续平静地将日子过下去。在萧萧看来，她与花狗之间的事情不必羞愧，而

应从容地做好一个妻子与母亲。在这部作品中，作者用萧萧的反抗来表现湘西母亲身上的人性美。

《菜园》中的女主人玉太太和儿子在陌生的小城里相依为命，又因为身为旗人而备受小城中新旧绅士的冷落，但玉太太在这种不幸中凭借着勤奋，以来自北京的大白菜种子，经营出一片轰动全城的菜园。玉太太的勤劳中不乏开明，在小城中成为独树一帜的存在。北京对她来说是一个伤心之地，曾经作为旗人在北京生活时家境殷实、和美，然而清王朝被推翻后，曾经的旗人已散落在四方，大多过着贫困的日子。当儿子长大后，求亲的媒人踏破了玉家的门槛，但谁也无法说服和打动玉太太。当儿子说出想去北京后，玉太太是不情愿的，然而她仍然尊重儿子的想法，让儿子走出小城，到外面的世界里增长知识。通过读儿子寄来的新书报，玉太太接受了不少新思想。当儿子带着媳妇回来后，儿媳喜欢菊花，玉太太就和儿子、媳妇一起在菜园中种了许多菊花。儿子、媳妇被匆忙带走处以死刑后，玉太太在备受打击之下病倒了，病好后却种了更多的菊花以示对儿子和儿媳的纪念，将玉家菜园变成了有名的玉家花园。然而，最终玉家花园沦为小城新旧绅士邀约喝酒消遣的地方，面对世道的不公，玉太太选择了自尽作为对命运和世道的反抗。在这部作品中，玉太太作为一个开明的、有知识的母亲，一开始面对生活的不幸，用一颗小小的白菜种子反抗命运的不公；在儿子和儿媳被处死后，用种菊花来反抗时局和命运。由于儿子和儿媳是共产党，他们死后被随意地葬在土坑里，做母亲的只能默默用他们喜欢的东西来纪念他们；当玉家花园成为城中绅士随意进出赏花之所后，面对这种违背了她初衷的结局，玉太太毅然用自杀作为对命运的反抗，这些都表现了她的人性美。

四、沈从文笔下都市女性形象

与湘西世界中那群灵动得犹如天使、勤劳而善良的女性形象不同，沈从文笔下的都市女性形象的塑造则表现出人性异化和丑恶的一面。

（一）都市女性形象

如果说湘西世界是沈从文全力构建的理想国，那么都市就是沈从文全力逃避的地方。沈从文从湘西来到都市后发现，都市中的人们生活节奏快，每个人都十分忙碌，然而这份忙碌多出于功利目的，而且城市中的人由于生活压力大，长期缺乏锻炼，大多数人面色呈现出一种不健康的状况，神经敏感，面对生活处于一种麻木的态度。都市人的这种生活状态与湘西世界中健康自然、具有旺盛的原始生命力的状态正好相反。此外，由于都市人受到商品经济的影响，人与人之间的关系也不像湘西世界中那样纯洁无瑕，而是在商品经济和功利思维的影响下，变得十分复杂。沈从文曾明确地表示自己是一个“乡下人”，表现出对都市人身份的不认同。

沈从文作品所塑造的都市女性形象与沈从文笔下的湘西女性形象之间存在着巨大不同。沈从文笔下的湘西女性身上体现了女性的一切美好品质，他甚至塑造了犹如女神般纯洁无瑕的女性形象。从人性的角度来看，沈从文创造的都市女性形象可分为两种类型：一种类型是都市上流社会的女性形象；另一种类型则是受过高等教育的都市新女性形象。

首先，都市上流社会女性形象。沈从文早期创作的一篇文章《绅士的太太》即以都市女性为主人公。开篇沈从文写下了这样一段话：“我不是写几个可以用你们石头打他的妇人，我是为你们高等人造一面镜子。”[①] 从这段话中可以看出，沈从文在这篇文章中所塑造的都市上流社会女性形象并不是都市中的个别群体，而是绝大多数都市上流社会女性的形象，从中也可看出沈从文对都市上流社会女性发自肺腑的蔑视。《绅士的太太》中涉及三个女性角色，一位是东城绅士太太，另两位则是西城绅士的二姨太和三姨太。东城绅士太太虽然外表看上去十分青春年少，犹如纯洁的少女，但是其生活十分庸俗和糜烂，每天在打牌、打骂下人、走巷串门中打发时间，生活毫无目标。她发现丈夫偷情后不但不以为意，反而将其作为一次向丈夫索取钱财的机会，用丰富的物质来填补空虚的心灵，最后竟然与西城绅士的大少爷通奸并生下了私生子。西城绅士的二姨太嫁人后，与一个和尚

① 沈从文．沈从文全集：小说：6［M］．太原：北岳文艺出版社，2009：213.

私通，被发现后还理直气壮地为自己辩解。西城绅士的三姨太为了获得物质上的享受嫁给西城绅士，婚后生活仍旧十分混乱。在这篇文章中，上流社会的太太们平日里端着一张清高的面孔，实际上则如同行尸走肉一般过着虚情假意、醉生梦死的生活。她们眼中的爱情与湘西世界中女性的爱情不同，是建立在金钱、物质之上的欲望的变异，反映出上流社会太太美丽面孔下肮脏的灵魂。

其次，都市新女性形象。除了上流社会中带着虚伪面具的太太外，沈从文还塑造了另一类都市女性形象，即努力寻找美好人性的都市新女性。沈从文的作品《都市一妇人》中讲述了一位都市女性，她出身于北京华贵的上层贵族人家，思想独立，敢作敢为。年轻时，她喜欢上了一位外交部办事处的青年科长，然而他们的爱情并没得到双方家长的同意，这为他们的爱情埋下了隐患。在一次争执中，青年科长趁机离她而去。妇人得到了养父的原谅后，又被养父的一位政客朋友吸引了，为了自己的爱情，她心甘情愿地嫁给这位政客做姨太太，然而这个政客因为舞弊案而被刺死。政客死后，妇人终于意识到女性在现实中只能随波逐流，然而妇人不愿命运被他人左右，毅然决定对男人进行报复。她因此成为上海著名的交际花，然而这次疯狂的报复行动给她带来一场大病。病愈后，妇人又被一桩命案牵涉。审理案件的主审官出于同情，收她做了外室。然而，刚刚平静地过了两年，那位主审官也不幸死去了。后来，妇人到老兵俱乐部结识了一位年轻的军官，并与他相恋。然而，此时妇人的青春已到了尾声，青年军官则风华正茂，妇人担心再次被抛弃，于是狠心下毒弄瞎了军官的眼睛。之后，妇人出于愧疚带着军官四处走访名医、医治眼睛，故事的最后两人双双丧命于一场轮船事故。在这个故事中，妇人为爱情而奋不顾身的行为没有给自己带来幸福，反而引发了人生的一系列不幸。然而，妇人面对身不由己的人生却始终保持着一种敢于反抗的精神。这种敢爱敢恨、敢于和命运进行斗争的精神体现出她作为都市新女性特有的精神与活力。

（二）都市女性形象所表现出的人性异化

都市女性形象所表现出的人性是一种不同于湘西世界中美好人性的人

性异化。《绅士的太太》中，东城绅士的太太虽然物质生活极为丰裕，但是她并不满足，通过花心思、要手段从东城绅士手中骗取更多的钱财。她与西城大少爷之间的私通无关爱情，也无关崇拜，而是纯粹地出于对大少爷色相的垂涎。西城二姨太口口声声自由和权利，却一边留恋西城绅士丰富的物质生活，一边出于情欲而与一个和尚通奸，嘴上高喊着自由，所作所为却是出于私欲。三姨太不仅罔顾人伦与西城绅士的大少爷通奸，还不顾朋友情谊与东城绅士勾搭在一起。从都市绅士太太复杂而又混乱的关系中可以看出，她们的价值观是一种扭曲的价值观，她们的所作所为反映出的不是人性之美，而是人性的丑恶和异化。

《都市一妇人》中的妇人为了对抗自己的命运，一次次反抗，又一次次沉沦。最后，妇人为了不再让自己陷入不幸，毒瞎了爱人的眼睛，这种行为所表现出的也是一种绝对的利己行为，是一种人性的异化。

第三节 沈从文作品中的男性形象及其人性表达

沈从文在作品中塑造了一系列性格鲜明的男性形象，这些男性形象不如其作品中的女性形象那样突出，也正因如此，沈从文作品中的男性形象长期处于被批评家和研究者忽略的境地。近年来，我国一些学者逐渐注意到了沈从文笔下的男性形象，并从多个角度对这些形象进行研究。沈从文的作品构建了一个充满活力与魅力的湘西世界，这个湘西世界中既有柔情似水的女性，又有性格坚毅、直爽的男性。其中，男性形象中最为突出的是充满野性和血性、拥有健壮的体魄、朝气蓬勃、一往无前的湘西男性形象。本节对沈从文作品中的男性形象及其表现出的人性观进行系统分析。

一、沈从文笔下水手的形象及其人性表达

沈从文构建的湘西世界中充满野性的男性形象以水手为代表。如果说在湘西世界中水是这个世界的精华，那么在水上讨生活的水手就是这个世界中最为恣意的“弄潮儿”。水手是湘西世界里最能体现湘西世界活力和原始生命力的群体。

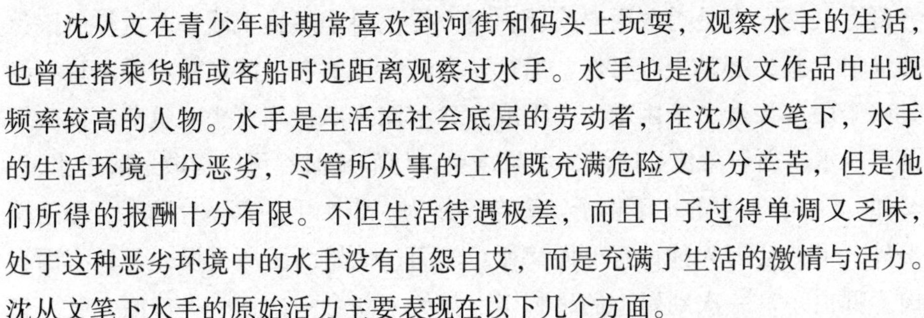

沈从文在青少年时期常喜欢到河街和码头上玩耍，观察水手的生活，也曾在搭乘货船或客船时近距离观察过水手。水手也是沈从文作品中出现频率较高的人物。水手是生活在社会底层的劳动者，在沈从文笔下，水手的生活环境十分恶劣，尽管所从事的工作既充满危险又十分辛苦，但是他们所得的报酬十分有限。不但生活待遇极差，而且日子过得单调又乏味，处于这种恶劣环境中的水手没有自怨自艾，而是充满了生活的激情与活力。沈从文笔下水手的原始活力主要表现在以下几个方面。

首先，水手是命运的搏击者。水手是靠力气吃饭的底层人民，他们的工作环境十分恶劣，常年漂荡在水上，而他们往往身体健壮、身手敏捷，船只遇到险滩或礁石时，紧张地行船，当船只被卡住后，无论冬天还是夏天，不管水深还是水浅，也不管水流是急抑或缓，他们都要义无反顾地跳进水中，用尽全身力气让船只脱离险境。这种糟糕的环境使水手形成了彪悍的性格，对待恶劣的环境往往用坚强的意志以及脱口而出的脏话作为对生活的反抗，但只要是为了生存，他们可以克服任何困难，面对任何险境时都可以与命运搏击。例如，《辰河小船上的水手》中出现的水手大多健壮而灵活。他们相信自己做水手是命中注定的，既然如此，他们就将自己的命运和水中的那一叶小舟连在一起，用手中的长篙和过人的水技与命运相抗衡。他们在沅江上的险滩和乱石中与命运相抗衡，在大风大浪里笑看生死，即便吃着酸菜和臭牛肉也能谈笑风生，在嬉笑怒骂中纵情欢唱。除此之外，水手与命运的搏击还体现在许多方面。例如，《一个多情水手与一个多情妇人》中，作者写到小船行到辰河多滩的一段水路时，详细地描绘了辰河上的险境，一个长潭后，紧接着是无数的大滩、小滩，而在冬季河水回落后，雪后无风的天气里，小船即使沿着浅水走也十分费事。然而，在这样恶劣的环境下，水手一面相互咒骂着野话，一面与乱石与激流相搏斗，在极为险恶的自然环境中凭借高超的控船技巧与命运进行斗争。

其次，水手的性格勇敢无畏。湘西世界的水手面对险恶的工作环境毫不退缩，而是勇敢地与各种险境进行斗争。例如，在《一个多情水手与一个多情妇人》中，沈从文详细地描写了辰河上的一个险滩，这个险滩的河面太宽，小漕河水过浅，小船在过险滩时，一连几次均被急流冲下，水手并没有气馁，而是勇敢面对险滩，想方设法将小船拖上滩口。这样的险滩在辰河上到处都是，有时候，船行一天，一天都在上滩，对水手来说，则是一个困难接着一个困难，水手或在急水滩头趴伏到石头上拉船，或脱了裤子涉水。面对急流和险滩，如果需要，他们随时都可以勇敢地跳进水里。又如，《柏子》中的水手柏子知道自己作为一个水手的命运，除了与命运搏击外，可能会因为种种意外而横死。然而，他始终无所畏惧，只要有酒有肉，哪怕一月一次到岸边的吊脚楼上找妇人相会一次，喝一口酒，吸一口烟，品味一次做皇帝的感觉，就心甘情愿地出去挨一个月的风吹雨打。再如，《边城》中船总顺顺的儿子大老与二老均从最底层的水手做起，他们两人在发现爱上同一个姑娘后，谁都不肯让步，而是按照当地的风俗，公平竞争，在半夜为心爱的姑娘唱情歌。在大老死后，二老被家人逼迫接受用碾坊做彩礼的团总小姐，然而二老的身上体现出了水手的勇敢与血性。他明确地告诉家人，如果想家中再增添一座碾坊的财富就接受团总小姐；如果是为了他自己，他宁愿要一只渡船。面对财富的诱惑，他义无反顾地选择了爱情。从这些描写中我们可以看出水手面对行船之外的事件时的勇敢。

最后，水手性格大胆直露、充满野性。沈从文在行文中常常保留不同人物的具有原始色彩的语言。这种质朴的、反映人物原始状态的语言使沈从文的作品充满了浓郁的生活氛围。在沈从文的笔下，水手除了勇敢地对抗命运之外，性格也十分外露。沈从文在作品中主要从两个方面展现了水手大胆直露、充满野性的性格。一方面，沈从文在文中主要从水手在工作中的咒骂来体现水手的大胆直露、充满野性的性格。水手所处的工作环境十分恶劣，且长期处于这样的环境中，每次面临险滩和恶浪时都需要搏命。这使水手面临着巨大的生存压力，他们常常通过咒骂来释放这种压力。在《一个多情水手与一个多情妇人》中，沈从文写到在辰河上有一个名为“骂娘滩”的地方，在这里，即便是父子俩一起工作，也免不了互相咒骂。因为那个滩头十分危险，而水手作为依靠水而生的人，与普通人相比，更加明白水的可怕之处，他们一边咒骂险滩恶水，一边咒骂与自己合作的水手，并在相互咒骂中激发起勇气与毅力将小船拖上滩。因此，水手性格大胆直露常表现在水手的言语粗鲁、行为莽撞方面。另一方面，沈从文在文中表

现水手的爱情时，常展现出水手大胆直露、充满野性的性格。在《柏子》中，沈从文塑造了一个典型的水手，柏子在船上时十分勇敢，而上岸后就会拖着沾有河泥的鞋子，走上岸边的吊脚楼与相熟的妇人相会，两人在相会时大胆而又热烈，充分体现出了人类的原始野性。

综上所述，沈从文笔下的水手不畏生死，勇敢地与命运进行斗争，他们虽然生活在社会的最底层，面对恶劣的生存环境，随时都有丧命的危险，从年轻到年老一直拿着微薄的工资，但是在他们的卑微生活中，却又闪耀出人性的光辉。因此，沈从文在作品中塑造了一批有血有肉、重情重义的水手形象，他们是命运的斗士，也是生活的勇士，保持着湘西世界中原始的人性和精神，是湘西世界男性形象中最具活力和生命力的体现。

二、沈从文作品中男性老者的形象及其人性表达

沈从文的湘西系列作品中塑造了一批男性老者的形象，这些男性老者大都正直、善良，是沈从文构建的湘西世界秩序的守护者。沈从文作品中的男性老者经常以各种形象出现。

在《边城》中，沈从文树立了两个具有典型意义的湘西老者形象：一个是生活在社会最底层的老船夫，另一个则是小城中最具有权势的老者船总顺顺。老船夫虽然生活在社会的最底层，但坚强而正直，面对心爱的孙女十分慈祥。老船夫的女儿在花样年华里，为了追求爱情，先与军人相恋，并在生完孩子后，最终为爱殉情，撇下了老船夫和嗷嗷待哺的婴儿。面对白发人送黑发人的不幸，老船夫并没有一蹶不振，而是毅然担负起抚养孙女的责任，表现出面对命运的无常和捉弄的一种不屈服的坚定与坚强的形象。除此之外，老船夫作为一个鳏夫，从年轻时接管渡船开始，守了50年渡船，独自抚养孙女更是无比艰难。然而，老船夫身上始终保持着正直的倔强，当过渡人付船资时，老船夫总是非常刚硬地拒绝，而当老船夫忙于控船而来不及阻拦付船资的客人离开时，还会大声喊自己的孙女，让翠翠带着黄狗暂时将客人拦住，以便于老船夫将船资还给客人。当节日来临，老船夫按照当地的风俗进城购买过节用的菜肉时，街上的摊贩总是将最好的部分留给老船夫，然而老船夫拒绝占便宜，不想给店铺的主人添麻烦，

更不想收受店铺老板给予的好处。但是，老船夫对待过路人却十分慷慨，夏天将解暑的草药泡在缸里让过渡人随意取用。除此之外，老船夫还将身为船夫的责任看得无比重要。端午节，老船夫特意请一位朋友替自己守船，他自己则和孙女翠翠一起到城中看赛龙舟，却担心自己的朋友不能看管渡船，因此匆忙返回。之后，在替代老船夫看管渡船的朋友醉倒后，老船夫出于责任，不肯离开渡船，只好请进城的人帮忙捎信给翠翠，让翠翠自己回来。即便翠翠到家后，老船夫仍然不肯上岸，始终站在渡船里，等待趁夜赶回家的人。

除了坚守职责外，老船夫对待孙女翠翠十分爱护。他满足翠翠的一切心愿，陪翠翠看龙舟，为翠翠唱歌，并尽一切可能讨翠翠开心，让翠翠在失去了父母亲之后，无忧无虑地长大。在翠翠的婚事上，老船夫尊重翠翠，想找一个适合翠翠心意的人，陪伴翠翠一生。因此，在察觉船总顺顺家的大老和二老对翠翠的心意后，老船夫隐晦地向翠翠暗示，然而翠翠出于羞涩，不向老船夫透露自己的心意。老船夫只能在大老、二老以及船总顺顺三人之间小心翼翼地周旋，然而命运无常，阴差阳错下，老船夫在承受着翠翠的期待的同时，忍受着船总顺顺与二老的冷落，内心充满了委屈和惆怅。这些巨大的压力与苦楚叠加在一起，在老船夫的内心中堆积成无法逾越的人生屏障，最终彻底压垮了老船夫，使老船夫在牵挂与遗憾中去世。

《边城》中，除了老船夫外，作者还塑造了另外一个老者形象，即船总顺顺。船总顺顺是一个极为豪爽而有魄力的人物。他从小以行船起家，能够理解出门人的苦处和失意人的心情，热忱对待小城中的人们以及失事破产的船家、过路的退伍士兵或游学的人等，凡是到顺顺的家里来求助的，他一律尽自己的努力给人家提供帮助，可谓慷慨济人之急。同时，顺顺本人十分喜结朋友，慷慨大方，做事公正无私。在被推举做了小城中的管理者后，他就用心维护着湘西边城和谐安乐的秩序。端午节，人们正在看龙舟而落雨时，船总顺顺邀请乡亲们到他家的吊脚楼上避雨。而在教育子女方面，顺顺则表现出既严格又开明的父爱。大老和二老并没有因为是船总顺顺的儿子从小过着锦衣玉食的少爷生活，而是从小被顺顺送到船上，像其他水手一样，从最基础的事情做起，因此两人自小养成了吃苦耐劳的好

习惯，凡是普通家庭的孩子能做到的，他们无一不做、无一不精，学到了湘西男人的所有本事。在顺顺的言传身教下，大老和二老也像父亲一样，为人热情又大方，凡是遇到需要帮助的乡亲，都会义无反顾地伸出援手，而且不引以为傲，将这些当作自己应该做的，因此大老和二老也成为闻名乡里的好小伙，成为小城中侠义的代表。大老和二老到了成亲的年龄，顺顺由着他们的心意选择自己中意的姑娘，无论贫富，顺顺都十分支持。因此，当大老通过中间人询问老船夫的意见时，老船夫给了大老两个选择，一个是正式请媒人到碧溪岨提亲，另一个则是自己到对岸山头上向翠翠唱三年六个月的情歌。不久，大老就得到了顺顺的支持，正式请媒人到老船夫家中提亲。然而，大老的提亲并没有获得翠翠的认可，翠翠的心上人是二老，因此老船夫只好委婉地告知大老。当大老和二老两人发现同时爱上撑渡船的孙女时，顺顺也并没对他们的选择强加干涉，而是听凭两人自己的决断。大老意外死去后，船总顺顺的内心责怪老船夫，以为是老船夫害死了自己的大儿子，而且不愿意二老娶翠翠，但最终还是顺从二老的心意，回绝了王团总的提亲。二老离家出走后，船总顺顺的心中仍对老船夫怀有不满。然而，当得知老船夫不幸去世后，顺顺在第一时间赶去帮忙，并安抚翠翠，老船夫下葬后，顺顺因为翠翠一人孤苦无依，毅然决定成全翠翠和二老的爱情，担负起照顾翠翠的责任，因此派人将翠翠以二老未婚妻的身份接到家中。当翠翠拒绝了这一提议，依旧在碧溪岨等候时，顺顺又帮忙打通关系，让杨马兵没有后顾之忧地留在翠翠身边照顾翠翠。

除了《边城》中两位老者的形象之外，沈从文的小说中还塑造了多位老者的形象。这些老者无一例外都十分亲善，并具有善良侠义的性格。例如，《长河》中橘园主人滕长顺年轻时是一名水手，他靠着勤奋与好学，一路从水手做到了掌舵把子，后来又成为大船主，赚了钱后买下了萝卜溪边的橘园，从此在此扎根，用心经营家业，使家业越来越旺。滕长顺一生中生了两个男孩和三个女孩，这些孩子又为他添了三个孙子，然而滕长顺依然不服老。每当遇到家中碾谷米，而长工和其他劳力都忙不过来时，他就亲自上阵干活，且并不落后于年轻人。除此之外，滕长顺为人十分公正，被推举为萝卜溪的头行人。他自己在教育子女方面也不落后于人，为人处事受人尊重，成为萝卜溪上的“首善之家”。另外，滕长顺十分照顾萝卜溪的孤苦人家。一位老水手在外拼搏一生，回到家乡生活十分困苦，这时，滕长顺毫不犹豫地将老水手接回家中，与他像家人一样相处。老水手虽然贫穷但一辈子在险恶的水上生存，性格十分刚硬，不肯在滕长顺家白吃白住，一定要靠自己的双手为生。滕长顺没有刻意为了美名而违背老水手的意愿，而是帮助老水手成为祠堂的守护者，实现了老水手凭借自己的力量吃饭的愿望。除此之外，滕长顺还坚持践行着湘西质朴的风俗，成为湘西萝卜溪上正义和秩序的守护者。

从以上三个老者的形象可以看出，在沈从文塑造的湘西理想世界中，男性老者的形象一反中国传统文化中独断专行的大家长形象，而是具有近乎完美的品格。这类男性老者的形象颠覆了中国现实主义文学中独断专行的大家长形象，对传统父权是一种解构。这类形象成为沈从文构建的湘西世界的基础，为维护湘西世界的稳定，抵制湘西世界外的现代文明的入侵起到了重要作用。

三、沈从文作品中的军人形象及其人性表达

沈从文在湘西作品中塑造了一系列军人形象，其对军人形象的塑造与其自身的经历有关。沈从文的家乡凤凰是一个驻扎戍边军士的地方，沈从文自小就能见到各种各样的军士。沈从文的祖父以从军起家，并最终升任为提督，而沈从文的父亲一直以继承父亲遗志、恢复家族的荣光为己任，并走上了从军的道路。受家庭的影响，沈从文从小即对军人十分亲切。沈从文少年时期由于家道中落，二姐意外死亡，不能够继续之前无忧无虑的少年求学时光，加之当时沈从文性格极其顽劣，沈从文的父亲和大哥均不在家中，恰逢当地兴办了兵士技术学校，母亲出于种种考虑让沈从文读了技术学校。之后，沈从文就走上了从军的道路，自此直到其北上之前，大部分时间都在部队度过。因此，沈从文对湘西的军人形象十分熟悉。

沈从文的作品中常见军人形象。例如，沈从文的作品《边城》中出现了两个具有代表性的军人形象，一个是翠翠的父亲，另一个是杨马兵。这两位军人均与翠翠的人生有着莫大的关系。翠翠的父亲在文中并未直接出

现，大多出现在别人的话语中。翠翠的父亲是一个极其爱惜自己军人荣誉的人，天生有一副好嗓子，十分招本地姑娘喜欢。他自由地追逐自己的爱情，以当地人的传统方式，与翠翠的母亲对歌，并最终赢得了翠翠母亲的青睐。在翠翠的母亲怀孕后，翠翠的父亲为了自己的爱人与孩子，想不顾自己作为一个军人的责任，与翠翠的母亲相约一起逃往下游。翠翠的母亲拒绝后，翠翠的父亲也意识到逃走会违背自己珍视的军人的荣誉和责任，而留下来也会对自己的军人荣誉产生影响，且不利于翠翠母亲的荣誉，因此前后矛盾之下服了毒。从这里可以看出，翠翠的父亲是一位视军人荣誉为生命的湘西军人。

杨马兵与翠翠的父亲是战友，也是同龄人，当翠翠的父亲爱上翠翠的母亲时，杨马兵也喜欢上了翠翠的母亲，但杨马兵对着翠翠的母亲唱情歌时，没有获得翠翠母亲的回复，在爱情中落败于翠翠的父亲。对此，杨马兵以极大的胸怀包容了一切，不但不以为意，而且在翠翠的父亲和母亲去世后成了老船夫为数不多的、值得托付的朋友，不仅在端午时替老船夫守船，让老船夫陪伴翠翠进城看赛龙舟，更是倾听老船夫的心事，为了翠翠的婚姻操心。当他得知大老喜欢翠翠时，想方设法成为大老的媒人，希望翠翠将来能够在家境殷实的环境中过上轻松的生活。当老船夫去世后，杨马兵更是承担起照顾翠翠的责任，他担心翠翠一时想不开寻短见，时刻跟随在翠翠身边宽慰翠翠，使翠翠得以在短时间内走出了失去爷爷的伤痛，勇敢地活下来。当顺顺派人以二老未婚妻的名义接翠翠去城中居住时，他又真心实意地为翠翠出主意，伴着翠翠在溪边等待二老。从这里可以看出，湘西军人有情有义、热情质朴、善良无私，是湘西世界中人性美和人情美的象征。

除了《边城》外，沈从文在《连长》《夜》《会明》《我的教育》《灯》《新与旧》《一个老战兵》等作品中均塑造了令人印象深刻的军人形象。在《连长》中，沈从文讲述了一个青年军人来到驻扎的乡村后与当地一名青年寡妇相恋的故事。连长统率着 100 多名子弟，由于所驻扎的地方是乡村，当地又没有匪患，每天事情十分轻松，使连长有机会与当地一名美丽的青年寡妇相恋。虽然两人之间的恋爱属于露水姻缘，但是连长对这份爱情十分珍视，每天早晚两次到妇人的家中相会。与此同时，连长深深地明白自己的职责，每天无论多晚都绝不在妇人家中过夜，而是连夜赶回军营中，每天吹三次点名号，并且每天与部队伙夫对账，以免军队突然接到命令开拔时，耽误出发时间。一次夜晚时分，连长不顾青年寡妇的阻拦执意要回部队，因此青年寡妇十分伤心。之后，连长为了避免青年寡妇伤心，特意将办公地点搬到了青年寡妇的家中。在这篇文章中，连长与青年寡妇热烈地相爱，塑造了一位执着于爱情又不忘自己的军人职责，并在工作中恪尽职守的军人形象。《会明》中塑造了一位平凡的老兵形象，他几十年如一日地坚守在伙夫的岗位上，拥有极其丰富的参战经验，从军几十年中经历了大大小小无数次战争，但残酷的战场并没有改变伙夫的世界观。他始终以炒菜、做饭为乐，在充满硝烟的厨房中用心做着每一顿饭。这种天真而忠厚纯良的个性使同在部队中的人小看他，但会明始终不以为意，坚持过好眼下的生活。当战事稍停时，会明从村里的一个熟人处得到了一只母鸡，他精心地饲养这只母鸡，精心地保管每一颗鸡蛋，并将鸡蛋孵化成小鸡。而这些精心孵化的小鸡无论谁向他讨要，他都毫不吝啬。老兵会明如同湘西世界中的所有老者一样，身上保持着极为纯粹的善良、忠厚与洒脱，保持着一种质朴无华的美好人格。在《新与旧》中，沈从文讲述了一位在新旧历史时期沉浮在命运中的老兵杨金标的故事。杨金标武艺超群，清朝末年曾在外卖艺，凭刀扎不着、水泼不进的高超武艺赢得了围观民众的喝彩，却被差役按在冰冷的地上打了 40 红棍。从此之后，杨金标一改过去的世界观和价值观，对于未来怀着种种光荣的幻想，而且只要是皇命，就足以引爆他的所有热情。杨金标怀着这样的理想成为清朝末年一名只在刑场上砍头的刽子手，与别的刽子手不同，他砍头时使用独传拐子刀法。长期的刽子手生涯逐渐磨灭了杨金标对生活与生命的热情。在经历了辛亥革命后，由于政府使用枪毙代替了斩首，已经 60 岁的杨金标成为一名守城老兵。失去了在刑场上、万众瞩目之下的表演，杨金标十分失落。然而，就是在这样一位被时代毁掉的、在刑场上杀人无数的、晚清最后一个刽子手老兵的心灵深处仍然保留着一片光明和圣洁的天地。沈从文在歌颂军人的正直与善良时，也对部队中一些兵油子进行了无情的批判。《灯》《虎雏》中通过

对老兵和小兵形象的塑造，在表现湘西世界中底层兵士身上美好个性的同时，也表现出他们身上的野蛮以及身处战争中兵士身不由己的命运。

军人形象的塑造展现了在历史进程下，身处战争中的一群湘西男性的命运。他们虽然身处乱世，随时可能丧命，但是并没有丢失中华传统文化中的正直、率真、坦诚与善良等美好品质。他们或者在动荡的乱世中尽一切努力珍惜一段爱情，或者身处血肉横飞的战场却仍然对人生抱有美好的期待，或者在新旧交替的时代中迷茫、困惑等，展现出了湘西世界桃花源在走向现代文明的过程中所付出的巨大代价，同时塑造了一批极具个性的军人形象。

四、沈从文作品中具有文化劣根性的男性形象及其人性表达

沈从文在其湘西系列作品中不仅塑造了一系列完美的、表现人性的美好品质的男性形象，还塑造了一系列揭露湘西民众身上文化劣根性的底层民众。例如，在《丈夫》中，沈从文塑造了一个极其愚昧的乡下男子形象。这位男子与其所在乡村的其他男子一样，懒惰、自私，面对贫困的家境想出让自己的妻子到城里的花船上做妓女赚钱养家的办法。丈夫进城看望妻子时，一开始仍然将自己的妻子视为赚钱的工具。直到感觉自己身为丈夫的这一身份受到了别人的挑战，看到自己的妻子在外毫无反抗之力地任人欺压，最后才逐渐觉醒并和自己的妻子一起回家去了。《牛》是一篇寓言体小说，在这部小说中，大牛伯作为一个农民，十分重视牛，他与牛相依为命，在长期的相处中，牛不仅是大牛伯生活中不可或缺的助手，还成为大牛伯精神上不可分离的伙伴。大牛伯一直将牛视为自己的亲人与朋友，以及奔向美好生活的直接途径，在牛身上寄托着大牛伯对生活的一切希望。然而，在农耕前夕，大牛伯在气头上时，不小心将牛的右腿打伤了。为此，大牛伯陷入了深深的自责中，不仅细心地照料牛，还请大夫为牛治疗，比自己生病还要舍得花钱，照顾得也非常精细。为了不耽误犁地种粮，大牛伯不惜花钱雇用人代替牛。最终，大牛伯顺利地种完了地，而牛的腿伤也好了，眼看大牛伯正朝着人生中设立的一个又一个愿望前进，命运却给了大牛伯当头一击。官府不由分说地征用了农民的所有牛，甚至没有给出一

个理由。大牛伯视为朋友和亲人的牛被牵走后，大牛伯陷入了深深的自责中，他一方面埋怨自己以前对待牛太过苛刻，后悔没有善待牛，另一方面将希望寄托在保长身上，希望保长能将自己的牛找回。从这个人物形象上可以看出，大牛伯作为底层农民视牛为伙伴、爱护牛的一面，展现出了大牛伯面对官府以及保长时懦弱、固执而又愚昧的国民劣根性。

在《贵生》中，作者塑造了一个老实巴交、辛勤工作的当地人贵生的形象。贵生手脚十分勤快，为人也老实，但有乡下人普遍的迷信的通病。他喜欢溪口桥头杂货铺老板的女儿金凤，由于为人不善于言谈，一味懦弱，虽然平时总到杂货铺帮忙，经常采集山上的新鲜果子送给金凤，金凤也因此对贵生另眼看待，但是因为金凤的娘意外而死，听信了当地人迷信的话，认为金凤命中克人，想等到金凤 18 岁才求娶。尽管杂货铺老板等人多次暗示，但是贵生始终不松口，直到有一天，贵生突然醒悟，到城里找了舅舅，且得到了舅舅的财力支持，又到庙里求了签后，才终于下定决心，准备回去向杂货铺老板提亲，却意外得知金凤要嫁给五老爷做小的传闻。面对五老爷的夺妻之恨，贵生并没有选择大闹现场，而是默默地到五老爷家帮忙，看到五老爷家中人多事忙，还特意担了七八担水将五老爷家的水缸添平，如此窝囊和懦弱。然而，入夜后，最终忍无可忍的贵生一把火将溪头的杂货铺烧了，也将自己的家烧毁，以此作为对五老爷娶金凤的反抗。

在《贵生》这部小说中，作者除了塑造老实懦弱、毫无湘西人血性的贵生的形象外，还塑造了四老爷和五老爷两个封建大地主的形象。四老爷十分爱好妇人，曾经一个月叫了许多妇人到家中快活，除给每个妇人 40 块大洋外，还要给拉皮条的中间人外快。这在每月辛苦工作但工资只有七块六的底层打工者看来，十分不可思议。长期纵欲过度导致四老爷无暇应付其他的事情，原来骑兵旅长的职务也让他玩丢了。在乡下劳动人民看来，四老爷既无能力又无官运，然而这并未被归结到四老爷的人品上，而是使用了迷信的说法，认为四老爷天生衣禄上有一笔账，如果销不了账，来生还是如此。这也成为四老爷继续荒唐下去的借口和理由。五老爷与四老爷不同，不爱好找妇人玩，却十分热衷于赌博。然而，五老爷的手气实在太差，逢赌必输。一次，五老爷在外赌博时欠了 3 万元回家。老太太虽然生

气，但是仍然拿出3万元来给五老爷销了账，并且命令下人不得将五老爷丢丑的事情说出去，以免五老爷在当地失去威信。然而，因为五老爷欠债实在太多，且沾染上了赌博的恶习不肯改正，气得老太太在卧床40天后最后一命呜呼。而五老爷作为继子，为了树立自己的孝子形象，大肆铺张浪费办了全围子最轰动的葬礼，挥霍老一辈辛苦攒下的财富。葬礼过后，五老爷仍然不吸取教训，继续到处赌钱，赌到哪里输到哪里。五老爷的这一做派被四老爷知道后，迷信地让五老爷找处女冲喜，以改赌运。在四老爷的撺掇下，五老爷明知贵生喜欢溪口桥头的金凤，而且金凤的母亲热孝未除，贵生也一直在为娶金凤默默地准备着，却棒打鸳鸯，将年轻的金凤抢过去做了新媳妇。五老爷娶金凤的目的并不是为了爱情，而是借金凤冲喜，以改变自己的赌运。金凤今后的生活可想而知。沈从文通过四老爷、五老爷形象的塑造，展现了湘西乡村中地主之流赌博、迷信以及贪色的各种文化劣根性，而这些文化劣根性正是中国乡村逐渐衰败的主要原因。

沈从文在湘西系列作品中不仅成功地塑造了有别于正直、善良、勇敢与原始野性的湘西男子形象，还成功塑造了一批在湘西向现代文明过渡的过程中具有缺陷的男性人物形象。作者对底层人民泯灭人性的愚昧和心灵的麻木进行了无情批判，哀其不幸，怒其不争，并试图让底层人民以各种形式反抗这个不公的社会，同时对于湘西特权阶级的愚昧与恶习进行了无情批判，深刻地揭露了旧时代制度下湘西世外桃源般的生活下掩藏的种种危机，抒发了对国家和民族能够重新振作和强大的殷切期盼。

除了以上几种男性形象外，沈从文在湘西世界系列作品中还塑造了近乎完美的人物形象，如《龙朱》中的龙朱、《月下小景》中的小寨主傩佑、《媚金·豹子·与那羊》中的豹子等。这些近乎拥有神的男性特质的人物形象是沈从文湘西理想世界中美好人性的体现者，也是沈从文唤起人们的良知、培育新生力量的重要人物。

除了湘西男性外，沈从文还塑造了一系列都市中的男性形象。例如，《绅士的太太》中的绅士与大少爷、《岚生同岚生太太》中的岚生等人以及《八骏图》中的八位都市男性等。这些都市男性与湘西世界中的男性相比，大多缺乏魄力和血性，并且受现代文明的侵蚀，身上存在着各种各样的缺点和现代病，而这些都市男性形象的塑造更加反衬出湘西世界中男性形象的丰富性以及可贵之处。

综上所述，沈从文在作品中塑造了湘西世界中的“乡下人”男性形象和都市男性形象，并将两者进行对比分析。沈从文从中认识到无论乡下男性还是都市男性，均有其自身的缺点。这些丰富的人物形象均成为我国现代文学作品中独具特色的人物形象，极大地丰富了中国现代文学创作。

参考文献

[1] 高长梅，崔广胜 . 高中语文选修课补充读本：小说阅读与欣赏 [M]. 石家庄：花山文艺出版社，2010.

[2] 李旭琴，王军 . 沈从文湘西小说中的爱情书写 [J]. 赣南师范大学学报，2018，39（4）：83-87.

[3] 王学振 . 从《萧萧》看沈从文文化心态的矛盾 [J]. 西南民族大学学报（人文社会科学版），2006，29（8）：111-113.

[4] 博玫 . 论沈从文湘西作品的艺术特色 [J]. 江西社会科学，1998（12）：28-32.

[5] 蒋成浩 ."贴着生活写"：论沈从文小说《丈夫》《柏子》中的爱欲与悲凉 [J]. 湖北文理学院学报，2019，40（4）：39-43.

[6] 邓莹 . 沈从文与城市关系研究述评 [J]. 文教资料，2011（36）：57-59.

[7] 童庆炳 . 维纳斯的腰带：创作美学 [M]. 北京：北京师范大学出版社，2016.

[8] 叶诚生 . 诗化叙事与人生救赎：中国现代小说中的审美现代性 [J]. 文史哲，2008（6）：73-80.

[9] 周伟 . 诗化小说阅读教学初探 [D]. 徐州：江苏师范大学，2016.

[10] 吴晓东 . 现代"诗化小说"探索 [J]. 文学评论，1997（1）：118-127.

[11] 廖高会 . 文体的边缘之花：略论诗化小说的特征与概念 [J]. 长春理工大学学报（社会科学版），2011，24（7）：82-84.

[12] 赵念 . 诗化小说研究综述 [J]. 赤峰学院学报（汉文哲学社会科学版），2013，34（7）：160-162.

[13] 张明智 . 新时期以来中国诗化小说研究 [D]. 南昌：江西师范大学，2016.

[14] 卢临节 . 中国现代诗化小说研究 [D]. 武汉：武汉大学，2012.

[15] 魏美莲 . 沈从文湘西小说的诗化风格 [D]. 郑州：郑州大学，2004.

[16] 林贤治 . 新民说：鲁迅选集 [M]. 桂林：广西师范大学出版社，2018.

[17] 钱理群，吴晓东 ."分离"与"回归"：绘图本《中国文学史》（20 世纪）

的写作构想 [J]. 文艺理论研究，1995（1）：37–44.
[18] 汪曾祺 . 汪曾祺经典 [M]. 南京：江苏凤凰文艺出版社，2018.
[19] 巴什拉 . 梦想的诗学 [M]. 刘自强，译 . 北京：生活•读书•新知三联书店，2017.
[20] 废名 . 竹林的故事 [M]. 北京：海豚出版社，2014.
[21] 叶世祥 . 征服时间的纪念碑：鲁迅小说的空间化效果 [J]. 绍兴文理学院学报（哲学社会科学版），1996，16（3）：90–95.
[22] 刘爽 . 论沈从文的人性论文学观 [D]. 济南：山东师范大学，2015.
[23] 陈艳平 . 沈从文作品中的人性启蒙理想 [D]. 成都：四川师范大学，2009.
[24] 吴正锋 . 沈从文创作研究 [D]. 长沙：湖南师范大学，2010.
[25] 邱鸿钟 . 文学心理与文学治疗 [M]. 广州：广东高等教育出版社，2017.
[26] 熊金星 . 湖南乡土文学语言风格散论 [M]. 昆明：云南大学出版社，2011.
[27] 任子豪 . 沈从文小说《贵生》赏析 [J]. 大众文艺，2019（3）：11–12.
[28] 邢建勇 . 沈从文小说的生命原始精神 [J]. 中央民族大学学报（哲学社会科学版），2003，30（4）：129–132.
[29] 李红霞 . 城市男子与湘西男子：现实人格与理想人格的整合：沈从文小说男性群像分析 [J]. 克山师专学报，2003，22（4）：57–59.
[30] 吴娅楠 . 沈从文笔下湘西典型人物形象解读 [J]. 沈阳工程学院学报（社会科学版），2018，14（3）：312–315，342.
[31] 陈改玲 . 谈《边城》中的老船夫形象 [J]. 语文知识，2007（2）：75–76.
[32] 胡阳阳 . 沈从文四十年代小说创作研究 [D]. 开封：河南大学，2015.
[33] 徐艺 . 论沈从文作品的音乐性 [D]. 青岛：中国海洋大学，2015.
[34] 吴世勇 . 论影响沈从文创作的六个因素 [D]. 上海：华东师范大学，2005.
[35] 姚玲 . 沈从文乡土小说与湘西民歌的关系研究 [D]. 武汉：华中师范大学，2013.
[36] 岳锦玉 . 论沈从文笔下的乡土社会 [D]. 重庆：西南大学，2014.

[37] 雷雨 . 浅论沈从文小说创作的生命意识 [D]. 杭州：浙江大学，2010.

[38] 刘香云 . 沈从文美育思想研究 [D]. 吉首：吉首大学，2010.

[39] 杨雪 ."水边的抒情诗人"：论沈从文"文"与"水"之渊源与关联 [D]. 济南：山东师范大学，2019.

[40] 方强 . 论水对沈从文人格及小说创作的影响 [D]. 长沙：湖南师范大学，2010.

[41] 刘莹 . 沈从文《边城》的诗化风格及教学研究 [D]. 南京：南京师范大学，2018.

[42] 张娴 . 沈从文湘西小说的意境之美 [D]. 福州：福建师范大学，2009.

[43] 胡灵美 . 自然之子　绿色之思：生态美学视野下的沈从文及其创作 [D]. 昆明：云南大学，2011.

[44] 王爽 . 最后一个浪漫派的心灵流亡：从沈从文四十年代小说探其精神生态 [D]. 哈尔滨：黑龙江大学，2011.

[45] 王美龄 . 诗意的人生形式：沈从文湘西小说的诗化风格 [D]. 兰州：兰州大学，2012.

[46] 訾西乐 . 在美与悲之间：沈从文笔下的湘西世界 [J]. 重庆科技学院学报（社会科学版），2016（11）：73-76.

[47] 黄露 . 沈从文湘西小说男性形象研究 [D]. 武汉：华中师范大学，2019.

[48] 向亿平 . 沈从文矛盾的女性观 [D]. 长沙：湖南师范大学，2008.

[49] 李洪杰 . 美丽与哀愁：论沈从文人性烛光下的女性形象 [D]. 青岛：青岛大学，2012.

[50] 马帅，邓娟 . 沈从文笔下的女性形象分析 [J]. 文学教育（上），2017（1）：33-35.

[51] 赵玉梅 . 沈从文笔下的女性形象 [J]. 开封教育学院学报，2014，34（10）：8-9.

[52] 尹静 . 论沈从文笔下的湘西女性形象及其审美意义 [J]. 清远职业技术学院学报，2015，8（4）：24-27.

[53] 范培倩 . 论沈从文的女性观 [D]. 曲阜：曲阜师范大学，2007.

[54] 李小娟 . 沈从文湘西少女类型的塑造及其文学史意义 [D]. 漳州：闽南师

范大学，2018.
[55] 刘邸阳 . 沈从文小说研究 [D]. 南昌：江西师范大学，2015.
[56] 张婉婕 . 自然人性的歌者：沈从文小说论 [D]. 保定：河北大学，2016.
[57] 陈晖 . 意象自然 神性自然 人性自然：沈从文作品中自然的显现方式及蕴意解读 [D]. 福州：福建师范大学，2010.
[58] 赵万峰 . 自然人性的呼唤：沈从文创作倾向略论 [D]. 西安：西北大学，2001.
[59] 罗成琰 . 沈从文构筑的都市世界：论沈从文的都市小说 [J]. 求索，1992（3）：89-94.
[60] 周虹 . 论沈从文对都市人生的边缘化书写 [D]. 长沙：湖南师范大学，2011.
[61] 王成，蔡凌 ."神人以和"的至美人性：从沈从文小说《丈夫》看其理想人性社会的建构 [J]. 名作欣赏，2009（26）：67-68，71.
[62] 沈从文 . 沈从文全集：小说：9[M]. 太原：北岳文艺出版社，2009.
[63] 尼采 . 悲剧的诞生 [M]. 周国平，译 . 南京：译林出版社，2011.
[64] 沈从文 . 沈从文全集：文论：17[M]. 太原：北岳文艺出版社，2009.
[65] 覃新菊 . 与自然为邻：生态批评与沈从文研究 [M]. 长沙：湖南师范大学出版社，2006.
[66] 施新佳，魏国岩 . 文化立场与叙事策略：中国现当代作家个案研究 [M]. 北京：新华出版社，2015.
[67] 罗莎 . 沈从文小说的空间叙事研究 [D]. 吉首：吉首大学，2017.
[68] 刘晓缝 . 沈从文小说的空间化叙事艺术 [D]. 青岛：青岛大学，2017.
[69] 张芊 . 沈从文小说的时间叙事特征 [D]. 青岛：青岛大学，2017.
[70] 陶凯丽 . 论沈从文湘西小说的空间叙事 [D]. 合肥：安徽大学，2019.
[71] 高云兰 . 沈从文湘西小说时空观研究 [D]. 重庆：西南大学，2011.
[72] 凌宇 . 从边城走向世界 [M]. 长沙：岳麓书社，2006.
[73] 杨春 . 沈从文笔下湘西形象的独特性研究 [D]. 吉首：吉首大学，2013.
[74] 周凯跃 . 性本爱丘山：沈从文创作中的自然审美研究 [D]. 泉州：华侨大学，2012.

[75] 姜辉 . 沈从文的生命美学观 [D]. 长春：吉林大学，2006.

[76] 石柏胜 . 论沈从文的生命意识 [D]. 合肥：安徽大学，2007.

[77] 涂文萍 . 在诗与真之间：论沈从文小说的情爱书写 [D]. 济南：山东师范大学，2019.

[78] 张丽军 . 神性的大地之美：生态文明视域下沈从文的“乡土抒情诗”[J]. 吉首大学学报（社会科学版），2006，27（6）：8–13.

[79] 张秀枫 . 中国现代名家经典书系：沈从文散文精选 [M]. 北京：北京工业大学出版社，2012.

[80] 颜翔林 . 美学新概念：诗性主体 [J]. 社会科学辑刊，2013（5）：159–165.

[81] 童敏 . 审美与救赎：美育视域中沈从文与卢梭的比较研究 [D]. 重庆：西南大学，2014.

[82] 李美容 . 沈从文与现代性：一个浪漫派的批判与救赎 [D]. 武汉：华中师范大学，2008.

[83] 杨晶 . 沈从文散文对生命的救赎功能 [J]. 长治学院学报，2015，32（1）：60–63.

[84] 董方红 . 悲悯与救赎：沈从文湘西题材小说的悲剧美学精神及其现实意义 [J]. 赤子，2015（7）：45.

[85] 赵双花 . 抗战时期“诗性主体”塑造的难度及意义：沈从文《长河》再解读 [J]. 郑州师范教育，2013（4）：50–53.

[86] 仇敏 . 论诗性主体 [D]. 长沙：湖南师范大学，2011.

[87] 段德智 . 西方主体性思想的历史演进与发展前景：兼评“主体死亡”观点 [J]. 武汉大学学报（人文社会科学版），2000，53（5）：650–654.

[88] 吴投文 . 沈从文的生命诗学 [M]. 北京：东方出版社，2007.

[89] 吴投文 . 论沈从文的生命价值观 [J]. 湖南科技大学学报（社会科学版），2004，7（1）：89–93.

[90] 娄可 . 沈从文的生命伦理思想及当代启示 [D]. 吉首：吉首大学，2012.